D1202516

UNE ODEUR DE FUMÉE

Du même auteur

Série Charlie Salter

1. *The Night the Gods Smiled*, HarperCollins, 1983.
   La Nuit de toutes les chances. Roman.
      Lévis : Alire, Romans 074, 2004.

2. *Smoke Detector*, HarperCollins, 1984.
   Une odeur de fumée. Roman.
      Lévis : Alire, Romans 079, 2004.

3. *Death in the Old Country*, HarperCollins, 1985.
      Lévis : Alire. (Printemps 2005)

4. *A Single Death*, HarperCollins, 1986.
      Lévis : Alire. (Automne 2005)

5. *A Body Surrounded by Water*, HarperCollins, 1987.
      Lévis : Alire. (Automne 2005)

6. *A Question of Murder*, HarperCollins, 1988.

7. *A Sensitive Case*, Doubleday, 1990.

8. *Final Cut*, Doubleday, 1991.

9. *A Fine Italian Hand*, Doubleday, 1992.

10. *Death By Degrees*, Doubleday, 1993.

11. *The Last Hand*, Dundurn Press, 2001.

UNE ODEUR DE FUMÉE

ERIC WRIGHT

traduit de l'anglais
par
ISABELLE COLLOMBAT

ALIRE

Illustration de couverture
LAURINE SPEHNER

Photographie
ERIC WRIGHT

Diffusion et distribution pour le Canada
Québec Livres
2185, autoroute des Laurentides, Laval (Québec) H7S 1Z6
Tél.: 450-687-1210 Fax: 450-687-1331

Diffusion et distribution pour la France
DNM (Distribution du Nouveau Monde)
30, rue Gay Lussac, 75005 Paris
Tél.: 01.43.54.49.02 Fax: 01.43.54.39.15
Courriel: liquebec@noos.fr

Pour toute information supplémentaire
LES ÉDITIONS ALIRE INC.
C. P. 67, Succ. B, Québec (Qc) Canada G1K 7A1
Tél.: 418-835-4441   Fax: 418-838-4443
Courriel: alire@alire.com
Internet: www.alire.com

Les Éditions Alire inc. bénéficient des programmes d'aide à l'édition de la
Société de développement des entreprises culturelles du Québec (SODEC),
du Conseil des Arts du Canada (CAC) et reconnaissent l'aide financière du
gouvernement du Canada par l'entremise du Programme d'aide au développement de l'industrie de l'édition (PADIÉ) pour leurs activités d'édition.

Gouvernement du Québec – Programme de crédit d'impôt pour l'édition
de livres – Gestion Sodec.

Smoke Detector
© **1984** ERIC WRIGHT

Dépôt légal: 4e trimestre 2004
Bibliothèque nationale du Québec
Bibliothèque nationale du Canada

© **2004** ÉDITIONS ALIRE INC. pour la traduction française

10 9 8 7 6 5 4 3e MILLE

CHAPITRE 1

À Toronto, septembre est le mois le plus agréable. L'été est parfois chaud et humide et l'hiver est trop long, mais pendant quelques semaines, entre ces deux saisons, la ville jouit de chaudes journées ensoleillées pas trop humides et de nuits suffisamment fraîches pour dormir.

Salter ouvrit les yeux et regarda le morceau de ciel qu'encadrait la petite fenêtre du deuxième étage : les branches blanches d'un bouleau argenté couvert de feuilles jaunes se détachaient sur un ciel bleu sans nuages. Il fouilla sous la couette à la recherche de sa femme et la secoua pour la réveiller :

— Regarde, dit-il. Regarde dehors.

Il se glissa hors du lit et se dirigea vers la fenêtre, nu, les genoux fléchis, s'efforçant de masquer son derrière à la vue de tous les voisins susceptibles d'avoir les yeux rivés à leurs jumelles.

— Bon sang, c'est merveilleux ! s'exclama-t-il.

Puis, comme il avait un peu froid, il retourna à quatre pattes dans le lit et tendit le bras vers Annie, mais elle avait disparu pendant qu'il se délectait de cette belle matinée. Il l'entendit ouvrir la douche à l'étage au-dessous et il resta allongé, immobile, pendant cinq minutes, jusqu'à ce que le bruit d'eau cessât. Il descendit alors l'escalier quatre à quatre et alla tambouriner sur la porte de la salle de bains. Annie l'invita à entrer et verrouilla la porte derrière lui ; Salter s'assit sur le bord de la baignoire et la regarda se sécher. C'était selon lui la meilleure façon de commencer la journée.

Elle avait quarante ans et, pour autant qu'il puisse en juger, elle n'avait pas pris une ride depuis dix-huit ans, époque à laquelle il l'avait vue nue pour la première fois. Elle lui faisait souvent remarquer des marques de décrépitude sur son épiderme vieillissant qui se relâchait, mais pour Salter, toutes les imperfections qu'elle lui montrait ne correspondaient à rien moins qu'aux plis et replis d'une peau recouvrant une charpente aussi compliquée qu'un être humain. Salter sentit que ses reins protestaient tandis qu'elle se drapait dans un drap de bain. Il soupira et ouvrit le robinet de la douche.

Au petit déjeuner, qu'ils prenaient pendant que leurs deux fils se préparaient pour aller à l'école, Annie annonça :

— Au fait, j'ai quelques petites choses à te dire, mais j'attends que tu aies fini de manger.

L'euphorie de Salter reflua. Le « au fait », prononcé sur une gamme descendante et suivi d'une pause marquée, préludait toujours à de mauvaises nouvelles. Il mangea deux rôties et jeta un coup d'œil au journal. Il pressentait la venue de quelque chose d'assez important ; dans le cas contraire, Annie le lui aurait tout de suite dit. Les garçons partirent, chacun de leur côté ; d'abord Seth, âgé de onze ans, qui les embrassa, puis son frère de quatorze ans, Angus, qui ne leur dit pas même au revoir. Bizarre, ça. Angus avait cessé les embrassades des mois auparavant, mais il disait généralement quelque chose pour signaler sa sortie.

— Est-ce qu'il s'agit d'Angus ? demanda Salter une fois qu'ils furent seuls.

— Autant commencer par lui, répondit-elle.

Seigneur ! Il y en avait toute une liste.

Annie disparut en direction de l'escalier et revint avec deux magazines qu'elle posa à côté de son assiette. Il attrapa précautionneusement le premier et l'ouvrit au hasard. Une photographie s'étalait sur deux pages ; c'était une photo d'une fille nue pourvue d'énormes seins, agenouillée au-dessus d'un mâle étendu. Salter s'empara du second ; ce magazine-là était consacré aux activités de groupe.

— Où as-tu trouvé ça ? s'enquit-il.

— Dans le placard d'Angus.

— Remets-les où tu les as trouvés.

— Tu veux que je les remette dans son placard ?

— C'est ça. Là où tu les as trouvés.

— Que vas-tu faire ?

— Moi ? Je ne sais pas. Mais si tu les remets en place, ça me donnera le temps d'y réfléchir.

— Je lui ai déjà dit que je les avais trouvés.

— Merde. Bon. Donc, premièrement : Angus lit des magazines pornos. Quoi d'autre ?

— L'infirmière a appelé hier. J'ai oublié de te le dire. Ils veulent que tu fasses d'autres examens.

Salter avait récemment subi sa visite médicale annuelle et on l'avait déclaré apte au service.

— Pourquoi ? Quelle raison ? demanda-t-il.

— Ça a quelque chose à voir avec ton urine.

La peur lui fit monter la voix d'un ton :

— Quoi ? C'est quoi ? Qu'est-ce qu'elle a dit ? J'ai du diabète ?

Annie secoua la tête.

— Elle a dit qu'il y avait du sang.

— Du sang ? Qu'est-ce que ça veut dire ? Combien de temps me reste-t-il ?

— Elle a dit que ce n'était probablement pas grand-chose. Mais elle t'a pris un rendez-vous avec un spécialiste pour aujourd'hui.

— Pourquoi si vite ? Je croyais que ça prenait six mois pour avoir un rendez-vous avec un spécialiste.

— Tu as eu de la chance. Celui-là a un patient qui s'est désisté.

— C'est quel genre de spécialiste ?

Salter passait en revue à toute vitesse l'ensemble des maladies mortelles qui frappaient les policiers d'âge mûr.

— Je crois qu'elle a dit que c'était un urologue.

— Un pisse-froid ?

Il rit, en dépit des scènes qui se bousculaient dans sa tête. Avait-il fait un testament ?

— Bon. C'est tout ? Angus a une poussée d'hormones et je suis en train de mourir. Autre chose ?

— Je vais travailler tard pendant quelques jours. Peut-être quelques semaines.

— Pour quoi faire ?

— Nous sommes débordés, Charlie, et de nos jours, on ne peut plus se permettre de refuser de nouveaux clients.

Annie était «femme à tout faire» dans une agence de publicité ; elle dénichait les sites, les plateaux et les accessoires pour le tournage des pubs.

— OK, fit-il. Angus est un obsédé sexuel. Je suis en train de mourir. Tu quittes la maison. Quoi d'autre ?

— Vraiment, tu ne m'aides pas, Charlie. Je suis désolée que tu t'inquiètes pour ta visite chez le docteur, mais je suis persuadée que tu n'as rien. Ne passe pas tes nerfs sur moi.

—Autre chose, à part ça?

—Oui. La porte moustiquaire du deuxième étage est sortie de son rail. On dirait qu'une des roulettes est cassée.

—J'y jetterai un œil ce soir.

À plus d'un titre, c'était la pire des nouvelles qu'elle lui avait annoncées, parce qu'elle augurait probablement d'un mois de saga au cours duquel il passerait tous les samedis matin et une partie de la semaine à essayer de comprendre le problème, à trouver une quincaillerie qui vendait encore la pièce détachée (la porte avait dix ans) et, finalement, à apprendre à partir de rien, à force de tentatives et d'erreurs, comment remplacer la roulette sans aucun des outils requis pour cette tâche. Salter réparait ce qu'il pouvait dans la maison, mais il n'avait aucune aptitude à la mécanique et, devant un nouveau problème pour lequel il n'existait aucun réparateur désigné, il anticipait l'échec ultime de ses efforts dès le début et s'attaquait à la besogne de mauvaise humeur. Il avait par ailleurs perdu tout intérêt pour la maison, car il était parvenu à un âge où il préférait vivre dans le temps présent plutôt que réparer pour l'avenir. Les années défilaient rapidement, et Salter n'avait plus aucune envie de bricoler. Il se leva pour partir.

—Tu penseras à Angus, hein, Charlie? lui demanda encore Annie.

Salter enfila sa veste.

—Je penserai à lui, à moi et à la moustiquaire du deuxième étage, lui assura-t-il. Tu rentreras vraiment tard?

—Si je dois rentrer après sept heures, je t'appellerai.

Annie se leva et ouvrit la porte du réfrigérateur.

—Il y a des œufs et du bacon, du rôti de bœuf froid, une moitié de tarte aux pommes, du fromage et une armoire pleine de boîtes de soupe. Tu pourras te débrouiller.

Elle l'entoura de ses bras dans un geste qui se voulait amical, réconfortant et sensuel, destiné à le soulager de toutes ses inquiétudes.

Mais tandis qu'il marchait vers le métro, la perfection de cette matinée sans nuages lui sembla constituer l'ironique toile de fond de son cosmos personnel menacé.

Au bureau, le sergent Gatenby l'accueillit comme une mamie qui sait qu'une surprise se prépare pour son petit préféré. Gatenby n'était pas beaucoup plus âgé que Salter, mais il était surnommé « le plus vieux sergent du Service » à cause de ses cheveux blancs et de ses manières avunculaires, qu'il avait acquis simultanément dans la trentaine. À l'époque, il n'était que « le plus vieux constable du Service ». Il avait passé l'essentiel de sa carrière à s'acquitter de ces tâches qui nécessitent le recours à un vieux flic bienveillant pour représenter la police, notamment auprès des enfants.

—Chieffie veut vous voir, annonça-t-il. Je pense qu'il a du travail pour nous.

« Chieffie », c'était le surintendant Orliff. À la suite d'une lutte politique au sein du Service, au terme de laquelle il s'était retrouvé dans le camp des perdants, Salter avait été mis au rancart pendant un an. Puis, par un coup de chance, l'une des corvées qu'il s'était vu confier lui avait donné l'occasion de résoudre une affaire d'homicide à Montréal, ce qui lui avait valu la gratitude de la police de Montréal et, ainsi, celle de ses deux patrons. On lui avait alors signifié que sa période d'exil pourrait bien toucher à sa fin et aussi qu'il avait exagéré l'ampleur de l'hostilité à son égard. «Les rancunes ne sont pas éternelles», lui avait dit son nouveau surintendant, Orliff.

Salter se rendit au bureau du surintendant, où celui-ci l'attendait.

— Incendie criminel et homicide, annonça Orliff en tapotant les coins d'une pile de papier posée devant lui afin d'en aligner les bords.

Son bureau était dans un ordre parfait; sur les bords extérieurs, s'alignait une rangée de tas de papiers comme celle qu'il avait entre les mains.

— Suis-je à la Section des incendies criminels? demanda Salter.

— Vous leur donnez un coup de main. La Section ne sait plus où donner de la tête. Les trucs comme ça arrivent à la pelle et ils n'ont personne de disponible. Cette affaire jamaïcaine occupe tout le monde, expliqua Orliff.

Il faisait allusion à la chasse à l'homme en cours visant à découvrir le meurtrier d'une jeune fille noire qui avait été violée et tuée tandis qu'elle rentrait chez elle après avoir gardé des enfants. La communauté noire demandait des comptes.

— Que s'est-il passé?

— C'est chez un antiquaire de Bloor Street. La boutique a pris feu la nuit dernière. Les pompiers ont sauvé la bâtisse, mais ils ont trouvé le cadavre du propriétaire. Le décès est probablement dû à l'inhalation de fumée, mais l'autopsie nous le dira. Le feu est parti du sous-sol et l'enquêteur du Bureau du commissaire des incendies pense que c'est quelqu'un qui a mis le feu. Le propriétaire avait un appartement au-dessus de la boutique, mais il n'y vivait pas. Il avait une maison sur… (Orliff consulta ses notes.) Albany Avenue, dans les environs. Je pense qu'il utilisait quelquefois son appartement, parce qu'il y avait un lit et des vêtements. Voilà. Vous devriez d'abord parler au Bureau du commissaire des incendies puis aller sur place pour vous faire une idée.

—Le Bureau du commissaire des incendies en a-t-il terminé? Je pensais que ces gars-là faisaient leur propre enquête.

—Seulement pour l'incendie criminel. Mais comme je vous l'ai dit, c'est un homicide. Le coroner est sur l'affaire et il nous a demandé de nous y mettre. Le feu n'était pas accidentel; le décès est donc un homicide commis par un ou des inconnus, comme on dit.

—Que suis-je censé faire? Je joue les remplaçants jusqu'à ce que les homicides puissent mettre quelqu'un sur l'affaire?

—C'est tout à fait ça, Charlie. Ils prendront la suite dès qu'ils pourront, mais peut-être que vous aurez tout résolu d'ici là. (Orliff sourit.) Je leur ai dit que vous aviez plusieurs autres tâches en cours, mais que, s'ils étaient désespérés, vous y jetteriez un coup d'œil. Ils m'ont dit qu'ils aimeraient bien que vous le fassiez.

Orliff regarda Salter et attendit. Ses propos signifiaient deux choses: *primo*, lui, Orliff, veillait sur Salter au point de faire en sorte qu'on le croie débordé et, *secundo*, les Homicides voulaient encore que Salter les aide même après avoir entendu qui il était. La conjonction de ces deux conclusions conduisait à une amélioration, petite mais significative, du statut de Salter. S'il déclinait cette mission, il pourrait attendre longtemps avant qu'on lui en confie une autre.

—Il y a qui, là-bas, maintenant? s'informa-t-il.

—Le constable Katesmark garde les lieux. Voici le rapport de l'agent qui est arrivé le premier sur le site de l'incendie. Et voici le nom de l'enquêteur du Bureau du commissaire des incendies. Bonne chance, Charlie.

Salter prit le papier qu'Orliff avait préparé et regarda le surintendant noter pour lui-même que le dossier était attribué à Salter, en précisant la date et l'heure. Le surintendant avait régulièrement gravi les échelons essentiellement grâce à sa méticulosité ; l'une de ses habitudes consistait précisément à faire un dossier sur tout. Ainsi, avant même le deuxième jour d'une affaire, Orliff avait accumulé une pile de rapports, de mémos et de notes pour lui-même, consignant littéralement tout ce qui avait été dit ou fait. Sur les étagères, derrière lui, se trouvaient plus d'une trentaine de dossiers pas tout à fait morts ; les armoires en contenaient encore des dizaines qui étaient clos, mais Orliff n'était toujours pas prêt à les enterrer plus profondément. Sur les rayons impeccablement rangés, trônaient quelques projets personnels : l'un d'eux était la recherche permanente que menait le surintendant sur les plans de retraite et l'autre dossier contenait les plans du chalet qu'il se faisait construire sur les collines de Kawartha. Pour Orliff, travailler était le moyen de bien subvenir à ses besoins et il ne perdait jamais de vue ni son travail ni sa finalité.

Salter retourna dans son bureau et mit Gatenby au courant.

—D'abord un meurtre et maintenant, un incendie criminel. Bientôt, on va nous confier des trucs d'espionnage, commenta Gatenby avec un petit rire. Charlie Salter, agent spécial. (Il se tordit de rire.) Vous avez déjà quelque chose pour moi ?

—Non, pas pour le moment. Contente-toi de dire à tous ceux qui auraient besoin de moi que je suis occupé, que je suis sur une affaire.

Salter s'autorisa un petit sourire. Insensiblement, la journée s'améliorait.

—Oh, je vais le leur dire. (Gatenby attrapa la corbeille «Arrivée» de Salter.) Ça oui, je vais leur dire. Je vais commencer par me débarrasser de ça.

Il s'assit et entreprit de renvoyer les requêtes à l'expéditeur, une par une.

Avant tout mouvement, Salter lut le rapport de police. L'alarme avait été donnée par téléphone à une heure cinquante-trois du matin. D'après le rapport, la police et le camion des pompiers étaient arrivés ensemble. L'incendie ne s'était pas étendu hors du sous-sol et avait été rapidement maîtrisé. Le propriétaire des lieux avait été retrouvé au pied de l'escalier menant au premier étage; son décès avait été constaté à son arrivée à l'hôpital.

Salter appela le Bureau du commissaire des incendies et parla à l'enquêteur. Il lui posa en premier lieu la question évidente: pourrait-il s'agir d'un accident?

—Nous ne le pensons pas. L'agent utilisé était de l'essence ou quelque chose d'aussi volatil. Les gars du camion ont dit qu'ils en ont senti l'odeur quand ils sont arrivés. Et on n'a retrouvé aucun contenant sur les lieux, ce qui signifie que quelqu'un a versé de l'essence par terre dans le sous-sol, y a mis le feu et est immédiatement sorti.

—Et la combustion spontanée? demanda Salter.

La question était probablement stupide, mais il savait qu'Orliff la lui poserait, à lui.

—Ça, c'est autre chose. Généralement, ça nécessite un produit comme de l'huile de lin. Écoutez, inspecteur, je vais aller me coucher. Je passe devant le site de l'incendie pour rentrer chez moi. En tout cas, je peux le faire. Pourquoi ne me retrouveriez-vous pas là-bas pour que je vous fasse visiter ? C'est nouveau, pour vous, non ? En général, c'est Munnings ou Hutter qui est sur ce genre d'affaires.

Le ton de l'enquêteur était amical mais las.

—C'est vrai, je suis un novice. J'accepte volontiers votre aide.

—Dans une demi-heure, alors. On se retrouve là-bas.

Salter raccrocha et fourra le rapport dans sa poche.

—Je pars voir le lieu de l'incendie, Frank, déclara-t-il en se levant. Je serai de retour à midi.

◆

Bloor Street, qui constituait autrefois la limite nord de la ville, était devenu un quartier commercial qui traversait sans discontinuer le cœur de Toronto. Au centre, là où elle croisait Yonge Street, les boutiques étaient branchées et chères, mais à quelques pâtés de maisons de là, dans quelque direction que ce fût, elle changeait de physionomie ; Bloor Street devenait alors la rue principale de chaque quartier, se métamorphosant continuellement selon le caractère économique et racial de l'endroit.

L'édifice que recherchait Salter était situé à quelques coins de rue à l'est de Bathurst Street, à l'extrême limite d'un quartier dominé par Honest Ed's, un gigantesque marché d'aubaines dont la décoration était à mi-chemin entre celle d'un cirque et celle d'une salle de jeux électroniques. Couvert de lampes de couleur et garni de ballons qui tournaient, ce magasin à prix réduits attirait une foule énorme par des spéciaux du jour tels que les poulets à un cent chacun (limite de un par client). En partie grâce aux lubies généreuses du propriétaire de cet établissement, Markham Street, qui croisait Bloor Street juste à l'ouest de Honest Ed's, s'était transformée en une petite colonie d'ateliers d'artistes, de restaurants et de brocanteurs, que le principal propriétaire du quartier avait baptisée «Mirvish Village».

À cet endroit, Bloor Street est un agréable embrouillamini de petites boutiques et de restaurants, installés dans les mêmes bâtisses à un ou deux étages construites au début du XXe siècle à une époque où le quartier était essentiellement anglo-saxon. La composition ethnique en avait changé, mais la rue avait toujours cet air de Tooting Broadway de Toronto – comme l'avait une fois dit la mère de Salter dans une évocation de ses souvenirs d'enfance dans le sud de Londres –, emplie comme elle était de petites boutiques de vêtements et de marchands de fruits et légumes. Les enseignes des agences de voyages étaient désormais en grec et en portugais, et les mangues et bananes rouges se vendaient aussi bien que les carottes et les choux de Bruxelles. Partout, l'on pouvait acheter des pâtes, que l'on fût Italien ou issu de la vaste communauté estudiantine qui résidait à proximité, à distance de marche de l'Université de Toronto, qui s'étend largement dans la ville en direction du sud-est.

Salter trouva une place de stationnement à un coin de rue après le lieu de l'incendie. Il rebroussa chemin à pied vers la boutique. Le nom en était encore lisible : THE BOTTOM DRAWER – ANTIQUES

AND COLLECTIBLES (C. DRECKER). La façade du magasin était recouverte de contreplaqué, mais la porte était ouverte ; un policier en faction était en conversation avec un homme grisonnant qui avait à peu près l'âge de Salter. Ce dernier montra son badge et l'autre homme avança la main :

— C'est moi, le gars avec qui vous avez parlé, fit-il. Hayes, du Bureau du commissaire des incendies.

Il était solidement bâti mais sans une once de graisse. Il n'était pas très sale, mais à mesure qu'il s'approchait, Salter put voir la ligne que les cendres avaient tracée sur ses bottes et la suie qui soulignait les plis de son visage, qui témoignait d'une longue nuit de labeur. L'affaissement de son corps trahissait son épuisement.

— On ferait mieux d'entrer, proposa-t-il d'une voix qui révélait que, même si l'heure de la fermeture était dépassée depuis longtemps, il ferait le nécessaire pour mettre le policier au courant. Le feu est parti du sous-sol. Vous voulez descendre ?

Salter acquiesça et Hayes alluma la lanterne électrique qu'il portait.

— Il n'y a pas d'électricité, bien sûr, précisa-t-il.

Il ouvrit la marche vers le fond de la boutique, où les deux hommes empruntèrent un escalier qui conduisait en bas, vers le trou noir. Hayes éclaira la cave à la ronde. La pièce était carbonisée, toute noircie et dégoulinante de l'eau qui y avait été déversée. Fait surprenant, il semblait que le feu n'ait brûlé qu'une petite partie du plafond, où il avait creusé un trou de presque deux mètres au fond du sous-sol, à l'opposé de l'escalier.

— Ils sont arrivés à temps pour sauver la bâtisse, constata l'enquêteur. Ça n'a pas été long à éteindre. Les dégâts ont été principalement causés par la fumée.

Et par l'eau, songea Salter en contemplant le gâchis tout détrempé.

—Qu'est-ce qui vous fait croire que c'était un incendie criminel ? demanda-t-il.

—OK, dit Hayes en s'éclaircissant la voix.

Quand il reprit la parole, il adopta un ton formel et pédagogique.

—Les pompiers ont senti une odeur d'essence ou de quelque chose de semblable. Le feu est parti du sol. Regardez. Vous voyez cette tache ? (Il désignait une zone plus claire sur le sol de ciment.) Rien à brûler ici, mais par contre, quelque chose a brûlé dessus : vous me suivez ? Bon. Le feu a atteint cet endroit, là. (Il montrait un amas carbonisé sous la partie brûlée du plafond.) À mon avis, il y avait là un tas de guenilles probablement imbibées d'huile. Il n'y a pas grand-chose d'autre à brûler par ici. Il ne se servait pas de cette pièce comme remise. Donc, on a un feu d'essence qui s'est transformé en feu d'huile. C'est pourquoi il y avait tant de fumée.

—Mais ça n'aurait pas pu être spontané ?

—Je pense que vous ne voulez pas vraiment dire « spontané », corrigea Hayes. Ce que vous voulez savoir, c'est si le feu aurait pu être déclenché accidentellement par quelque chose, c'est ça ?

Salter hocha la tête.

—Tout d'abord, poursuivit Hayes, il n'y a pas de fournaise. Tout fonctionne à l'électricité : l'éclairage, le chauffage, l'eau chaude. Tout, quoi. Les fils passent par le plafond, voyez. Maintenant, imaginons un feu d'essence déclenché par une étincelle électrique. En fait, n'importe quelle étincelle ferait l'affaire, mais il faut qu'il y ait le bon mélange d'air et d'essence au niveau du plafond. Vous me suivez ? OK. Maintenant, si on a ce mélange, ça déclenche aussi une sacrée explosion qui pourrait soulever le toit. Mais il n'y a pas eu d'explosion. J'ai parlé à quelques badauds : personne n'a entendu ne serait-ce qu'un bruit de souffle. Donc, l'essence s'est enflammée quasiment au moment même où on la versait. Cela signifie que quelqu'un a aspergé le sous-sol d'essence, y a immédiatement mis le feu et a sacré son camp tout de suite. Rester ne serait-ce que quelques minutes aurait été dangereux. Autre chose : il n'y avait pas de contenant. Nous n'avons trouvé dans le sous-sol ni un bidon ni quoi que ce soit d'autre qui aurait pu contenir l'essence. La personne qui l'a versée a emporté le bidon.

Salter jetait un regard circulaire dans le sous-sol, suivant la démonstration de l'enquêteur. Le sol n'avait manifestement pas été balayé depuis des années. Il était jonché d'un amas de ferraille composé de quelques portemanteaux en acier, de dizaines de clous et de morceaux de fils électriques – rien qui pût avoir servi de contenant. Il montra du doigt une ampoule électrique et demanda :

—Que s'est-il passé ? Je croyais que ces trucs explosaient systématiquement.

Le bulbe était déformé par une protubérance d'un côté.

Hayes sourit.

—C'est l'un des indices qui permet de déterminer le point d'origine, exposa-t-il. Celui-ci est évident, mais dans le cas contraire, les ampoules électriques parleraient, parce qu'elles enflent du côté de la chaleur.

—Et les fenêtres ? demanda Salter.

La pièce était dotée de deux petites fenêtres au niveau de la rue, pourvues de gonds sur la partie supérieure du cadre et s'ouvrant vers l'intérieur et vers l'extérieur. Celle qui était la plus éloignée du feu était encore intacte, les loquets rouillés sur place. L'autre fenêtre était suffisamment proche du tas de guenilles pour avoir brûlé. Hayes attendit que son élève ait lui-même procédé à un examen. À une époque, la vitre avait été cassée et remplacée par une contre-fenêtre bon marché en plastique. La bordure de carton carbonisée était restée en place mais le panneau de plastique, tout ratatiné, avait complètement fondu. Un courant d'air frais s'engouffrait dans l'ouverture. Le cadre, comme celui de l'autre fenêtre, était verrouillé et bloqué par la rouille, et les deux traverses étaient demeurées intactes.

—Personne n'est entré par ici, concéda Salter. Et maintenant ?

—En haut, répondit Hayes, passant devant. C'est quoi, votre affectation normale ? demanda-t-il sur le ton de la conversation.

Qui le sait ? se dit Salter. Il se rappela la blague de Gatenby :

—Je suis au peloton de renseignement, répondit-il. Contre-espionnage, principalement. Mais je fais aussi d'autres trucs.

Il sourit pour montrer qu'il plaisantait, mais l'enquêteur, qui lui tournait le dos, se contenta de hocher la tête pour signifier qu'il avait entendu.

Fini, les blagues, se promit Salter.

Hayes s'arrêta au pied de l'escalier qui menait au premier étage.

—C'est là qu'on l'a trouvé, déclara-t-il. Il était en caleçon. Je n'ai relevé aucune marque, mais le pathologiste nous en dira davantage. Il a fort probablement été intoxiqué par la fumée.

—Pourrait-il avoir mis le feu lui-même ?

Salter regretta aussitôt sa question.

—Vous pensez qu'il aurait pu mettre le feu au sous-sol et monter l'escalier pour aller s'allonger?

L'étonnement pointait dans la voix de Hayes. Puis sa lassitude prit le dessus tandis qu'il expliquait à cet incompétent qu'on lui avait envoyé (au lieu de Munnings ou de Hutter) la stupidité de sa question.

Salter l'interrompit.

—Écoutez, je suis désolé. Je ne fais pas partie de l'équipe normalement chargée des incendies criminels. J'ai besoin d'un cours de recyclage, alors je vous serais très reconnaissant de m'exposer point par point comment vous êtes parvenu à vos conclusions. D'accord? C'est vous, l'expert, alors je vous écoute.

La supplique de Salter entraîna un léger radoucissement du ton de l'enquêteur.

– Ces trois derniers jours ont été assez effrayants, confia-t-il. La fin de semaine dernière, il y a eu cinquante-huit feux dans la zone métropolitaine. La moyenne, pour une fin de semaine, est de trente.

—Pas surprenant que vous soyez fatigué, reconnut Salter. Donc, poursuivit-il, c'est ici que vous avez trouvé le propriétaire, en sous-vêtements. Si, par miracle, il avait réellement allumé le feu, on aurait trouvé un bidon près de lui. Et il faudrait aussi découvrir pourquoi il aurait été mettre le feu à sa propre boutique, en petite tenue. C'est ça? Mais le truc évident, c'est qu'il a été asphyxié par la fumée, n'est-ce pas?

Hayes acquiesça.

—À peu près, admit-il. Allons jeter un coup d'œil au reste, en haut.

Il se tourna pour ouvrir la voie.

En haut de l'escalier qui débouchait au premier étage, un petit palier permettait d'accéder à un

minuscule appartement. À l'arrière, une salle de
bains récemment rénovée donnait sur la cour, qui
était en fait une place de stationnement sur laquelle
se trouvait un camion Volkswagen bleu. À côté de
la salle de bains, une petite chambre avait été utilisée
comme atelier ; elle contenait les morceaux d'une
table et d'une chaise berçante démontées. Une cuisine jouxtait la chambre, suivie d'une salle de séjour
qui occupait tout le devant de l'appartement et
donnait sur la rue. Cette pièce était meublée d'un
bric-à-brac provenant du stock de Drecker : un
canapé-lit ouvert, deux fauteuils dépareillés et une
vieille table basse. Le sol était recouvert d'un tapis
aux motifs orientaux ; un bar en bois blond occupait
un coin, à côté d'un téléviseur tourné de manière à
ce qu'on pût le regarder depuis le lit. Aucun tableau
n'était accroché aux murs et l'ensemble dégageait
une impression de campement plutôt que d'une
pièce habitée. Les dégâts y étaient négligeables,
bien que la pièce, comme la maison tout entière,
sentît la fumée humide.

— Drôle de façon de vivre, non ? fit remarquer
Hayes. Pas de tableaux ni rien.

— Je ne crois pas qu'il vivait ici, répliqua Salter.

Il examina la pièce. À côté du lit se trouvait une
bouteille de rhum, remplie au quart, ainsi qu'une
grande bouteille de Coke vide.

— Le pathologiste nous le dira, reprit Hayes,
mais à mon avis, il était trop soûl pour s'en sortir.

Salter approuva d'un signe de tête.

— Ça cadrerait, non ? Redescendons.

L'assortiment de meubles détrempés et noircis qui
avaient constitué le stock était encore disposé pour
la vente dans la boutique, bien que certaines des
étagères fussent vides.

— Les gens des assurances ont déjà jeté un coup d'œil, spécifia le constable en faction. L'assistant de Drecker est parti avec eux. Il a dit qu'il reviendrait dès qu'il en aurait fini avec l'expert des assurances.

Je ne vois rien qui vaille un pet de lapin par ici, pensa Salter en regardant autour de lui. Même sous la couche de suie, il était facile de deviner que Drecker ne plaçait pas la barre très haut. Il y avait un bureau métallique bon marché, une énorme vieille machine à écrire et un classeur à tiroirs dont un côté semblait avoir été défoncé à coups de pied. Le sol était nu et le rayonnage avait été assemblé à l'aide d'un lot de vieilles bibliothèques de différentes dimensions.

— Bon. Si on en a terminé, je vais rentrer me coucher, déclara Hayes, interrompant le fil des pensées de Salter.

— Oui, merci. Merci beaucoup. (Salter serra la main de l'enquêteur.) Puis-je vous appeler si j'ai encore besoin d'aide ?

C'était autant une excuse pour l'irritation qu'il aurait pu causer qu'une demande d'assistance.

— Bien sûr, répondit Hayes. Mais je suppose que Munnings ou Hutter vont bientôt prendre le relais, non ? Vous pourrez retourner attraper des espions.

Il fit un signe de tête et partit.

Fini, les blagues, se répéta Salter.

— À mon avis, monsieur, il nous confond avec les gars de la police montée, affirma le constable, tout sourire.

Salter le regarda, cherchant une remarque qui le soulagerait. Finalement, il s'abstint, mais le constable ne se trompa pas sur l'expression de son visage et tourna les talons. Salter regarda le dos de l'homme. *Encore un ennemi*, se dit-il.

Il se pencha pour examiner la porte d'entrée que les pompiers avaient arrachée de ses gonds. Elle était pourvue de deux verrous, mais seul l'un des deux était fermé. Sur la porte arrière, qui donnait sur le stationnement de Drecker, les deux verrous étaient en place. Cela avait-il une signification? Salter parvint à deux conclusions contradictoires mais aussi convaincantes l'une que l'autre: il mit donc le problème de côté. Il ressortit dans la rue pour dénicher des voisins qui auraient pu voir quelque chose. Des deux côtés de la rue, les maisons étaient toutes à deux niveaux. Les rez-de-chaussée étaient tous occupés par des boutiques et les niveaux supérieurs, par des assureurs et des agences de voyages. Au coin de la rue, un vieil immeuble d'habitation à trois niveaux offrait des possibilités, mais la plupart des occupants devaient être au travail. Ce ne serait pas Salter qui enquêterait dans cet édifice.

Salter retourna à la boutique du brocanteur; en passant la porte, il faillit entrer en collision avec un jeune homme qui voulait franchir le seuil lui aussi.

—Qui êtes-vous? demanda Salter sans préambule.

De l'intérieur, le constable le renseigna:

—C'est Dennis Nelson, l'assistant.

Il laissa Salter se présenter.

—Inspecteur Salter, fit ce dernier. J'aimerais éclaircir certaines questions.

—Sur moi? interrogea Nelson.

Ses cheveux, d'un poil-de-carotte flamboyant, étaient coupés à la mode anglaise. Une mèche lui tombait sur le front et il portait une épaisse moustache claire dont les pointes retombaient aux coins de sa bouche. Il avait le visage doux et rond d'un chérubin adulte, dont l'expression d'empressement quasi jubilatoire lui donnait l'air d'un écolier à un pique-nique. Sa mise vestimentaire était décontractée mais soignée : il portait un pantalon en chino et un épais chandail bleu marine. Salter estima qu'il devait avoir vingt-deux ou vingt-trois ans.

— Sur tout, répondit Salter. Vous. Votre patron. Les clients habituels. Tout ce que vous pourrez me dire.

Nelson parcourut du regard la boutique toute noircie.

— Pouvons-nous aller ailleurs ? demanda-t-il. J'étais juste venu prendre les registres pour les garder en sécurité chez moi jusqu'à ce qu'on me dise quoi en faire. Pourquoi n'irions-nous pas parler dans mon appartement ? Ce n'est pas loin d'ici.

Il se leva, les deux pieds et un bras pointés dans la direction de son appartement, quelque part dans Bloor Street ; on aurait dit qu'au moindre signe de tête de Salter, une petite poussée du pied lui suffirait à se lancer pour se mouvoir horizontalement et atteindre son appartement en un clin d'œil.

Salter haussa les épaules et acquiesça. Ce lutin le distrairait agréablement d'un pompier épuisé et d'un constable vexé.

Nelson traversa la pièce, bondissant jusqu'à un classeur à un seul tiroir situé près de la caisse enregistreuse.

— Tout est là, déclara-t-il. Si vous avez une voiture, on pourrait y charger ça et partir. Je demeure sur Washington Avenue.

— Qu'y a-t-il dans la caisse enregistreuse ?

— Rien. Il devrait y avoir un fond de caisse de vingt-cinq dollars ici.

Il plongea sous le comptoir et en ressortit une enveloppe sale pleine de monnaie et de petites coupures, qu'il brandit haut d'un air interrogateur.

— Tout le reste a été mis dans le coffre de nuit, précisa-t-il.

— Mettez l'argent dans le classeur, lui dit Salter. On va le prendre avec nous. Je vais chercher l'auto.

Quand il fut de retour, il se gara en double file et laissa le moteur en marche ; les deux hommes chargèrent le classeur sur la banquette arrière. Le constable vint refermer les portières et salua consciencieusement quand ils démarrèrent.

— Vous feriez mieux de faire demi-tour, conseilla Nelson. On ne peut pas faire le tour du pâté de maisons à cause des sens uniques.

Ils tournèrent à l'est dans Bloor Street, dépassèrent Honest Ed's en direction de Spadina Avenue, puis prirent vers le sud pour rejoindre Washington Avenue. Nelson résidait dans une maison proche de Spadina Avenue, et Salter fit monter sa voiture sur le trottoir, juste devant. Ils portèrent le classeur dans la cuisine et le placèrent au bout d'un long comptoir. À grand renfort d'essuie-tout, Nelson s'employa à débarrasser le classeur de la suie qui le recouvrait ; pendant ce temps-là, Salter étudia l'appartement. Il était décoré dans un style qu'il reconnaissait vaguement, qu'Annie identifierait dès qu'il serait rentré chez lui. Les couleurs dominantes étaient le noir et le blanc, ce qui conférait à l'appartement des allures de décor de vieux film. Le tapis était blanc, de même que le piano droit, les rideaux, l'essentiel des murs et des boiseries ainsi que certains meubles. Au centre de la pièce, trônait une grande table basse en verre noire, et l'un des fauteuils ainsi qu'un repose-pieds étaient également noirs. Au-dessus du foyer, les objets décoratifs étaient tous en verre givré, à l'exception d'une pendule publicitaire vantant les mérites des cigarettes Sweet Caporal qui provenait d'une gare routière des Prairies et d'une autre pendule de plastique blanc sur laquelle un minuscule Harold Lloyd pendillait, suspendu à l'aiguille des minutes. Sur les murs étaient accrochés plusieurs dessins à l'encre noire représentant des personnages qui se contorsionnaient, dont le support consistait en deux plaques de verre sans cadre. Deux murs étaient entièrement recouverts de bibliothèques pleines à craquer de livres et de revues d'art.

Nelson se tenait posément dans l'encadrement de la porte de la cuisine.

— Un café, inspecteur ?

— Volontiers.

Salter s'assit, choisissant le fauteuil noir, pour le cas où il aurait de la suie sur ses vêtements. Quelques minutes plus tard, Nelson réapparut ; il se déplaçait comme s'il était sur des patins à roulettes et portait un plateau Coca-Cola sur lequel étaient posés deux tasses blanches, un pot de crème et un bol de sucre. Salter but une gorgée et trouva le café délicieux.

— Si vous voulez fumer, je dois avoir un cendrier quelque part, proposa Nelson.

— Non, merci. Bon, monsieur Nelson, parlez-moi tout d'abord de votre patron, monsieur Drecker. L'initiale « C », c'est pour quoi ?

— Cyril. Que voulez-vous savoir ? Je ne l'aimais pas, déclara Nelson.

Il souligna ses propos d'un mouvement de tasse et regarda gaiement Salter pour voir s'il avait choqué ce dernier.

— Je vois. Ça va nous faciliter la tâche, alors. Vous êtes sorti hier soir pour mettre le feu à la boutique et le tuer ?

— Oh non ! Je suis navré qu'il soit mort… (Là, Nelson adopta une pose personnifiant l'affliction.) … mais seulement d'une manière générale.

Son sourire réapparut.

—Pourquoi ne l'aimiez-vous pas?

—Parce que je l'ai vu escroquer des gens et parce qu'il était grossier et qu'il pétait.

Nelson prit un ton solennel. Sa gaieté n'avait pas disparu et il parlait sans rancœur, mais d'une voix claire et assurée.

—On ne doit jamais dire du mal des morts, je sais, mais si la police obéissait à cette règle-là justement, on n'arriverait jamais à rien, n'est-ce pas?

Salter sortit son bloc-notes. Manifestement, Nelson se sentait libre d'exprimer son aversion à l'égard de Drecker sans éveiller la curiosité de Salter, mais peut-être avait-il simplement décidé que la police n'aurait pas manqué de la découvrir, de toute façon.

—En quoi consistait sa grossièreté? s'enquit Salter.

—Il se moquait de moi ou tentait de le faire. Il était sarcastique.

—Comment ça?

—Il se moquait de mon style de vie.

Salter désigna la pièce d'un geste circulaire.

—Tout ça? fit-il. Je trouve ça beau, moi.

Où était le problème? À part la pendule Sweet Caporal et le plateau Coca-Cola, tout était noir ou blanc.

Nelson posa sur Salter un regard interrogatif pendant quelques instants. Puis:

—Il ne s'agit pas de mes goûts, inspecteur, mais de mon orientation sexuelle, lâcha-t-il.

Pendant quelques secondes, Salter fut véritablement perplexe. Il finit par comprendre ce qu'on venait de lui annoncer. Il se sentait comme un bouseux et décida donc d'agir comme un bouseux, mais qui n'aurait pas de préjugés.

—Vous êtes homo, c'est ça, monsieur Nelson ? s'enquit-il, sur le même ton que s'il lui avait demandé s'il était hindou, végétarien ou nouveau dans le quartier.

—Je suis bisexuel, inspecteur, avoua Nelson comme un petit garçon incapable de mentir.

—Bien, bien. Et Drecker se moquait de ça, alors ? De quelle façon ?

Tant qu'à faire, autant épuiser le sujet.

—Il me demandait souvent si tel ou tel homme me plaisait. Et il fantasmait à voix haute sur ce qu'il aimerait faire aux clientes.

—Et que faisiez-vous ?

—Quand il allait trop loin, je lui disais d'arrêter. La plupart du temps, je l'ignorais. Une fois, je lui ai demandé pourquoi il s'intéressait tant aux histoires de gais. Ça lui a cloué le bec pendant un bon moment.

—Il ne m'avait pas l'air très attirant, monsieur Nelson. Grossier en paroles et en actes.

Salter affecta un peu plus de compassion qu'il n'en ressentait. Drecker ne lui semblait pas pire que la plupart des hommes qu'il connaissait, même s'il avait continué ses blagues de vestiaire à un âge plus avancé que la moyenne.

—Seulement avec moi, inspecteur. Les autres personnes le trouvaient admirable. Surtout ses petites amies. Elles le trouvaient tout à fait attirant.

—Ses petites amies ?

—Il en avait toujours une, parfois deux en même temps.

—C'est à cela que servait l'appartement du haut ?

—Essentiellement, confirma Nelson.

—Donc, pour vous, c'était un porc, insista Salter, tirant encore une fois profit de la méticulosité de Nelson. Pourquoi travailliez-vous pour lui ?

—Je voulais apprendre à connaître le marché torontois. Je m'y connais en antiquités et The Bottom Drawer était un bon endroit pour apprendre les ficelles du marché. Au ras des pâquerettes, en tout cas. J'espère avoir un jour ma propre boutique.

—C'était aussi un escroc, m'avez-vous dit. L'était-il au point d'avoir des ennemis qui auraient voulu le tuer?

Nelson secoua la tête.

—Je ne le penserais pas. Ce n'était pas un si grand escroc que ça. Un filou, plutôt. Drecker cherchait toujours à acheter la marchandise un dollar pour la revendre cent dollars. Il essayait toujours d'obtenir quelque chose pour rien.

Progressivement, comme Salter réagissait avec sérieux à ses propos, Nelson devenait plus mesuré.

—Était-il connu pour cela?

—Dans le milieu, oui. Les marchands plus importants, ceux à qui Drecker vendait quelques pièces, ne lui faisaient pas confiance. Ils demandaient toujours des renseignements détaillés sur la provenance de tout ce qu'il leur vendait.

—Ils pensaient qu'il pouvait faire du recel?

—Ils pensaient qu'il en était capable, si ce n'était pas trop risqué.

—Qui sont ces marchands? Avec qui a-t-il fait des affaires, disons… au cours des six derniers mois?

Nelson désigna le classeur à tiroir.

—Tout est là-dedans, dit-il. Je pourrais vous faire une liste, mais ça prendrait pas mal de temps.

—Pour demain?

—Sans problème.

—Bien. Poursuivons. À votre connaissance, y aurait-il quelqu'un d'autre qui aurait pu lui en vouloir? De grosses disputes, par exemple?

—Il y a bien eu quelques échanges verbaux vifs, dernièrement. Une vieille dame lui avait vendu une table de salle à manger pour dix dollars. Il l'a décapée et mise en vente à six cents.

—Connaissez-vous son nom ?

—Non. Drecker faisait ses transactions en argent comptant chaque fois qu'il le pouvait. Pas de facture pour des trucs comme ça. Mais c'était il y a deux mois. Après ça, il y a eu le gars qui a réparé la salle de bains, Raymond Darling. Drecker doit avoir essayé de le rouler, parce que le type est revenu la semaine dernière et qu'ils se sont disputés là-haut. Il est revenu deux fois. Je le connais : c'est l'ami d'une amie à moi. Encore un peu de café ?

Salter avança sa tasse.

—Écrivez-moi son nom, voulez-vous ? demanda-t-il en lui montrant un petit bloc de papier blanc dans une boîte de plexiglas posée sur la table basse. Et ajoutez l'adresse où je peux le trouver. Bon. J'ai encore une question, monsieur Nelson.

—Où j'étais la nuit dernière, c'est ça ?

—Oui. Où étiez-vous la nuit dernière ?

—Je suis resté ici jusqu'à une heure du matin, puis je suis sorti passer le reste de la nuit avec quelqu'un.

—Quelqu'un ?

—Oui, confirma Nelson. Une femme, ajouta-t-il.

Sur son visage, s'épanouit une expression qui signifiait : « Je t'ai bien eu. »

—Son nom ?

—Julia Costa. Je suppose que vous voulez aussi son adresse.

Il écrivit les renseignements requis sur le même bout de papier qu'il tendit ensuite à Salter.

—Et jusqu'à une heure du matin, vous étiez donc ici, seul ?

— Non, rétorqua Nelson, dont le sourire disparut. Jusqu'à une heure, j'étais ici avec la personne avec qui je vis. Nous nous disputions et j'en ai eu assez. Alors j'ai pris un taxi pour aller chez Julia.

— Je vois. Cette personne pourrait le confirmer ?

— Oui. Jake rentrera cet après-midi. Pourrais-je vous demander une faveur ? Puis-je vous demander de ne pas dire à Jake où je suis allé quand je l'ai quitté ?

— Entendu. Pourquoi ?

Nelson mit les mains dans les poches et s'appuya contre le dossier du fauteuil.

– Il est jaloux, expliqua-t-il. C'était l'un des motifs de notre dispute. Il veut savoir en tout temps où je suis, mais moi, j'ai besoin d'un peu de liberté. J'ai besoin d'air.

Cela semblait être son élément de prédilection, en effet.

— Je vois, fit Salter. Jake est votre… amant ?

Il s'éclaircit la voix pour être prêt à parler plus distinctement par la suite.

— Je pensais avoir été clair là-dessus.

Les yeux de Nelson s'arrondirent de surprise feinte.

— Et il est jaloux de cette Julia Costa ?

— Il est jaloux de tout le monde, à vrai dire.

— Possessif, en somme, précisa Salter.

Il se sentait à chaque instant de plus en plus à l'aise dans l'univers de Nelson. Mis à part les goûts de Nelson en matière de partenaires, tout cela lui semblait familier. Il se leva.

— Je reviendrai cet après-midi pour avoir la confirmation de votre camarade de chambre.

Nelson se mit à rire.

— Nous faisons chambre à part, dit-il. Quand sa mère vient en ville, nous ne sommes que deux copains normaux. Et en plus, il ronfle.

Salter sourit. Il ouvrit la porte, puis marqua un arrêt.

— À propos, s'enquit-il, Drecker avait-il de la famille ?

— Sa femme. Elle est en déplacement. Je lui ai appris la nouvelle par téléphone : elle prend un avion pour Toronto cet après-midi. Mais dites donc, je pensais que vous autres étiez les mieux placés pour savoir tout ça ? ajouta Nelson sur le ton de la plaisanterie.

— Nous allons vérifier tout ça, monsieur Nelson, mais c'est plus rapide de vous le demander. Merci pour le café. Je reviens cet après-midi.

◆

Il retourna à la gare et stationna sa voiture. L'heure du déjeuner approchait, aussi se rendit-il à pied à son club de squash où il avait organisé une partie avec un autre débutant. Ils se démenèrent sur le court, oubliant le monde entier pendant quarante minutes, puis prirent ensemble un sandwich et une bière. Il jouait au squash depuis cinq mois et, bien qu'il ne fût pas encore très bon, il persévérait avec un plaisir enfantin. Ses partenaires et lui ne savaient presque rien les uns des autres (il leur disait qu'il travaillait pour l'administration métropolitaine), mais l'exercice, l'anonymat et, surtout, le plaisir qu'il retirait de retrouver la compétition après des années, faisaient de ces parties le point fort de sa semaine.

Il se sentait plus léger, l'esprit plus libre ; il revint à pied à son bureau et salua son sergent en arrivant.

— Comment vas-tu, Frank ? demanda-t-il.

— Pourquoi me demandez-vous ça ? répliqua Gatenby.

— Je te demande simplement comment ça va.

— Je n'ai pas à me plaindre, répondit le sergent sur un ton perplexe.

Ils s'étaient déjà vus le matin et Salter n'était pas du genre à faire des salutations à longueur de journée.

— Je veux que tu enquêtes sur le voisinage du lieu de l'incendie, Frank. Trouve-moi si quelqu'un a vu quelque chose de louche la nuit dernière.

— Entendu. Je vais mettre les gars là-dessus.

— Demande-leur de vérifier tous les immeubles qui donnent sur la boutique.

— D'accord. Autre chose ?

— Pas pour le moment. Mais plus tard, oui. Je pense que cette affaire va nécessiter pas mal d'enquêtes de proximité.

— Votre femme a appelé pour vous rappeler votre rendez-vous chez le docteur. Quelque chose qui ne va pas, Charlie ?

Salter sursauta et leva les yeux. Les sergents n'appelaient pas les inspecteurs par leur prénom à moins d'y être invités. En prenant cette initiative, Gatenby lui signifiait qu'il était temps que Salter se rende compte de l'existence de son sergent au lieu de le tenir à distance. Salter se sentit réprimandé et très légèrement touché.

— Je ne sais pas ce qui cloche, Frank, confessa-t-il. Rien, probablement, Il y a un test qui a fait virer leur papier réactif au bleu. Je n'en sais pas plus.

Gatenby hocha la tête avec compassion et Salter se mit à rédiger un rapport à l'intention de son surintendant. Une demi-heure plus tard, l'heure était venue de retourner sur Washington Avenue et d'interroger le camarade de chambre de Nelson. Il demanda à Gatenby de dire à la veuve de Drecker, si toutefois elle appelait, qu'il la rencontrerait le lendemain matin, puis il partit.

◆

À son arrivée, Nelson était cette fois très bouleversé. Son ami, Jake Hauser, était revenu puis reparti après le départ de Salter, mais pas avant que leur querelle ne reprît, avec un regain d'intensité. Nelson était si agité qu'il pouvait à peine parler. Il était en compagnie d'une autre personne, une séduisante brune au début de la trentaine, vêtue d'un jean et d'un tee-shirt qui lui dénudait le ventre.

—Je m'appelle Christine Nader, fit-elle après que Salter se fut présenté. J'habite de l'autre côté du couloir. Je suis venue me plaindre du bruit qu'ils ont fait la nuit dernière, mais le pauvre Dennis était dans un tel état que je suis restée.

Elle était agenouillée près du fauteuil de Nelson et lui tenait la main, tournant presque le dos au policier.

Une bonne voisine. Salter s'efforça de réprimer la pensée qu'elle était trop bien pour Nelson. C'était probablement le genre de propos que tenait Drecker.

—Vous les avez entendus se disputer la nuit dernière ?

—Oh oui, pour sûr ! Haut et fort, lança-t-elle par-dessus son épaule.

—Voulez-vous un compte rendu complet de notre querelle ? cria Nelson au bord des larmes.

—Non, monsieur. Si cette dame peut confirmer que vous étiez ici jusqu'à une heure, c'est tout ce que j'ai besoin de savoir.

—Je peux vous le certifier, inspecteur, assura-t-elle.

—Bien.

Salter ne s'était pas encore assis, mais il traversa la pièce pour éviter d'avoir une vue plongeante sur son décolleté.

—Et où puis-je trouver monsieur Hauser?

—Nulle part. Il est parti pour de bon, déclara Nelson sur un ton de défi.

—Vraiment? Et pourquoi cela?

—Parce que je le lui ai demandé.

—Quoi qu'il en soit, je voudrais lui parler. À votre avis, où devrais-je chercher?

—Je n'en ai aucune idée. Ses parents demeurent à Porcupine-Sud, mais vous ne le trouverez pas là-bas.

La femme continuait à l'apaiser en lui tapotant doucement la main.

—Où travaille-t-il?

—À Queen's Park. Il est agent comptable au gouvernement de l'Ontario.

Chaque révélation augmentait la détresse de Nelson.

—Je vais essayer là-bas. Je repasserai demain pour prendre la liste que vous m'avez promise.

Nelson tourna la tête. La femme fit à Salter une grimace lui signifiant qu'il devait partir.

Un appel qu'il passa d'une cabine de Spadina Avenue lui apprit rapidement que Hauser ne s'était pas présenté au travail ce jour-là et qu'il n'avait pas prévenu. Personne ne savait où il était. C'était donc le premier suspect.

◆

Il était presque trois heures. On ne l'attendait pas à l'hôpital avant trois heures et demie; pour passer le temps, il s'occupa d'une des missions que lui avait confiées Annie : la porte moustiquaire. Il y avait une quincaillerie dans Bloor Street, non loin du lieu de l'incendie. Salter traversa en auto les quelques pâtés de maisons qui l'en séparaient. Il entreprit d'expliquer ce qu'il voulait faire mais avant qu'il eût fini, le propriétaire secoua la tête et pinça les lèvres :

— Impossible, le coupa-t-il. Impossible, impossible, définitivement impossible.

Salter attendit qu'il eût terminé son petit couplet et qu'il avançât une explication.

— Ces roulettes sont mises en place à l'usine, exposa l'homme sans cesser de secouer la tête. (Salter mourait d'envie de se pencher vers lui et de poser sa main sur son crâne pour le faire arrêter.) Il vous est impossible de réparer ces maudites affaires vous-même.

— Vous voulez dire qu'il faut que je rapporte cette porte à l'usine ? demanda Salter.

— C'est ça, répondit l'homme avec l'aplomb dogmatique de celui qui ne sait pas de quoi il parle. De quelle marque est-elle ?

— Je l'ignore. Est-ce que c'est inscrit dessus ?

— Ça devrait, non ? Ce que vous devez faire, c'est trouver qui a fabriqué cette porte et voir s'ils font les réparations. Vous devrez sans doute acheter une porte neuve. Ça fait longtemps que vous l'avez ?

— Dix ans.

À ces mots, l'homme ferma les yeux, se tourna de côté et recommença à secouer la tête.

— Ils ont fort probablement mis la clé sous la porte, finit-il par dire. Ce genre d'usine disparaît du jour au lendemain.

— Auquel cas je devrais remplacer tout le maudit système ?

L'homme haussa les épaules et ouvrit les yeux.

—Ça m'en a tout l'air, fit-il. C'est bien malheureux. Bien sûr, je me trompe peut-être, ajouta-t-il, laissant le policier à son point de départ.

—Merci, dit Salter, qui quitta le magasin avec l'impression qu'on n'avait pas fini d'entendre parler de cette porte moustiquaire.

◆

À l'hôpital, le spécialiste lui posa des questions pendant dix minutes ; la plupart d'entre elles semblaient hors de propos ou évoquaient des maladies auxquelles Salter n'avait même jamais songé. Le docteur paraissait indifférent aux réponses, même lorsque Salter était incapable de répondre, par exemple à une question du genre : « Avez-vous uriné plus ou moins fréquemment que d'habitude au cours de la dernière année ? »

Ensuite, Salter se déshabilla et s'allongea ; il fixa d'abord le mur, puis le plafond. Le docteur eut bientôt terminé.

—Vous pouvez vous rhabiller, fit-il avant de disparaître.

Quand le policier fut rajusté, il alla dans le bureau extérieur où l'infirmière attendait le moment de rentrer chez elle. Elle lui annonça que son prochain rendez-vous était fixé pour le jeudi, à la même heure, en radiologie.

—Pour quoi faire ? demanda Salter.

Elle lui répondit dans un jargon médical vide de sens aux oreilles de Salter.

—Le docteur a-t-il trouvé quelque chose ? Vous a-t-il par hasard dit quelque chose ? s'enquit-il.

—Le docteur enverra un compte rendu détaillé à votre médecin de famille, l'informa l'infirmière en rajustant son foulard devant un miroir. Avons-nous ses coordonnées ?

— Je n'en sais rien. À votre avis ?

Elle reposa son sac à main et se dirigea vers un classeur où elle trouva le dossier de Salter. Elle lut l'unique feuille de papier qu'il contenait.

— C'est le docteur Blostein ? demanda-t-elle.

— C'est bien ça.

Elle éteignit la lumière et poussa doucement Salter dans le couloir.

— Nous le tiendrons au courant, assura-t-elle.

◆

À la maison, Annie attendait les nouvelles et Angus était dans sa chambre, attendant lui aussi. Salter s'occupa tout d'abord d'Angus ; il frappa à la porte de son fils, guetta une réponse et entra en l'absence de celle-ci.

Angus était installé exactement au milieu de son lit, les genoux sous le menton. Salter s'assit.

— As-tu d'autres revues pornos dans la maison ? demanda-t-il.

Angus secoua la tête.

— Bien. Si toutefois tu en as d'autres, débarrasse-t'en ce soir. Ça contrarie ta mère. Moi, ça ne me dérange pas, j'en ai déjà vu. Tu veux en parler ?

Angus secoua de nouveau la tête. Son regard croisa celui de Salter puis se reposa sur ses pieds. *À l'heure qu'il est*, pensa Salter, *il a déjà mené sa petite enquête à l'école et il sait ce qui arrive généralement à ses copains quand ils se font prendre.* Qu'était-il arrivé ? Il réfléchit à ce que son père aurait fait en pareilles circonstances, mais la question était absurde. Dans la jeunesse de Salter, la pornographie

consistait en des photos sépia qui dataient des années
vingt. Aux yeux d'un garçon de quatorze ans, ces
femmes ressemblaient à des tantes et les hommes,
pourvus de moustaches et de cheveux brillants
séparés au milieu, avaient l'air d'artistes de music-
hall entre deux changements de costume. Il n'avait
établi aucun lien entre les activités de ces personnes
qui semblaient des étrangers et ses propres désirs.

Son père ne lui avait rien dit du tout sur le sujet.
Tout comme proférer des jurons, parler de sexe
était interdit à la maison et quand il était adolescent,
Salter avait l'impression que ses parents avaient
banni cette partie du monde de leur vie. Un jour,
lorsque Salter eut seize ans, son père lui raconta de
but en blanc une blague très salace tandis qu'ils
marchaient dans la rue ; Salter comprit alors que
son père le traitait désormais en homme, mais il fut
trop choqué pour répondre sur le même registre.

Il regardait maintenant son fils et se demandait
comment ils traverseraient les cinq prochaines
années. Peut-être cela ne serait-il pas si long que ça.
À son époque, la plupart des étudiants de première
année à l'université étaient encore vierges, mais de
nos jours, ils baisaient tous en dixième année, non ?

Angus continuait d'examiner ses pieds nus tandis
que Salter s'efforçait de trouver une issue à cette
conversation. Une petite pustule ornait le cou du
garçon et une ombre de moustache apparaissait sur sa
lèvre, mais au-dessous affleurait l'innocent visage
qu'avait hier l'enfant de dix ans et encore au-
dessous, le petit garçon qu'il avait emmené jouer
au bac à sable d'Oriole Park. Il apparut à Salter
que l'âge était quelque chose que la famille et les
amis plaquaient sur la vraie personne que l'on avait
toujours connue. Les rares relations qu'il avait

conservées de ses années d'école n'avaient pas changé depuis trente ans. Elles avaient simplement pris de l'âge en même temps que du poids. C'était un changement superficiel que l'étranger prenait pour la réalité, mais pour celui qui les connaissait depuis toujours, ce n'était rien de plus qu'une sorte de maquillage.

Il se leva de la chaise qu'il occupait et donna au garçon une tape sur l'épaule.

— À plus tard, lança-t-il.

Angus hocha la tête sans lever les yeux ; Salter sortit.

En bas, Annie préparait une sorte de curry. Il se servit une bière et sortit sur la galerie arrière ou le « patio », comme on disait dans le voisinage. Salter avait épousé quelqu'un qui était situé plus haut que lui dans l'échelle sociale. La famille de sa femme faisait en effet partie de la classe dirigeante de l'Île-du-Prince-Édouard ; il l'avait rencontrée et courtisée au moment où il se remettait du naufrage de son premier mariage. Il était quant à lui très nettement issu de la classe inférieure. Son père avait été préposé à l'entretien dans la compagnie locale de tramways ; sa mère était venue d'Angleterre à l'âge de quatorze ans, envoyée par un orphelinat pour travailler comme employée de maison. Salter était conscient de la différence de classe sociale entre sa femme et lui : il gardait ses distances par rapport aux deux milieux sociaux en appelant le jardin la « cour » et en prenant son dîner à midi et son souper le soir.

— Qu'as-tu dit à Angus ? lui chuchota Annie à l'oreille.

— Je lui ai demandé de ne pas apporter de revues pornos à la maison.

— Et c'est tout ? Tu ne vas pas lui parler ?

— Je ne sais pas, répondit Salter, qui n'en avait pas l'intention. Lui parler de quoi ? On leur apprend tout ça à l'école, non ?

— Ce n'est pas la même chose. Il a besoin que quelqu'un lui mette tout ça en contexte.

— Tu veux que je lui dise que lors de notre première nuit ensemble, j'ai mis une rose entre tes jambes parce que j'avais lu quelque part que quelqu'un l'avait fait pour montrer combien il trouvait *ça* beau ? Et que tu as eu une crise de nerfs à ton réveil parce que tu avais pris la rose pour une araignée ?

— Charlie, il a vraiment besoin que quelqu'un lui parle.

— D'accord, d'accord. Je vais faire ce que je peux. Passons à autre chose, veux-tu ?

Angus entra dans la pièce, derrière eux, et s'assit à table. Annie appela Seth et ils commencèrent à manger. Annie relata de façon animée sa journée de travail, au cours de laquelle elle avait déniché une vieille station-service des années quarante construite pour ressembler à une maison de sucre d'orge dans une histoire de fées, style autrefois très répandu mais aujourd'hui presque entièrement disparu. Seth avait une histoire à raconter à propos d'un enseignant temporaire de son école, qu'il décrivait comme une « véritable boîte à lunch ». Pour sa part, Angus ne desserra pas les dents et quitta la table dès qu'il eut fini son repas.

Annie et Salter prirent leur café dehors, sur la galerie arrière, où le temps superbe commençait tout juste à se rafraîchir.

— As-tu vu le spécialiste ? demanda Annie dès qu'ils furent seuls.

—Oui.

—Qu'a-t-il dit?

—Rien. Son infirmière a dit que je devais aller faire une radio jeudi.

—Pourquoi?

—Dieu seul le sait! Pas moi, en tout cas.

La vague noire qu'il s'était efforcé de contenir pendant quelques heures était de retour. Il changea de sujet.

—J'ai un nouveau boulot depuis aujourd'hui. Un homicide.

—Tu es content?

—C'est toujours plus intéressant que d'organiser le tableau de service. (Salter agita la main pour chasser une guêpe.) Ton boulot, à toi, va t'occuper pas mal?

—Je le pense. Pendant un petit moment.

Salter émit un grognement.

Il n'était pas encore complètement habitué à ce que sa femme travaille. Elle l'y avait préparé doucement: en juin, elle avait annoncé qu'elle s'ennuyait et ils avaient évoqué tout ce qu'elle pourrait faire pour se sortir de la maison; en juillet, elle lui avait fait savoir que prendre des cours de français ou faire du bénévolat n'était pas ce à quoi elle pensait. Elle voulait un travail, un vrai travail. Elle tenait la maison les yeux fermés, les garçons étaient assez grands pour ne pas y mettre le feu et elle disait avoir besoin d'une vie à elle, peut-être même d'une certaine réussite professionnelle. C'était un signe des temps, mais, tout au fond de lui, Salter redoutait de la laisser sortir de sa réclusion, craignant qu'elle ne découvre ce que le monde offrait d'autre qu'être mariée à un inspecteur de police dont la carrière, après un coup d'arrêt, donnait quelques signes de retour à la vie.

Elle avait commencé par travailler à temps partiel, de dix heures à trois heures; Salter l'avait à peine remarqué et ne posait jamais de questions. Quand il y pensait, il était persuadé, sans toutefois trop y croire, qu'elle vivait dans un monde sophistiqué peuplé de salauds mielleux en costumes italiens. Il n'avait jamais vraiment surmonté le sentiment d'avoir eu une chance énorme de conquérir Annie en premier (ou plutôt en second, après sa brève union désastreuse avec une hippie qui n'avait pas tardé à être en révolte contre l'ordre établi, lequel incluait Salter, si activement que leur mariage avait volé en morceaux en moins d'un an). Salter était un époux docile sans être soumis et, bien qu'il eût suffisamment de jugeote pour ne pas vouloir garder Annie dans une jolie petite maisonnette, il craignait pour sa sécurité dès qu'elle déployait ses ailes. Il ne pouvait imaginer de vivre sans elle, mais il se disait parfois qu'il devrait peut-être la quitter pour ne plus avoir peur qu'elle le quitte.

— Tu verras, tu ne t'en rendras même pas compte. Tu n'es pas content pour moi? fit-elle.

— Oh oui, bien sûr! mentit-il. (Il chassa une autre guêpe.) Maudites guêpes!

— Il y a un nid. Devant la fenêtre de la salle de bains.

Salter leva les yeux. Un petit globe de couleur brune gros comme un melon avait fait son apparition entre la fenêtre de la salle de bains et la moustiquaire.

— Fais-le tomber, suggéra-t-il.

— Ce n'est pas si facile. Il faut un chapeau de protection et des gants.

— Moi, je laisserais faire. Elles s'endorment l'hiver.

—Dans ce cas, il faut réparer la porte moustiquaire. Elles arrivent au deuxième étage.

—J'ai appris aujourd'hui que pour la réparer, il
faudrait qu'on enlève tout le mur arrière de la maison.

—Pourquoi est-ce que tu ne demandes pas à
quelqu'un ?

—Qui ? Quoi ? J'ai essayé.

De frustration, Salter adopta un ton sec. La
phrase « Pourquoi est-ce que tu ne… » suivait de
près « au fait » et avait elle aussi le don de le mettre
en colère. En dépit de tous les progrès réalisés par
les femmes, Annie – et la plupart des femmes,
selon l'expérience de Salter – réagissait dans une
situation difficile par un « Pourquoi est-ce que tu
ne… ». Cela s'appliquait en général à une situation
délicate ou embarrassante, du genre : « Pourquoi
est-ce que tu ne demandes pas au commandant
pourquoi le navire s'est arrêté ? » L'incontournable
« Pourquoi est-ce que tu ne… » avait surgi tandis
qu'ils étaient perdus en voiture dans New York.
Annie avait dit : « Pourquoi est-ce que tu ne demandes pas à ce policier si nous sommes déjà à
Manhattan ? » Salter s'était exécuté. Le flic avait
répondu : « Eh bien, ici, c'est Central Park, mon
vieux, et je ne crois pas qu'on l'ait déménagé récemment. » Mais Annie disait qu'elle ne voyait pas
pourquoi les femmes devraient poser toutes les
questions potentiellement stupides.

—Il faut la réparer, Charlie.

Salter soupira. Trop de choses à la fois.

—Je sais. Mais là, tout de suite, ma chérie, en
ce moment même, ça me fait chier, OK ?

Il changea de sujet.

—Que sais-tu des antiquaires ? demanda-t-il.
Une boutique appartenant à un certain Drecker,

située juste après Honest Ed's, a brûlé la nuit dernière. Le propriétaire est mort dans l'incendie. Tu en as entendu parler? Elle s'appelait The Bottom Drawer.

— Une vraie boutique d'antiquités?

Salter secoua la tête.

— Rien de susceptible d'intéresser ta mère, précisa-t-il. C'est plutôt… comment dit-on?… une boutique pour collectionneurs. Tu sais bien, un brocanteur. Le bas de l'échelle dans le domaine, en tout cas. De vieux vide-pommes, mais principalement des trucs usagés.

— Je connaissais certaines boutiques de Markham Street. Était-elle située à peu près à ce niveau? En quelque sorte, hors Broadway?

— Même pas, à mon avis. Hors hors Broadway, à la rigueur.

— Non. Jamais entendu parler. Mais Jenny, sûrement. Pourquoi est-ce que tu ne l'appellerais pas?

Le visage de Salter s'éclaira.

— C'est une idée. Je vais lui proposer un dîner.

— Elle sera ravie, répliqua Annie, légèrement moqueuse.

Jenny Schumann était une antiquaire de Yorkville, une vieille amie qui avait occasionnellement employé Annie à temps partiel avant la naissance des enfants. Elle avait publiquement déclaré son intérêt pour Salter dès qu'elle l'eut rencontré et avait parallèlement juré que seule son amitié pour Annie l'empêchait de le séduire. Salter prenait plaisir à ce petit jeu, Annie en était flattée par procuration et Jenny était devenue leur seule amie commune qui ne gardait aucun secret de l'un ou de l'autre. Elle présumait que ni Salter ni Annie ne lui confieraient quoi que ce fût sur leur conjoint et répétait en toute liberté à chacun ce que l'autre lui disait. Cela les obligeait à refouler leurs secrets mais présentait d'autres avantages. Dès qu'ils l'eurent connue tous deux, Salter et Annie l'utilisèrent en quelque sorte comme conseillère matrimoniale ; ils lui confiaient les choses – la plupart du temps anodines mais, à l'occasion, fondamentales – qu'ils voulaient qu'elle fasse passer sans avoir à le dire directement. Par exemple, Annie avait un jour dit à Jenny qu'elle aimerait avoir une pièce à elle, un atelier. C'était avant qu'elle n'obtienne un travail. Jenny l'avait immédiatement dit à Salter, qui se rendit alors compte que ce qu'il avait pris pendant des années pour un vague et morne désir était un vrai besoin qu'il se devait de combler avec sérieux.

— Tu garderas les mains sur la table, lui ordonna Annie, qui embrassa Salter sur la tête en entrant dans la cuisine.

— Je pourrai enlever mes souliers ? cria-t-il.

— Accordé, claironna Annie du haut des escaliers. Mais pas elle, tu m'entends ?

Salter rougit et se mit à rire.

CHAPITRE 2

Le lendemain matin, il commença par lire le rapport des agents qui avaient mené l'enquête de voisinage. Rien de rien. Personne n'avait vu ni entendu quoi que ce soit d'inhabituel. Le dernier point du rapport concernait autre chose : l'un des enquêteurs avait trouvé un bidon d'un gallon de combustible pour le camping, encore à moitié plein, dans les mauvaises herbes de l'allée qui passait derrière la boutique. Salter s'empara du téléphone, composa le numéro du Bureau du commissaire des incendies et demanda Hayes, l'enquêteur.

— Du combustible pour le camping, proclama Salter après s'être présenté. On a trouvé un bidon de combustible pour le camping. Ça ferait le même effet que de l'essence, pas vrai ?

— Exactement. C'est plus volatil que l'essence au plomb normale. On appelle ça du naphte. C'est de l'essence sans plomb.

— Qui pourrait utiliser ce produit, à part les campeurs ?

— Beaucoup de gens. C'est un détachant efficace, de sorte que le propriétaire de la boutique pourrait en avoir eu lui-même.

—Donc, il est inutile d'enquêter pour essayer de pister le bidon et de savoir à qui il a été vendu ?

—Je ne suis pas de cet avis. Mais ça, c'est votre boulot, non ?

—Ouais. Merci.

Salter reposa le combiné.

—Expédie-moi ça pour une recherche d'empreintes, Frank, et fais-le analyser, ordonna-t-il. Et rappelle-moi de mettre le nom de cet agent dans le rapport.

Quand on a déshabillé Pierre, se dit-il en se souvenant de sa réplique un peu vive au constable en faction, *on peut habiller Paul*.

Gatenby leva les yeux vers lui.

—Est-ce très utile ?

Salter y réfléchit.

—Cela signifie que le feu a probablement été allumé par quelqu'un qui a jeté le bidon dans les mauvaises herbes, exposa-t-il. Ça semble évident, mais c'est toujours agréable d'avoir une preuve solide. Si ce bidon est couvert d'empreintes, ce serait encore mieux. Autre chose ?

—La veuve de Drecker a appelé. Elle sera chez elle toute la journée. Elle n'avait pas l'air trop bouleversée, je dois dire.

—Je ferais aussi bien d'y aller tout de suite.

Salter fredonna brièvement puis jeta un coup d'œil à sa montre.

—Frank, sais-tu comment je pourrais faire réparer une porte moustiquaire ? Une porte coulissante. Une des roulettes est tombée.

Salter ignorait totalement ce qui l'avait poussé à demander conseil à Gatenby, à l'exception de ces petites lunettes à la Gepetto qu'il portait parfois et qui lui donnaient l'air d'un vieil artisan ingénieux.

—Par qui a-t-elle été installée ?

La question était évidente.

— Par Fred Staver. Nous avons encore son numéro. Je lui demanderai de le faire. Merci. Question suivante : que ferais-tu si tu surprenais ton fils en train de lire des revues pornos ?

— Je n'ai pas de fils, vous le savez.

— Je sais. Mais que ferais-tu si tu en avais un ?

— Tout ce que je sais, c'est ce que mon vieux père a fait quand il m'a surpris, moi.

— Et c'était quoi ?

Ça devait être quelque chose.

— Il a commencé par m'obliger à descendre à la cave pour me faire brûler les photos dans la fournaise. À l'époque, on avait une fournaise à bois. Ensuite, il m'a expliqué que regarder des photos comme ça allait m'abîmer la vue et me faire vieillir avant l'heure. Puis il m'a demandé ce que je ressentirais si ma mère les voyait. Après, il m'a dit que s'il me surprenait encore en possession de quelque chose de ce genre, il me collerait dans un foyer de jeunes travailleurs. Il ne pourrait plus me garder à la maison, qu'il disait. Pour finir, il m'a frappé, une fois de chaque côté de la tête.

— Et ça a marché ?

— Oh oui ! Il était maçon. J'ai eu les oreilles qui ont bourdonné pendant des jours.

— Lui as-tu reproché plus tard ?

— Non. Ça aurait pu être pire. L'un de mes copains s'est fait prendre. Son père, à lui, l'a collé entre les pattes du pasteur. Il a dû aller chez le pasteur pour lui raconter tout ce qu'il avait fabriqué avec ça pendant la semaine. Ils s'agenouillaient ensemble et priaient pour demander de l'aide afin que ce jeune garçon reste pur. Oh non, je ne lui en ai pas voulu. Mon vieux père et moi avons bien ri de cet épisode plus tard.

—A-t-il jamais essayé de faire ton éducation sexuelle ?

—Quand j'ai commencé à sortir avec des filles, il m'a dit : « Souviens-toi, mon fils, qu'une queue dressée n'a pas de conscience. » Pendant des années, je n'ai pas compris le sens de ses paroles. Et puis, le jour de mon mariage, il m'a dit : « À partir d'aujourd'hui, quand tu te retrouveras au lit avec une femme, assure-toi que c'est bien la tienne. » Il était coutumier de ce genre de phrases.

Les temps avaient bien changé.

—Merci, Frank. Mais je ne crois pas que tout cela soit d'un grand secours aujourd'hui.

—Mon père disait aussi : « Si tu ne sais pas quoi faire, ne fais rien. » Ça m'a souvent été utile.

—Si seulement je pouvais ! Annie me casse les pieds avec ça. Elle veut absolument que je lui parle.

—Emmenez-le à la pêche. Vous aimiez ça, autrefois. Et puis, n'est-ce pas ce qu'on préconise, de nos jours ? « Soyez copain avec votre fils. »

Le ton de Gatenby était dépourvu d'ironie.

Salter le regarda avec surprise.

—Je pense que c'est une bonne idée, dit-il après quelques instants.

Il se leva et enfila sa veste.

—Maintenant, je vais rendre visite à la veuve éplorée. Je repasserai à midi, si quelqu'un veut me voir.

—Si on me le demande, je dirai que vous êtes occupé. C'est le cas, non ?

◆

Lorsque Albany Avenue avait été aménagée au nord de Bloor Street, les familles étaient plus grandes et les autos, moins nombreuses ; les maisons avaient donc été conçues avec beaucoup de chambres et serrées les unes contre les autres. Maintenant que la plupart de ces maisons avaient été séparées en appartements, la rue était constamment pleine de voitures et des panneaux interdisaient le stationnement devant les quelques allées étroites.

La maison de Drecker s'avéra un duplex qui avait cruellement besoin de rénovations et d'un coup de peinture. Les deux balcons, chacun à un étage, semblaient peu solides et les marches conduisant au porche donnant sur la rue commençaient à pourrir. Salter appuya sur la sonnette et entendit quelqu'un descendre l'escalier. Une grande femme blonde ouvrit la porte. Derrière elle, un minuscule couloir menait immédiatement à l'escalier qui montait vers l'appartement du haut.

— Madame Drecker ?

— Oui. C'est vous, le policier ? Montez.

Elle avait une voix forte et métallique qui agressait les tympans de Salter.

Il la suivit dans l'escalier ; ils empruntèrent un corridor nu, sans tapis, puis aboutirent dans une pièce qui donnait sur la rue. La pièce était pleine à craquer de vieux meubles, notamment six fauteuils miteux, dont la plupart, pensa Salter, étaient déposés ici en attendant d'être vendus. Quelques tableaux d'apparence poussiéreuse étaient accrochés aux murs et au milieu du plafond était suspendu un énorme lustre de bronze dont seule l'une des douilles était garnie d'une ampoule.

— Vous voulez un soda ? proposa-t-elle. Je n'ai rien d'autre.

Âgée d'environ quarante-cinq ans, elle portait une tunique de lin blanc et des sandales. Ses cheveux blonds formaient une tresse qui lui ceignait la tête, et son visage était exempt de maquillage. Elle dégageait une impression de netteté ; elle semblait sortir d'un sauna, récurée jusqu'à l'os, et contrastait avec les tableaux et papiers peints délabrés de son appartement.

Salter refusa le soda et sortit son bloc-notes.

— Madame Drecker, vous êtes rentrée à Toronto juste hier ?

— Exactement. J'étais en vacances dans l'ouest.

Ils étaient assis dans deux fauteuils face à face. Les mains croisées sur ses genoux, elle n'avait pas l'air plus perturbée que si elle répondait à un sondage d'opinion.

— Où, précisément ?

– À Banff. Au Solar Inn. C'est un camp de santé. J'y vais chaque année.

Voilà qui expliquait sa mine rayonnante.

— Madame Drecker, nous devons envisager la possibilité que le décès de votre mari ne soit pas accidentel. À votre connaissance, avait-il des ennemis sérieux ? A-t-il eu des disputes, des querelles ? Des transactions commerciales qui auraient pu le mettre en présence de gens susceptibles de commettre un tel acte ?

Elle balaya l'hypothèse du revers de la main.

— Ce n'était pas un receleur, si c'est ce que vous insinuez, mais il en connaissait quelques-uns. Il n'était pas regardant sur la provenance de la marchandise, même s'il aimait la connaître, en fait, tant qu'il pouvait en retirer un joli profit. Mais il ne faisait pas le commerce du genre de choses qui vaut la peine d'être volé, bijoux ou argenterie. Il ne s'intéressait qu'aux meubles et ne violait pas la loi, mais il ne manquait jamais une occasion de rouler quelqu'un.

Elle parlait de son mari sans méchanceté, comme si elle évoquait une personnalité intéressante qu'elle avait connue.

—Selon vous, avait-il roulé quelqu'un récemment? demanda Salter.

Il ne semblait pas nécessaire de tourner autour du pot.

Elle secoua la tête.

—Je ne suis pas au courant d'une éventuelle grosse escroquerie. Quand je dis «rouler», je veux dire que sa vision de la bonne affaire, c'était d'acheter pour dix dollars une vieille commode de l'Ontario à un fermier en faillite et de la revendre cinq cents.

Apparemment, c'était l'idée que tout le monde se faisait de Drecker.

—Mais est-ce que tout le monde ne connaît pas la valeur de ce genre d'objet de nos jours? s'enquit-il.

—Vous seriez surpris. Il y a encore de gros bénéfices à faire par ici, à condition d'ouvrir l'œil.

—Et c'est ce qu'il faisait?

—Nous le faisions tous les deux. Aujourd'hui, beaucoup de marchandises proviennent de «ventes de garage». De gens qui déménagent. Nous y allions ensemble. J'ai l'œil, moi aussi. La plupart des fins de semaine, nous ramassions un camion complet. Nous trouvions généralement trois ou quatre articles que nous pouvions mettre dans la boutique et le reste, nous l'écoulions dans nos propres ventes.

—Vous organisiez vous-mêmes des «ventes de garage»?

—Bien sûr. Une fois par mois, environ.

—Où?

—À différents endroits. Beaucoup de «ventes de garage» sont bidon, vous ne le saviez pas? Tout ce qu'il faut, c'est un endroit – un terrain vague fait l'affaire – que l'on peut louer pour quelques dollars. On peut mettre beaucoup d'affiches, et tout le monde vient chercher l'aubaine.

Bande d'escrocs, pensa Salter, qui prit mentalement note d'en parler à Annie qui adorait faire un
tour aux «ventes de garage» du voisinage le samedi
matin.

—J'imagine que vous aidiez votre mari à tenir
la boutique, demanda-t-il.

Elle fit un signe de dénégation.

—Nous étions associés, mais je ne m'appro-
chais jamais de la boutique quand elle était ouverte.
J'avais ma vie à moi.

—Avez-vous été surprise quand on vous a appris
ce qui lui était arrivé ?

—Bien sûr que j'ai été surprise. Cyril était cham-
pion quand il s'agissait de tirer la couverture à lui.
Et puis, je n'ai jamais entendu parler de menaces
contre lui. Comme je vous l'ai dit, il ne faisait pas
des affaires de haut vol.

Salter se demanda si elle n'était pas sourde
comme un pot. Sa voix semblait provenir d'un
vieux gramophone à plein volume.

—Pourquoi était-il à la boutique cette nuit-là ?
Restait-il parfois toute la nuit dehors ?

—Je ne sais pas, il était peut-être avec une
femme. Écoutez, inspecteur, Cyril et moi étions
associés. Nous étions mariés depuis dix ans, mais
ça n'a pas marché, si vous voyez ce que je veux
dire. Quelques mois après notre mariage, nous ne
vivions déjà plus comme mari et femme. Mais
comme je vous l'ai dit, j'ai l'œil et je lui étais utile.
Par ailleurs, c'est avec mon argent qu'il s'est
installé. Nous sommes donc devenus légalement
associés. Nous vivions toujours ici, mais chacun
laissait l'autre tranquille. Nous avions des chambres
séparées. Je faisais quelquefois la cuisine, bien que
je ne prise guère non plus cet aspect du mariage,
mais la plupart du temps, nous vivions chacun de

notre côté. Ça me convenait parfaitement. Je joue au bridge, je fais du yoga, je fréquente un club de santé et j'ai mes propres amis.

Tous pourvus de voix douces et faibles, espérait Salter, *à moins qu'ils ne se réunissent dans un abri atomique*.

— Vous dites « une femme ». Votre mari avait-il beaucoup d'amies ?

La vie des autres – ou plutôt leur mode de vie – paraît toujours étrange quand on pense que la sienne est normale.

— Une à la fois, en général. Il ne les emmenait jamais ici. Nous avions passé un accord. Chacun de son côté. Il utilisait la pièce située au-dessus de la boutique, mais je savais toujours qui c'était.

— Et qui était-ce, dernièrement ?

— Quelqu'un qui travaillait dans un magasin de meubles à l'autre bout de Bloor Street. Il connaissait la plupart de ces femmes par l'intermédiaire des affaires.

Peut-être les femmes étaient-elles un passe-temps pour Drecker, comme pour d'autres les animaux exotiques.

— Vous connaissez son nom ?

— Il est inscrit au-dessus du téléphone, dans la cuisine. Attendez une minute.

Elle disparut au fond de l'appartement et réapparut, un bout de papier à la main.

— Julia Costa, dit-elle. Vous voulez son adresse ?

Salter la prit en note et la compara avec celle que Nelson lui avait donnée. *Décidément, le monde est petit*.

— Est-ce que la mort de votre mari changera beaucoup de choses pour vous, madame Drecker ? Vous ne semblez pas très bouleversée.

— Vraiment ?

Quels seraient les signes de chagrin, chez une walkyrie ?

Elle se tut pendant un long moment, puis reprit :

— Je vous l'ai dit, inspecteur, Cyril et moi étions associés. Je suis désolée qu'il soit mort, mais il est fort probable que ma situation s'en trouve améliorée. Nous avions chacun souscrit une assurance pour l'autre et je possède désormais l'affaire ; j'aurai ainsi pas mal d'atouts en main. Par contre, c'était parfois bien commode, pour moi comme pour lui, d'être officiellement mariés.

Elle laissa sa remarque en suspens.

— J'y ai pensé. Il faudra que je m'organise. Oui, je suis désolée que Cyril soit mort, mais ça ne m'affecte pas profondément.

Il semblait que l'entretien parvînt à son terme.

— Vous allez rester ici quelque temps ?

— Oui. Cet immeuble est à moi, maintenant, de même que la boutique. Je vais peut-être le vendre et me rapprocher un peu de mon club de santé. Je ne sais pas. En tout cas, je vais rester ici pendant quelques mois.

Salter se leva et rangea son bloc-notes. Une idée sembla le frapper. Il s'efforça de prendre un ton détaché, comme s'il cochait les questions de routine.

— Et l'assistant de votre mari ? Depuis combien de temps travaillait-il à la boutique ?

— Dennis ? Depuis un an, à peu près. Pourquoi ?

— Il ne semblait pas beaucoup aimer votre mari.

— Non, c'est vrai.

Salter attendait la suite.

— Vous l'avez rencontré, poursuivit madame Drecker. Il est pédé. Cyril se moquait de lui, mais Dennis ne ferait pas de mal à une mouche.

— Et son ami ?

— Quoi, son ami ?

—Il en ferait, lui, du mal à une mouche?

—Parce qu'il est gai, c'est ça? rétorqua-t-elle d'un ton belliqueux et provocateur.

Pour l'amour du ciel, songea Salter. *C'est toi qui as commencé.*

—Qu'il soit hétéro, gai ou quoi que ce soit d'autre, précisa-t-il.

—Je ne sais pas. Je ne l'ai jamais rencontré. J'en doute. Si Dennis est inoffensif, j'aurais tendance à penser que son ami l'est, lui aussi.

Salter estima qu'elle ne faisait sans doute que défendre les modes de vie alternatifs, après avoir elle-même laissé tomber le rôle de femme au foyer. Il fit un signe de tête pour mettre un terme à l'entretien et descendit l'escalier. L'heure de son dîner avec Jenny était venue.

◆

—Madame Schumann vous attend. Elle a dit qu'elle ne tarderait pas, lui annonça son assistante.

C'était une jeune fille au visage en forme de poire dont les cheveux étaient ramassés en un chignon; son genre démodé lui rappelait les bibliothécaires stagiaires de sa jeunesse. Il la remercia et fit le tour de la boutique.

Jenny Schumann était spécialisée dans l'argenterie ancienne. Sa boutique occupait le rez-de-chaussée d'une maison convertie. Au-dessus, se trouvait un magasin qui vendait de vieilles cartes géographiques. Jenny avait transformé le deuxième étage en un appartement qu'elle occupait. Elle avait acheté la maison trente mille dollars dans les années cinquante et l'avait modifiée elle-même. La bâtisse valait désormais trois quarts de million. Sa boutique était comme la chapelle d'une religion radicalement moderne où étaient exposés les objets de culte d'une foi ancienne. Les tapis épais et moelleux étaient de couleur foncée ; les murs blancs étaient percés de plusieurs petites fenêtres, qui étaient chacune éclairées de l'intérieur et servaient de vitrine à une théière (géorgienne, dix mille dollars) ou à une parure de bureau en argent et verre au plomb (vers 1860, Angleterre, légèrement abîmée, mille cinq cents dollars). Sur un mur, une rangée de vitrines fermées à clé contenait des tabatières et de nombreux petits objets. Les autres articles étaient présentés sur des autels appropriés. Un service à café à angles vifs trônait au centre d'une longue table noire impeccablement cirée, à vendre elle aussi. Deux objets – vases ou coupes à hydromel – étaient disposés sur ce qui, à la grande surprise de Salter, paraissait être une table de jeu délabrée, mais qui se révéla être une « table d'entraînement » (probablement début XIXe siècle). En tout, une di-zaine de meubles de valeur servaient de présentoirs à une fortune en argenterie, essentiellement conçue pour manger et boire.

Pendant qu'il attendait Jenny, Salter s'amusa à évaluer le prix de la marchandise et à jouer au jeu auquel il se livrait en pareilles circonstances, intitulé « Ai-je du goût ? ». Comme il y en avait justement une en vitrine, il se concentra sur les théières ; il y en avait au total trois en vente. Après les avoir regardées plusieurs fois chacune, il rejeta sans dif-ficulté une horreur victorienne dont le prix était sans aucun doute proportionnel au poids mais qui n'avait pas les belles et douces lignes classiques des deux autres, se dit Salter. Il ne parvenait cependant pas à se décider entre les deux autres : l'une était de forme carrée et l'autre, bulbeuse.

—Laquelle préfères-tu ? lui demanda Jenny qui était apparue derrière lui.

Salter décida de jouer franc jeu.

—Celle-là, répondit-il en désignant la monstruosité victorienne.

Il se prépara à contre-attaquer et à défendre le point de vue de l'homme de la rue qui apprécie un minimum de décoration sur sa théière.

—Tu as un goût exquis, Charlie. C'est la plus belle pièce du magasin.

On ne peut pas toujours gagner, pensa-t-il tout en acceptant le compliment comme lui revenant de droit. Il la serra dans ses bras et l'aida à mettre son manteau. Il avait réservé une table au café de Hazelton Lanes, et ils arrivèrent assez tôt pour se voir attribuer une place dans un coin. Comme d'habitude, elle était le point de mire du restaurant. Les commensales les avaient regardés entrer et s'étaient tournées les unes vers les autres pour se demander quel pouvait être la nature de leurs relations. On ne la remarquait pas à cause de sa beauté – bien que ce fût grâce à Jenny que Salter eût découvert combien une femme de cinquante ans pouvait être séduisante. Elle était soigneusement maquillée (Annie lui avait un jour expliqué comment elle faisait) et l'effet, comme il l'avait dit à Annie, était celui d'un tableau soumis à un éclairage doux ; la comparaison avait bien fait rire Annie. Jenny avait de longs cheveux noirs parsemés de quelques cheveux gris indiquant qu'elle assumait son âge ; elle était grande et mince et elle aimait le violet. Ce jour-là, elle portait du noir et de nombreux bijoux en or, ainsi qu'un collant gris foncé et, remarqua Salter, de très jolies chaussures noir et or. Les chaussures, c'était le truc de Salter.

Évidemment, elle était riche, mais il y a bien d'autres gens fortunés qui n'ont pas son aura, digne, selon Salter, d'une… heu… d'une reine qui viendrait d'être élue. Satisfait de sa métaphore et conscient du regard du monde entier, il se courba et l'embrassa. Elle fumait trop et son haleine sentait légèrement l'algue, mais cela ne dérangeait pas Salter.

— Mon prince dans son étincelante bure, déclama-t-elle d'une voix éraillée qui, par contraste, lui rappela celle de madame Drecker.

— Que veux-tu dire ? demanda-t-il, surpris.

Il portait sa tenue normale : pantalon de flanelle grise, veston de tweed bleu marine, chemise blanche et cravate bleue ornée d'oies rouges.

— Il y a quelque chose qui cloche ? s'enquit-il en inspectant ses vêtements.

— Qui cloche ? Qu'est-ce qui pourrait bien clocher ? répliqua-t-elle. Tu portes les mêmes vêtements depuis quinze ans que je te connais. Comment pourraient-ils clocher ?

— J'ai acheté ce manteau l'année dernière chez Eaton. En solde, protesta Salter.

Et soudain, il comprit.

— Toi, tu as parlé avec Annie, fit-il. Eh bien, c'est ma tenue civile, tu vois. C'est avec ça que je suis insoupçonnable et que personne ne peut deviner que je suis flic.

Elle feignit de manquer de tomber de sa chaise tellement elle s'esclaffait.

— Tu plaisantes ? La moitié des personnes présentes dans ce café pensent que tu es sur le point de m'arrêter.

Salter regarda autour de lui ; de nombreuses têtes se détournèrent.

— Mais que veux-tu que je porte ? s'enquit-il. Un blouson doré ? Des boucles d'oreilles ? Tu veux que je me fasse friser les cheveux ? Je suis *square*, pour l'amour du ciel !

—Non, Charlie, non. Rien de tout ça. Juste un manteau qui t'aille. Et une coupe de cheveux décente. Et même les *squares* n'utilisent plus ce mot.

—Je viens juste de me faire couper les cheveux. Ça m'a coûté dix dollars.

—En solde ? (Elle souriait de son orgueil blessé.) Dis à Annie que j'ai essayé, lâcha-t-elle. De toute façon, quelle importance ? Si Annie ne veut plus de toi, je te prendrai, moi ; toi, ta garde-robe du sous-sol de Eaton et tout le reste. C'est juste ton corps qui m'intéresse. Tu es mon Superman déguisé en Clark Kent.

Salter se rengorgeait. Ils avaient échangé les politesses d'usage : la conversation pouvait donc commencer.

—Dis-moi ce que tu sais sur les antiquaires, lui enjoignit-il. J'enquête sur le décès d'un antiquaire qui est mort dans un incendie et j'aimerais en savoir un peu plus sur la manière dont il faisait tourner ses affaires.

—Cyril Drecker ?

Salter hocha la tête.

—On n'était pas vraiment dans la même sphère, mais je le connaissais vaguement. Ce n'était pas un antiquaire mais un brocanteur. Ce n'est pas pareil. Mais passons d'abord nos commandes.

Il n'y avait strictement rien d'anglo-saxon dans la manière dont Jenny s'efforça de capter le regard du serveur en agitant avec affectation le menu.

—Garçon ! cria-t-elle dans une injonction à la Tallulah Bankhead[1].

———————————

[1]   NDLT : (1903-1968) Grande actrice états-unienne connue pour son extravagance.

Et il vint immédiatement, tout sourire.

Elle commanda du poisson et un verre de vin blanc. Sur l'insistance de Jenny, Salter prit quant à lui une tourtière au veau et au perdreau accompagnée d'une bière. Quand les boissons arrivèrent, il engloutit la moitié de sa bière en une gorgée sous le regard admiratif de sa compagne.

— Gourmand, va! lui dit-elle d'un ton suggestif, comme si sa gloutonnerie était un attribut sexuel.

Il s'essuya la bouche du revers de la main pour rester dans son personnage et reprit la discussion.

— Tu connaissais donc Drecker, lui rappela-t-il.

— Très peu. Une fois, je lui ai acheté une flasque de poche victorienne. Je pense qu'il était un peu malhonnête. Je me suis assurée de la provenance de la pièce en question.

— Pourquoi te la vendait-il?

— Parce qu'elle était trop belle pour lui. Je suppose qu'il faisait ça avec beaucoup d'articles.

— Tu veux dire qu'il dénichait un truc qu'il payait une bouchée de pain, qu'il te le vendait trois fois plus cher et que tu le revendais encore deux fois plus cher? lui demanda-t-il pour la taquiner sur les gros profits qu'elle faisait.

Elle lui retourna la plaisanterie.

— C'est ça. Mon père disait toujours : « Achète un objet un dollar, vends-le un dollar et un cent et réalise un profit de un pour cent. » Pour lui, les gens qui faisaient vingt pour cent de profit étaient des gourmands.

Elle lui fit une grimace.

— Drecker avait-il une réputation dans le circuit? Une mauvaise réputation, je veux dire?

Elle haussa les épaules.

— Ça se pourrait. Je n'entends pas beaucoup de potins. Les marchands que je connais n'organisent pas de petites réunions d'antiquaires pour échanger des ragots sur les voleurs, Charlie. Si j'ai le moindre doute, je n'achète pas, c'est tout. S'il y a des escrocs sur le marché, je ne les connais pas. Interroge plutôt ton escouade des prêteurs sur gages.

— Et votre association professionnelle ? Elle pourrait savoir quelque chose ?

— Je doute fort que Drecker ait été membre de l'Association des antiquaires du Canada, Charlie. Nous sommes triés sur le volet. Et puis, je te le répète, Drecker était brocanteur, pas antiquaire.

— Quelle est la différence ?

— Les antiquités ont au moins cent ans. Voilà la différence. Et nous n'avons pas besoin de permis pour exercer notre profession.

— Mais les brocanteurs, oui.

— Bien sûr. Et ils doivent enregistrer tout ce qu'ils achètent dans la rue auprès de vous, la police : ils n'ont pas le droit de le vendre avant quinze jours. Demande donc à l'escouade des prêteurs sur gages.

— C'est ce que je vais faire. J'aurais déjà dû leur demander. Mais sur le bonhomme lui-même, quelle est ton impression ? Sur l'homme, je veux dire.

— Comment ça ?

— Je pense qu'il était un peu coureur de jupons, précisa Salter.

— Ah oui ? Je ne te serai d'aucune aide sur ce point-là non plus. Tu me connais : seuls les policiers aux cheveux courts m'intéressent. Serais-tu à la recherche d'un triangle amoureux ?

Salter secoua la tête.

— Si encore je savais ce que je recherche.

Leurs assiettes arrivèrent et Salter attaqua sa tourte tandis que Jenny piochait son poisson par petits morceaux du bout de sa fourchette.

—L'interrogatoire est terminé, Charlie ? Peux-tu mettre le déjeuner sur une note de frais, maintenant ? demanda-t-elle quelques minutes plus tard.

—Je vais le payer de ma poche, en argent comptant. Comme ça, Annie ne verra pas de bordereau de carte de crédit et ne découvrira pas notre liaison.

Il la reluqua d'un air lubrique, recommençant leur petit jeu, et poussa son assiette vide sur le côté. Jenny fit un signe de tête au serveur qui la guettait et leur apporta aussitôt les cafés.

—Ah ! Si seulement…

Elle poussa un soupir théâtral.

—Au fait, ça me rappelle un truc pour Annie : j'ai vu une carafe en verre de Bristol qui irait avec les deux qu'elle a déjà. Elle est en parfait état. Le bouchon est d'origine et tout et tout. La dorure est un peu passée, mais l'étiquette est parfaitement lisible. « Hollands ». Elle a déjà « Brandy » et « Rum », si je ne m'abuse ?

—Oui. Où l'as-tu vue ?

—Je vais te donner l'adresse. C'est à Hamilton.

—Hamilton ? Je croyais que les vrais antiquaires étaient par ici. Il n'y a que des scieries à Hamilton, non ?

—C'est gentil à toi de me le dire, Charlie, mais c'est faux. Deux des meilleurs antiquaires de la province se trouvent à Streetsville et St. Catharines. Celui de Hamilton demande trois cents dollars pour la carafe et il te la met de côté jusqu'à ce que tu puisses aller la chercher.

—Marché conclu !

Quelle chance, pensa-t-il. Chaque année, le Noël de Salter était infecté, empoisonné par son incapacité à trouver le cadeau parfait pour Annie. Il n'avait aucune confiance dans ses propres goûts, mais il éprouvait l'envie irrésistible de la surprendre le matin de Noël en lui offrant exactement le jouet de ses rêves. Il avait essayé les cadeaux très dispendieux, mais ça n'avait pas donné les résultats escomptés. Elle avait rapporté l'ensemble de bagages en cuir de vache chez Simpson's et, à la place, avait acheté une laveuse. Les vêtements qu'il lui achetait n'allaient pas, les bijoux étaient affreux (une année, cependant, il lui avait offert une bague qu'elle avait aimée ; il lui avait donc acheté une bague chaque année pendant cinq ans, jusqu'à ce qu'elle lui demande d'arrêter).

Résoudre le problème avec une valeur sûre aussi tôt dans l'année signifiait qu'il pouvait attendre Noël avec le même plaisir que tout le monde. Tout ce qu'il avait désormais à faire, c'était de trouver le bon livre, le disque idéal et une grande bouteille d'huile de bain d'une sorte qu'elle n'avait jamais utilisée. Ça lui prendrait bien une semaine de recherches, mais c'était du gâteau maintenant que le problème principal était résolu.

— J'ai dit : « Comment ça va, à la maison ? » lui demanda Jenny en lui donnant un coup de pied à la cheville. Réveille-toi, mon amour.

— Désolé. Ça va bien. Ou plutôt, non. Pas si bien que ça.

Il lui raconta la dernière d'Angus.

— Annie pense que je devrais lui parler, conclut-il. Mais je ne sais foutrement pas ce qu'il y a à dire. Il regarde des revues cochonnes. Bon. Et alors ? Ça ne veut pas dire que c'est un obsédé sexuel.

— Est-ce qu'Annie a dit ça ?

— Pas exactement.

— Qu'a-t-elle dit, exactement ?

— Elle a dit qu'elle voulait que je l'aide à mettre tout ça en contexte. C'est le mot qu'elle a employé.

—Qu'as-tu répondu?

—J'ai coupé court. J'ai dit que j'y penserais.

—Charlie, elle n'avait sans doute pas une vue aussi simpliste. Annie n'est pas stupide. Elle sait que les choses ont changé.

—De quoi parles-tu?

—Tu es policier, Charlie. Magnifique, mais policier quand même. Peut-être un tantinet conservateur. Se pourrait-il qu'Annie dise exactement le contraire de ce que toi, tu penses?

—Je ne sais toujours pas de quoi tu parles.

—Regarde. Si j'attrapais – oh! Seigneur: «attrapais» – si je trouvais des revues pornos dans l'armoire d'un de mes enfants, je les y laisserais. C'est à lui, non? Par contre, je lui demanderais ce qu'il en retire. Ensuite, je pense qu'on les regarderait tous ensemble, si cela ne le dérangeait pas.

—Tu ferais quoi?

—Je les regarderais avec lui. Comme ça, ça permettrait peut-être d'aborder les questions de la pornographie, du sexe, de l'amour, tout ça, quoi.

—Mais Angus n'a que quatorze ans! De toute façon, tu n'as pas d'enfants.

—Si j'en avais, je ne m'effraierais pas pour quelques magazines pornos.

—Je ne m'effraie pas, moi. C'est Annie qui s'effraie.

—Oh, pour l'amour du ciel! Ne sois pas si stupide. Désolée. Écoute, Charlie: on dirait qu'Angus a aussi peur de toi que tu pouvais avoir peur de ton propre père. Il a peur de te parler de ce qui lui arrive. Votre maison est pleine de tabous et ce qu'Annie veut, c'est que tu fasses en sorte de ne plus intimider Angus. Parle-lui. Parle-lui comme à un être humain.

En proie à une légère agitation, Jenny but une gorgée de son café.

Salter était très perturbé. Voilà que le jargon psy branché très prisé des chroniqueurs des journaux du samedi, qui envahissait des articles que Salter tournait fréquemment en dérision, lui parvenait directement d'une personne réelle âgée de plus de trente-neuf ans. Cela se pouvait-il ?

— Tu veux dire qu'Annie et Angus, et peut-être même Seth, attendent que je me détende et que je parle de sexe ?

— À mon avis, ça m'en a tout l'air.

— Peut-être qu'ils en parlent, en ce moment, dans mon dos ?

— Peut-être.

— Mais alors, pourquoi Annie n'a rien dit ni rien fait ?

Salter essayait de trouver un autre responsable.

— Elle l'a probablement fait, mais tu l'interromps tout le temps. Après tout, je n'en sais rien, je ne suis pas là.

— Grâce à toi, je me sens comme un maudit victorien.

— Je pense que les garçons voient en toi un policier plus qu'un père.

— Merci, madame «Courrier du cœur».

— Penses-y, maintenant. Bon. Changeons de sujet. Qui as-tu arrêté, dernièrement ?

Mais Salter était trop secoué pour se concentrer sur autre chose. Quelques minutes plus tard, Jenny se leva pour partir. Elle regarda alentour dans le restaurant puis l'embrassa sur la joue.

— Quoi que tu fasses, Charlie, dis à Angus que tu l'aimes. Si tu l'aimes vraiment, bien sûr. Dis seulement «Je t'aime, Angus» et regarde bien ce qui va se passer. C'est le truc principal, en psychologie populaire. Ça et le contact physique.

—Je ne peux pas faire ça, objecta Salter.

—Et pourquoi pas?

—C'est que… je suis Canadien, se défendit-il.

Elle éclata de rire et lui tapota la joue.

Salter resta encore attablé quelques minutes; il se sentait trop seul dans un monde en mutation. Puis il traversa Yorkville pour rejoindre son auto et, là encore, il resta assis pendant quelques minutes avant de quitter le stationnement. Mais son humeur maussade ne se dissipa pas tandis qu'il démarrait pour aller rencontrer Nelson à son appartement.

◆

—Voilà, déclara Nelson. Tous ceux avec qui il a fait affaire au cours des trois derniers mois. Tous ceux qui ont exigé des reçus, plus précisément.

La liste établie par Nelson était soignée. Il s'était calmé et avait surmonté sa détresse de la veille, mais il avait l'air de quelqu'un qui n'avait pas dormi de la nuit.

Salter saisit la liste et y jeta un coup d'œil.

—Des nouvelles de votre ami? s'enquit-il sur le ton de la conversation.

—Non. Et vous?

—Pas encore. Il ne s'est pas présenté au travail pour le moment. Parlez-moi de ces gens. Comment Drecker en est-il venu à faire affaire avec eux?

—Ce sont tous des détaillants spécialisés, expliqua Nelson. Celui-ci, par exemple, est un décorateur-ensemblier installé sur Davenport Road. Il achète tous les décors de jardin que nous trouvons.

Salter désigna un article de deux mille dollars vendu à un détaillant de Yorkville.

—À quoi cela correspond-il ?

—Je n'en suis pas sûr. C'est le plus gros marchand d'estampes japonaises à Toronto et je n'ai jamais rien vu dans notre boutique qui puisse l'intéresser. Il faudra que vous le lui demandiez directement. Peut-être que Drecker a acheté quelque chose à un vieux Japonais qui est venu nous voir récemment. Il nous a acheté un coffret en bois il y a trois semaines et il est revenu deux fois pendant que j'étais au magasin. Drecker négociait avec lui en haut – c'est là qu'il concluait les affaires importantes. Il ne m'a jamais rien dit à son sujet et je n'ai jamais posé de questions. Mais après sa dernière visite, Drecker m'a demandé de dire qu'il était absent si jamais le Japonais revenait. Peut-être que le gars voulait se faire rembourser, mais Drecker ne remboursait jamais.

—Si Drecker était impliqué dans une escroquerie, une grosse escroquerie, seriez-vous au courant ?

—Probablement pas. Il aimait me faire croire qu'il était toujours à brasser des affaires plus ou moins douteuses, mais je pense que c'était OK pour l'essentiel. Il ne prenait jamais de risque. Il était trop prudent pour ne pas se couvrir plutôt deux fois qu'une, même quand il fraudait le fisc. En tout cas, comme je vous le disais, s'il était sur un gros coup, il ne s'en serait pas vanté auprès de moi. Mais je doute fortement que Drecker ait été mêlé à la mafia.

—La mafia s'intéresse-t-elle aux antiquités, monsieur Nelson ?

—Je pensais qu'ils étaient partout, ces gens-là.

—Vous regardez trop de films américains. Nous autres, Canadiens, avons toujours cinq ans de retard sur les Américains, en matière criminelle comme dans le domaine culturel. Ça nous permet de savoir ce qui nous attend. Nous aussi, on regarde la télévision, pour voir les idées que nos voyous à nous pourraient prendre. Concluez-vous des affaires vous-même ? demanda soudain Salter.

—Parfois. Je ramasse des trucs aux enchères et Drecker me laissait les vendre à la boutique moyennant un bénéfice. Ce n'est pas grand-chose, mais j'essaie d'apprendre le métier et Drecker payait peu. Il disait que c'était moi qui aurais dû le payer, comme si j'étais un apprenti en formation ou quelque chose du genre.

Nelson fixa Salter pour l'inviter à partager son étonnement.

—Pourquoi êtes-vous resté ? Vous ne l'aimiez pas beaucoup, non ?

– Je l'exécrais, je vous l'ai dit. Mais regardez dans les journaux. On ne trouve pas souvent d'offres d'emploi pour des vendeurs d'antiquités. J'apprenais toujours quelque chose et j'avais l'occasion de connaître quelques autres marchands. À la première occasion intéressante, je serais parti. Mais il fallait bien que je mange et si les choses étaient devenues trop difficiles, je pouvais toujours retourner à mon ancien métier.

—C'est-à-dire ?

—J'étais bibliothécaire au Douglas College. Je suis parti parce que j'en avais assez de la politique.

—De la politique ? Dans la bibliothèque d'un collège ?

—Absolument. Vous ne pouvez pas imaginer.

—Eh bien ! Dieu merci, nous n'avons rien de ce genre dans la police.

Salter empocha la liste.

—Je vais aller voir chacune de ces personnes. À part ces gens, savez-vous si Drecker avait d'autres ennemis ? S'est-il disputé récemment ?

—Avec l'homme dont je vous ai parlé, celui qui a refait la salle de bains.

—Darling?

Nelson opina du chef.

—Et avec moi. Mais vous avez déjà fait votre petite enquête sur moi, je suppose.

—Pas encore. Allez-vous parfois faire du camping, monsieur Nelson?

Nelson sourit.

—Vous voulez dire dans le coin ou en pleine nature?

—Je veux dire du genre randonnée avec sac à dos, monsieur Nelson.

C'était une question de pure forme, car Salter avait du mal à visualiser Nelson se réveillant sur les rives du lac Saganaga en acclamant l'aube.

—Ah ha! s'exclama Nelson. Vous avez trouvé un indice. Quelqu'un a laissé une boîte d'allumettes étanches Eddie Bauer sur la scène du crime?

—Alors, faites-vous du camping?

—J'en ai fait une fois, inspecteur. Une seule et unique fois. Quand je l'ai rencontré, Jake était passionné de canoë. Il m'avait persuadé de faire avec lui une excursion dans le parc Algonquin. Quelle fin de semaine mémorable! Pour commencer, Jake a tenu à ce que tout soit fait dans les règles de l'art: pas d'allume-feu artificiel, rien que des aliments séchés – avez-vous déjà mangé des aliments séchés pendant trois jours? Quand on en est sortis, je me suis jeté sur quatre beignets à la confiture. En plus, Jake pensait qu'on ne devait pas emporter de boissons. Ni vin, ni gin, rien. Ça nous a valu une dispute. Vous imaginez ça, vous, des voyageurs abstinents? J'ai finalement insisté pour emporter une flasque de scotch pour raisons médicales. Je m'imaginais en train de prendre un verre, un bon verre, le soir, tandis que Jake siroterait sa décoction d'écorce ou de je ne sais quoi. Évidemment, quand j'ai ouvert mon flacon le premier soir, il a proposé de me tenir compagnie – bien qu'il me désapprouve, voyez-vous – de sorte qu'il n'en restait plus assez pour tenir trois jours. Toute l'expédition s'est déroulée comme ça. D'abord, il y a eu les moustiques. À chaque portage, il nous fallait nous draper dans des filets et porter le canoë en traversant d'épaisses nuées de bibites. La nuit, nous nous blottissions dans une petite tente de survie ; nous les entendions, dehors, qui essayaient de venir nous piquer. J'étais couvert de piqûres et je me grattais comme un dresseur de puces savantes. (Nelson s'animait de plus en plus.) Et quelle crasse ! Mon Dieu ! Sait-on à quel point c'est sale, la nature sauvage ? Entre l'in-secticide, la fumée des feux de camp et la graisse ! Car tout ce qui n'est pas séché est frit, inspecteur. Bref, je ne me suis jamais senti aussi sale. Et Jake était insupportable. Il avait apporté une tonne d'équi-pement – des couteaux de l'armée suisse, des gadgets pour fumer le poisson et tout le tintouin – qu'il voulait essayer. Ça nous a presque achevés, je peux vous le dire. Il m'a fallu une semaine pour revenir à la normale et nous avons convenu que lui et moi ne partagerions plus jamais d'aventure dans la nature. Donc, oui, inspecteur, j'ai déjà essayé le camping.

Et sans doute as-tu déjà raconté cette histoire plusieurs fois dans les soirées.

— Et votre ami Hauser est aujourd'hui un campeur expérimenté, j'imagine ?

— Je le suppose.

Nelson se calma et commença à bégayer légère-ment : il prenait conscience du message qu'il avait transmis à Salter.

—Pourquoi ? Vous avez trouvé un indice ? Beaucoup de gens font du camping, vous savez.

—Je sais. Je pose la question à tout le monde.

Salter rangea son bloc-notes.

—Avez-vous déjà vérifié mon alibi ?

—Non, pas encore.

Et ce ne sera pas très nécessaire, vu ton zèle à ce propos, se dit Salter. Essayait-il de changer de sujet ?

—Je dois encore voir cette Julia Costa. J'irai cet après-midi ou demain. Lui avez-vous déjà parlé ?

—Oh, bien sûr. Mais j'étais vraiment avec elle. Elle a été merveilleuse.

Encore ce mot. Pour les gens de la génération de Salter, une «personne merveilleuse», c'était Gandhi ou le docteur Schweitzer. On s'attendait à en rencontrer au maximum deux dans une vie. Désormais, «merveilleux» signifiait simplement «bon»; il espérait que les enseignants mettraient leurs élèves en garde contre cette dérive sémantique, tout comme son professeur, en septième année, lui avait interdit d'employer «bon». Salter s'efforça de trouver une réplique dérangeante.

—En tout cas, dit-il en souriant, en tant que petite amie de Drecker, elle ne couvrirait pas son assassin, n'est-ce pas ?

—Alors comme ça, vous êtes au courant ? Eh bien, ça m'est égal. C'est quand même une personne merveilleuse.

—C'est bon, fit Salter avant de prendre congé.

Une fois dans sa voiture, il consulta la liste avant de démarrer. Gatenby pourrait se charger de la plupart des personnes qui y figuraient, mais il décida d'aller rendre visite lui-même au spécialiste des japonaiseries pour découvrir ce qui pouvait bien valoir deux mille dollars; le décorateur-ensemblier de Davenport Street se trouvait justement sur le

chemin qui le menait à son bureau. Il s'engagea dans
Spadina Street vers le nord, traversa Bloor Street et
se retrouva pris dans le labyrinthe des rues à sens
unique destinées à protéger le secteur des gens qui
voudraient le traverser en auto : les rues changeaient
de sens à chaque carrefour, de sorte que naviguer
dans ces eaux troubles revenait à louvoyer contre
un fort vent. Il finit par se frayer un chemin jusqu'à
Avenue Road puis tourna dans Cumberland Street,
où il fit un virage qui frisait l'illégalité pour entrer
dans le stationnement public.

Il trouva la galerie MacLeod blottie au fond
d'une ruelle, loin du tohu-bohu des zones com-
merçantes. Sur les murs de la galerie, s'étalait une
dizaine de tableaux d'allure orientale sous lesquels
s'affichaient de petites étiquettes de prix. Comme à
son habitude, Salter passa quelques minutes à
regarder les tableaux, s'efforçant de déterminer la
différence entre ceux qui étaient vendus cinquante
dollars et celui qui était affiché à trois mille. Il décida qu'il préférait le tableau à trois mille dollars,
mais de peu ; mettons à vingt dollars près.

Au milieu de la galerie, derrière un bureau, un
homme aux cheveux embroussaillés examinait des
factures. Il avait l'air trop jeune pour être le propriétaire de ce qui semblait être un commerce très
florissant (une demi-douzaine de clients potentiels
étaient également dans la galerie), mais il triait les
papiers avec autorité.

— Monsieur MacLeod ?

— Oui, inspecteur ?

— Ça se voit tant que ça ?

— Je vous attendais.

— Eh bien, je vous écoute, déclara Salter, qui
resta planté là.

— Pourquoi ne vous asseyez-vous pas ? proposa MacLeod en montrant une chaise à côté de lui. Nous pouvons parler ici, si vous voulez. Hajime s'occupera des clients.

Il désigna un jeune Japonais qui étalait des estampes sur un énorme banc, au fond de la galerie.

Ce n'était pas l'endroit que Salter aurait choisi, mais MacLeod semblait avoir une voix douce, de sorte que leur conversation n'attirerait l'attention de personne.

— Savez-vous pourquoi je suis venu ?

— Drecker. J'ai appris dans le journal ce qui lui est arrivé. Je n'ai fait affaire avec lui qu'une seule fois, mais c'était une grosse transaction pour lui, et je devine que vous en avez trouvé une trace dans ses registres. Je me trompe ?

Salter fit non de la tête.

— Il m'a offert une collection d'estampes japonaises et j'en ai acheté quelques-unes. Je les ai vendues en une seule fois.

— Une bonne affaire, pour vous ?

— Je n'ai même pas eu à les exposer. Mais l'homme qui les a achetées a disparu.

— Que voulez-vous dire, monsieur MacLeod ?

— Ah ! Vous n'êtes pas au courant pour lui ? Eh bien, je vais vous raconter. Il s'appelle Gene Tanabe. Je lui vends des trucs depuis des années, depuis que j'ai ouvert ma galerie, en fait. Il est lui-même marchand, mais de ces marchands qui détestent vendre quelque chose qu'ils aiment vraiment, ce qui fait qu'il a une collection privée plutôt belle. Je l'ai appelé dès que j'ai eu ce lot d'estampes de Drecker ; il a pris un avion depuis Vancouver le lendemain et il les a toutes achetées. Il voulait savoir où je les avais trouvées afin de pouvoir avoir les

autres. Je lui ai donc donné l'adresse de Drecker. Il
était très excité.

— Savez-vous pourquoi ? Un accès de folie de
collectionneur ?

— Non.

MacLeod savourait à l'avance la révélation
qu'il s'apprêtait à faire.

— Il disait qu'il connaissait le précédent propriétaire de ces estampes.

— Ah oui ? répliqua Salter, accusant le coup. Il
le connaissait vraiment ?

— Je lui ai demandé comment Drecker avait pu
mettre la main dessus et il m'a répondu que lui
aussi, il aurait bien aimé le savoir. Je lui ai alors
demandé s'il pensait que les estampes avaient pu
être volées. Il m'a dit que c'était possible mais qu'il
ne le pensait pas. C'est la dernière fois que je l'ai
vu. Quand j'ai su ce qui était arrivé à Drecker, j'ai
appelé à la boutique de Gene à Vancouver, mais on
m'a informé qu'il était à Toronto depuis une semaine. J'ai trouvé ça un peu étrange, parce qu'il
vient toujours me voir quand il passe à Toronto.
Nous sommes devenus amis, en quelque sorte.

— Pouvez-vous me le décrire, monsieur MacLeod ?

— Il a environ soixante-quinze ans, il s'habille
de manière classique et ne se défait jamais de son
parapluie. Le vieux gentleman japonais typique.

— Il a un accent ?

— Oh non, il est Canadien. Il est né ici, j'en suis
sûr. Il est au moins *nisei*.

Salter formula une question qui l'intriguait :

— Les estampes, monsieur MacLeod. Je sais
qu'aujourd'hui, on numérote les estampes impri-
mées en édition limitée, mais je croyais que c'était
une pratique récente. Ces estampes étaient-elles

numérotées ? Dans le cas contraire, comment Tanabe les a-t-il reconnues ?

—Vous y connaissez-vous en art japonais, inspecteur ?

Salter fit un signe de dénégation. Ni japonais, ni canadien, ni d'aucune sorte.

MacLeod ouvrit un épais volume qui ressemblait à un catalogue de papiers peints. Chaque page consistait en une pochette en plastique contenant une estampe.

—Permettez que je vous donne un petit cours, fit-il. Là, nous avons une estampe réalisée par l'un des plus célèbres peintres d'Ukiyo-e, Kuniyoshi, imprimée aux alentours de 1840. Elle représente les personnages d'un drame kabuki. Maintenant, regardez ici. Ces marques ne figuraient pas sur l'estampe originale : ce sont des sceaux ajoutés par les collectionneurs qui l'ont possédée.

Il indiqua des signes orientaux inscrits dans un coin de l'estampe.

—Vous voulez dire que ces types mettent leur sceau sur chaque estampe ?

Le regard de MacLeod se voila.

—Non, non, répondit-il. Seuls les collectionneurs japonais d'autrefois ajoutaient ces marques, pas Pierre, Jean ou Jacques. On désapprouve cette pratique aujourd'hui. Mais laissez-moi finir. Donc, on peut généralement identifier une estampe grâce à ces inscriptions, mais regardez aussi ceci.

Il tourna les pages et s'arrêta sur un jeu de photographies.

—Voici six photos de la même estampe. Vous voyez les différences ? Les résultats varient tellement selon l'éclairage qu'on obtient virtuellement des estampes différentes. C'est aussi un moyen de les identifier.

MacLeod entreprit de feuilleter l'album.

—Attendez. Je vais vous en trouver deux pour que vous puissiez comparer.

—En voilà une qui est intéressante, dit Salter.

L'estampe représentait un couple qui prenait du bon temps, dans une position qu'Angus aurait reconnue d'après les magazines qu'il avait récemment étudiés. Derrière le couple, deux femmes étaient assises par terre. Elles semblaient soit applaudir, soit prier.

—Rien de nouveau sous le soleil, philosopha Salter. Combien vaut-elle?

MacLeod parut surpris.

—Vous voulez l'acheter? demanda-t-il. Sept cent cinquante dollars.

Il dévisagea Salter avec curiosité.

—Non, non, je plaisantais, rétorqua Salter, qui se rendait compte de ce que MacLeod devait penser.

MacLeod referma le volume et attendit la question suivante de Salter.

—Donc, Drecker vous a vendu des estampes, Tanabe s'est déplacé de Vancouver pour vous les acheter, a déclaré qu'il les reconnaissait, puis a disparu. C'est bien ça? Combien d'estampes y avait-il en tout? Pourquoi ne les avez-vous pas toutes achetées?

—Il y avait de tout, dans ce lot. Aucune n'avait vraiment de valeur, mais celles que j'ai achetées étaient de loin les plus belles: une Hiroshige, deux *hosoban* de Shunko…

—Pourriez-vous m'écrire ça? le coupa Salter.

MacLeod griffonna sur un bout de papier.

—Et trois autres, poursuivit-il. Vous voulez les noms?

Salter fit un signe de tête affirmatif.

—Et celles que vous n'avez pas achetées?

—Il y en avait environ une dizaine, mais elles étaient toutes plutôt en mauvais état.

—Où Drecker les aurait-il écoulées ?

—Peut-être dans une salle des ventes, mais ce n'est pas sûr. Et on trouve des estampes japonaises dans beaucoup de boutiques d'antiquaires.

Salter réfléchit à sa prochaine question.

—Y avait-il quelque chose qui permettait de relier ces estampes ? Entre elles, je veux dire.

—Vous me demandez mon avis ? Sur leur appartenance ou non à une même collection ?

—Oui, confirma Salter, c'est ce que j'aimerais : que vous me donniez votre avis sur ces estampes.

—Elles portaient toutes le sceau du même collectionneur au dos, révéla MacLeod.

—Qu'est-ce que cela signifie ?

—Cela veut dire qu'elles sont toutes passées entre les mains du même collectionneur. Mais pas nécessairement au même moment.

—Vous n'avez rien remarqué de spécial ? Pas de point commun entre elles ?

—Quoi, par exemple ?

Salter secoua la tête.

—Je n'en sais rien, monsieur MacLeod.

Mais il avait une petite idée. Il aurait aimé que MacLeod lui annonce un truc à la Sherlock Holmes, genre : « Ces estampes ont dû être rassemblées dans la banlieue de Yokohama en 1913, par une femme qui avait servi à la cour… »

MacLeod attendait patiemment.

—Vous a-t-il proposé autre chose que des estampes ?

Salter avait le mot « netsuke » sur le bout de la langue, mais il n'était pas sûr de la prononciation, aussi s'abstint-il.

—Non.

Salter était désormais à court de questions. Il se leva.

—C'est la seule fois que vous avez vu Tanabe pendant son séjour à Toronto, donc ?

—C'est exact.

—Et vous n'avez pas son adresse ici, à Toronto ?

—Non. Et on ne l'a pas vu chez lui à Vancouver depuis une semaine.

—S'il refait surface, pouvez-vous m'en avertir immédiatement ? Vous pouvez lui dire que je le cherche, ajouta-t-il pour que MacLeod ne se sente pas contraint d'être déloyal envers son ami.

—Je ne pense pas que Gene ait quelque chose à voir avec l'incendie de la boutique de Drecker. Je réponds de son innocence.

—Tout ce que j'essaie de faire, c'est de savoir ce que fabriquait dernièrement Drecker et avec qui. Tous ceux qui ont fait affaire avec lui, comme vous, sont susceptibles de me fournir une piste.

Et maintenant, songea Salter en regagnant son auto, *j'en ai un autre qui pouvait en vouloir à Drecker : Gene Tanabe.*

Il fit encore une petite visite. Au décorateur-ensemblier. De son propre aveu, ce dernier avait pour spécialité de « retaper de vieilles maisons de ville » et il intégrait souvent le jardin à son projet. Drecker lui vendait systématiquement les orne-ments de pierre ou de béton qu'il dénichait.

Salter le remercia et consulta sa montre. Il venait d'entamer la deuxième demi-heure coûteuse d'occu-pation du stationnement ; aussi décida-t-il de s'offrir un bol de goulasch au Coffee Mill qui, au goût de Salter, offrait le meilleur menu du quartier. Pendant qu'il mangeait, il écouta quatre touristes améri-cains qui, le temps d'une fin de semaine, s'évadaient loin des agressions de Detroit et s'enthousiasmaient sur la propreté de Toronto. *Toronto-la-propre*, se dit-il. *Ce n'est pas extraordinaire, mais c'est toujours mieux que Toronto-la-vertueuse.*

◆

— Frank, lança-t-il à son retour au bureau, appelle les flics de Vancouver pour leur demander s'ils ont entendu parler d'un certain Gene Tanabe. Ça se prononce « Tarnarbay ». Voici son adresse. Appelle aussi l'escouade des prêteurs sur gages pour voir s'ils ont quelque chose sur Drecker. Et je veux que tu me vérifies cette liste de marchands : ils ont tous fait affaire avec Drecker au cours des trois derniers mois. Laisse tomber ces deux-là ; je viens de les interroger. Mais j'aimerais savoir si parmi les autres il y en a qui ont des affaires en cours avec Drecker. Fais-le toi-même. Prends ta journée de demain et raconte-leur une petite histoire : dis par exemple que tu dois régler des questions juridiques relatives à Drecker ou n'importe quelle autre connerie et guette les réactions bizarres, vu ?

— Je sens que je vais m'amuser, Charlie. Je vais leur dire que leur nom figure sur une liste. Je vais leur raconter que j'ai trouvé cette liste dans le coffre-fort de Drecker et que certains noms étaient marqués d'une croix.

Salter se mit à rire.

— Ne déconne pas trop, Frank. Ce n'est pas une audition pour le rôle du méchant. Contente-toi de voir si tu flaires quelque chose.

— Vous avez raison. Puis-je avoir une voiture ?

— Accordé.

Salter remplit un formulaire de demande de véhicule.

Gatenby arbora un sourire épanoui.

—Exactement comme à la télé. « Ici Gatenby, des Homicides. » C'est génial. Ça fait des mois que je ne suis pas sorti pour une mission. Est-ce que je dois emporter un flingue ?

L'escouade des prêteurs sur gages rappela cinq minutes plus tard pour les informer que Drecker avait un permis, qu'on n'avait rien sur lui et qu'il avait déclaré six semaines auparavant une boîte contenant un assortiment de bibelots et de tableaux estimé à deux cents dollars, que lui avait proposé un vendeur occasionnel.

Bien, bien, pensa Salter. Cela signifiait-il que Drecker était blanc comme neige, quoi qu'il arrive ? Pas nécessairement. Nelson avait insisté sur le fait que Drecker était un homme prudent, assez prudent pour se couvrir si quelque chose tournait mal.

◆

Il passa le reste de l'après-midi à terminer son rapport mais, avant de rentrer chez lui, il alla voir un collègue des Homicides, un homme qui lui avait proposé son aide pour sa précédente affaire. Harry Wycke sembla heureux de le voir et mit de côté le document sur lequel il travaillait.

—Alors, tu es sur quoi, ces jours-ci, Charlie ? lui demanda-t-il. Un autre meurtre à Montréal ? Tu vas tous nous mettre au chômage !

Son ton était amical. Une pensée traversa l'esprit de Salter : il avait eu l'intention d'inviter Wycke et sa femme à la maison après leur dernière discussion, mais il avait trop tardé, tellement que le détective aurait été surpris de son invitation. Il commença par parler à Wycke de son enquête en cours puis, avec autodérision, il lui raconta ses mésaventures avec sa porte moustiquaire, pour conclure sur Angus.

Ce dernier problème lui donnait l'impression qu'il lui manquait quelque chose, que s'il avait été un bon père, il aurait su quoi faire sans demander à tout le monde.

Wycke le rassura immédiatement :

— Je ne sais pas, Charlie. Élever des enfants, avoir des relations avec eux ou quel que soit le maudit terme utilisé de nos jours, c'est foutrement difficile. On trouve un article différent là-dessus dans chaque maudit magazine ; mais si tu regardes un peu autour de toi, tu verras que tout ça, c'est surtout une question de chance. Moi, j'ai des filles, alors Shirley se fait du souci pour tout ça. Je suis la figure paternelle : tout ce que j'ai à faire, c'est d'agir de façon qu'elles ne manifestent pas une envie de pénis à cause de moi. Mais avec les garçons, je pense que le gros risque, c'est d'essayer de les pré-server de toutes les mauvaises expériences qu'on peut avoir eues, tu vois ce que je veux dire ? Mais comment peut-on savoir ? Je veux dire, regarde les enfants de Wilcott. Il n'a rien fait pour eux. Rien du tout. Je ne crois même pas qu'il les aime. Des premiers de classe, tous les deux ; il y en a un qui sera médecin et l'autre qui étudie en architecture. Et puis il y a les enfants de Joe Loomis. Tu te rap-pelles comme il nous cassait les pieds à la cantine à nous bassiner avec l'éducation qu'il apportait à ses enfants ? Non, c'est vrai. Tu n'allais jamais à la cantine. Bref, Joe a commencé avec Benjamin Spock et achetait un nouveau livre sur l'éducation chaque année. Il leur apprenait à s'aimer eux-mêmes et des trucs comme ça. Et que s'est-il passé ? Ce pauvre vieux Joe place tous ses espoirs dans son plus jeune, maintenant : les deux autres sont partis pour savoir qui ils étaient. Ils ont abandonné l'école, sont inca-pables d'avoir un travail, rien de bon. Exactement comme dans une pièce de théâtre qu'on avait étudiée à l'école, qui parlait d'un commis voyageur qui s'est suicidé. Rien n'a changé. Ce qu'on fait n'a foutrement aucune importance.

—Il faut que j'essaie de faire quelque chose, Harry. Gatenby m'a dit que je devrais l'emmener à la pêche.

Salter guetta l'ombre d'un sourire sur le visage de Wycke.

—Tu aimes ça, la pêche ? Je ne t'aurais jamais imaginé en pleine nature, Charlie. Je croyais que tu étais un vrai citadin.

—Je le suis. Je ne passe pas mes congés à faire du canoë sur la Nottawasaga, mais j'aime la pêche et je n'ai jamais l'occasion d'y aller. Tu as des suggestions à me faire ? Pour l'endroit, je veux dire. Je pense que je vais partir pour une fin de semaine.

Wycke s'appuya contre le dossier de sa chaise.

—J'ai un endroit, lâcha-t-il. Tu le sais.

—Je l'ignorais, Harry, rétorqua Salter avec embarras. Je ne suis pas venu te voir pour jouer les profiteurs.

—Eh bien, oui, j'ai un endroit. Je peux te le prêter, si tu veux, proposa Wycke sur un ton neutre, sans empressement.

Un silence s'était installé entre eux, mais une fois que le sujet était abordé, il fallait poursuivre.

—C'est quel genre d'endroit ? Est-ce que tu le loues parfois ?

—Non, je supplie les gens d'y aller, à condition toutefois qu'ils soient conscients de ce qu'ils font. Je l'ai construit moi-même ; ce n'est pas un chalet, c'est une cabane. Il y a des moustiquaires et c'est étanche. Il y a aussi une cuisinière Coleman, deux lampes Coleman et quatre couchettes. Ni eau ni électricité, juste un toit. Mais je ne la prête pas à tout le monde. Tu serais surpris du nombre de gens qui pensent que c'est romantique, mais quand ils se retrouvent là-bas, ils ont peur d'utiliser les toilettes extérieures au cas où un ours se trouverait caché derrière.

Salter éclata de rire.

— Je n'ai pas peur que les ours me bouffent le cul, déclara-t-il.

— Alors, je te prête ma cabane. Mais attention, Charlie, ne reviens pas me dire que tu n'as pas trouvé le robinet d'eau chaude, veux-tu? L'eau, tu vas la chercher dans la rivière avec un seau. Il y a des souris, des araignées et des gros insectes poilus avec des centaines de pattes et la nuit, c'est aussi froid qu'un nichon de sorcière parce qu'il n'y a pas d'isolation. Il y a un poêle à bois, mais à cette période de l'année, quand tu te réveilleras à quatre heures du matin, tu verras ton haleine. Et puis, aucune touche féminine dans la déco, parce que ma famille n'aime pas l'endroit. Mais moi, oui.

Salter expliqua:

— J'ai travaillé une fois dans un camp de pêche sur l'English River, vers Kenora. On vivait dans des chalets comme le tien d'avril à octobre. Je sais comment ça marche. Tu me le prêtes? Ça me donnera l'occasion de montrer à Angus que son vieux père est plein de ressources. Ça compensera le fait que je ne l'emmène jamais voir des matchs de base-ball ou de football.

— Quand? Je veux dire: quand veux-tu y aller?

— Dans quinze jours, pour la fin de semaine, c'est possible?

— Il est à toi. Tiens. (Wycke ouvrit un tiroir.) Carte, liste d'instructions. J'appellerai la marina pour qu'on te laisse utiliser le bateau. Une photo, pour que tu puisses le reconnaître. Et voici la clé.

Il y a une bonne canne à pêche, là-bas, mais il faudra que tu en emportes une autre pour ton fils.

— J'apprécie vraiment, Harry. C'est gentil de ta part de me le prêter.

— Non, ce n'est pas par gentillesse. Plus il y a de personnes à y aller, moins il donne l'impression d'être à l'abandon. Les gens finissent par repérer les chalets où personne ne va et commencent à venir y fouiner. Amuse-toi bien et rapporte-moi une liste de ce qui manque ou a besoin de réparations. (Il consulta une feuille de papier.) D'après le dernier gars, il te faudra du naphte, du sel et du papier hygiénique. Il y a une boutique à la marina. (Il regarda Salter.) Si ça te plaît, on pourrait peut-être y retourner ensemble.

— Entendu. On en reparlera à mon retour.

Salter prit congé ; il se demanda s'il aurait été aussi généreux en pareilles circonstances.

Sur le trajet qui le ramenait chez lui, il tenta encore une fois de trouver une roulette pour la porte moustiquaire, dans une quincaillerie de Yonge Street tenue par trois Néo-Zélandais. Eux qui étaient généralement ingénieux, ils ne furent cette fois-là d'aucune aide.

— Tout ce que je peux vous dire, c'est que vous n'êtes pas le seul dans ce cas, lui confia le propriétaire. Le dernier gars qui a cassé sa porte moustiquaire a préféré vendre sa maison plutôt que d'essayer de la réparer.

Ils éclatèrent tous de rire.

◆

— J'ai pensé que tu aimerais aller avec moi à la pêche une fin de semaine, annonça Salter après le souper.

Angus afficha un air aussi effrayé que si son père lui avait proposé d'aller faire de la chute libre.

—Avec toi ? demanda-t-il. On n'y est jamais allés. Je ne sais même pas pêcher.

—Moi, oui. Ça te dirait d'essayer ?

Annie regardait Angus avec tant d'insistance qu'il céda.

—D'accord, fit-il. Quand ?

—La semaine prochaine. On partira vendredi soir et on reviendra tard dimanche. L'endroit où je t'emmène est au nord de Parry Sound, mais il faut y passer au moins deux jours.

—Que dois-je faire pour me préparer ?

—Je m'occupe de tout. Il y a du matériel là-bas et je peux apporter ce qui manque. Il nous faudra de quoi manger.

—Je vais faire du chili et le congeler, et des galettes de bœuf haché pour vous faire des hamburgers. Je les congèlerai aussi et tout ce que vous aurez à faire, c'est de les cuisiner à mesure qu'elles décongèleront. Qu'est-ce que vous voulez pour les déjeuners ? s'enquit Annie.

Salter la regarda et elle se tut, mais sans que disparaisse son expression satisfaite.

◆

Après que la vaisselle fut faite, Salter sortit son bloc-notes.

—C'est quoi, un *nisei* ? demanda-t-il.

—C'est un Canadien japonais de la deuxième génération. Pourquoi ?

Salter le lui expliqua.

—Je connais cette galerie, dit-elle. Il a des choses magnifiques. Maintenant, à toi de me renseigner : où est-ce que je peux trouver des nains ?

— Quoi ?

— Des nains. Tu sais, ces figurines de nains en plâtre qu'on met dans les jardins. Ça revient à la mode : je dois arranger un jardin branché pour des photos demain.

Salter consulta son bloc-notes.

— Essaie Inigo Robinson sur Davenport, suggéra-t-il. Il est spécialisé dans les nains.

— Comment tu sais ça ?

— Ça fait partie des choses que je connais, répondit Salter. Bon. Et pour cette fin de semaine avec Angus, tu crois que c'est une bonne chose ?

— Oh oui, Charlie. Tu n'as jamais emmené Angus ou Seth quelque part seul. Ne t'inquiète pas pour moi. J'ai besoin d'une fin de semaine pour me mettre à jour.

— Lavage ? Repassage ? demanda Salter, surpris.

— Non, au studio. J'ai à peu près six affaires en cours et j'aimerais en venir à bout si je peux.

— Que vas-tu faire de Seth ?

— Il a une invitation permanente à aller dormir chez son copain Robbie. Si ça ne marche pas, je trouverai quelque chose. Au fait, où en es-tu avec la porte moustiquaire ?

Salter s'empara du journal.

— Je vais appeler Fred Staver. S'il ne peut pas la réparer, on devra peut-être mettre la maison en vente.

Annie comprit qu'il ne s'agissait pas d'une réponse mais d'une provocation, qu'elle s'abstint de relever.

CHAPITRE 3

Il avait prévu rencontrer la petite amie de Drecker, Julia Costa, à son travail, car elle y était seule le matin. La boutique s'appelait Mary Lightfoot Interiors, sans virgules, et elle était spécialisée dans les «collections». Une collection d'objets autochtones s'étalait le long d'un mur et une collection de meubles en verre qu'aurait approuvée l'assistant de Drecker occupait le centre de la boutique, dont le fond était consacré à une collection d'objets en bambou. Cinq ou six collections plus petites étaient regroupées un peu partout dans la boutique, dont un ensemble western composé de fauteuils en forme de selle, et une collection « vieil Ontario » d'accessoires de foyer en fer et en cuivre était disposée autour d'un manteau de cheminée en pin. Pour autant que Salter pût en juger, l'idée était que le client puisse avoir une collection dans chaque pièce de sa maison. Les prix, manuscrits, étaient tous indiqués en unités de cent dollars.

La femme qui vint au-devant de Salter dès qu'il entra avait environ trente-cinq ans. Elle portait une jupe en denim et un haut en maille perlée. Elle semblait chaussée de pantoufles de verre au travers desquelles on voyait ses pieds, mais Salter supposa qu'elles étaient en plastique. Elle était grande et son visage et ses cheveux avaient un petit quelque chose d'irlandais : elle avait le teint très pâle, des yeux verts comme un champ de trèfle et une masse d'épais cheveux noirs ramassés en queue de cheval.

Salter lui montra son badge et elle le conduisit dans l'arrière-boutique, dont elle laissa la porte ouverte afin de pouvoir surveiller les clients.

— Vous voulez savoir où était Dennis quand la boutique a brûlé, affirma-t-elle. Il était avec moi.

— Vous lui avez parlé, bien sûr.

— Certainement. Il m'a appelée hier soir. Il n'aurait pas dû ?

— Cela n'a aucune importance.

— Oh, je vois. Nous pourrions faire partie d'un complot, évidemment.

Elle paraît nerveuse, se dit Salter, *mais qui ne l'est pas quand un inspecteur vient faire une petite visite ?*

— Mais ce n'est pas le cas ? demanda-t-il.

— Non. De toute façon, je pense que c'était un accident.

— Pourquoi ?

— Vous avez enquêté sur Cy ?

— À quel propos ?

— Vous trouveriez qu'il est fiché. Sa boutique précédente avait été détruite par un incendie, elle aussi.

— L'Insurance Protection Bureau nous trouvera ça. Vous pensez qu'il l'a lui-même allumé, cette fois-ci ?

— Je pense que c'est probable et que, pour une raison ou pour une autre, il n'a pas pu sortir à temps.

Salter ne dit rien. Les détails entourant la mort de Drecker ne cadraient pas avec l'hypothèse qu'elle formulait ; pourtant, elle semblait être profondément convaincue de son bien-fondé.

Il poursuivit :

—Revenons à Dennis Nelson. Pouvez-vous jurer qu'il était avec vous à partir d'une heure quinze ?

—Oui, je peux le jurer.

Elle se recula sur son siège et croisa les jambes, les yeux rivés sur Salter.

Salter insista :

—S'il dormait sur un divan dans le salon, en admettant que vous en ayez un, vous ne vous seriez aperçue de rien dans le cas où il aurait disparu pendant quelques heures, non ?

—Il n'était pas sur le divan mais dans mon lit ; je m'en serais rendu compte s'il était sorti. Vous voyez, il m'a tenue éveillée pendant deux heures à me parler de Jake, son petit ami, avant qu'on aille se coucher.

—Madame Costa, Nelson se dit bisexuel. Seriez-vous amants, par hasard ? s'enquit Salter sur un ton qu'il voulait rustaud et amical.

—Non. Je n'aurais rien contre, mais ça n'a rien à voir. Nous n'avons jamais fait l'amour. Il dit que cela gâcherait notre relation. Quel imbécile ! C'est un amour et je l'adore. Ce n'était pas la première fois que nous passions la nuit ensemble quand il était bouleversé. Mais non, nous ne sommes pas amants. Par contre, c'est sans doute le meilleur ami que j'aie. Et je ne crois pas qu'il soit réellement bisexuel, ce qui est bien dommage.

—Tout ça ne constitue pas un alibi très solide, n'est-ce pas ?

—Mais j'y pense : Dennis est venu en taxi. Trouvez le chauffeur et vous aurez la preuve qu'il est venu chez moi, non ?

— Cela semble couvrir Nelson. Et vous ?

— Que voulez-vous dire ?

— Je cherche des mobiles, madame Costa. On m'a dit que vous étiez en relation avec Drecker.

— Qui vous a dit ça ? demanda-t-elle d'un ton brusque. Pas Dennis ?

— Non. D'abord vous, quand vous l'avez appelé « Cy ». Et madame Drecker.

— Soit. Oui, nous étions en relation.

— Vous étiez sa maîtresse ?

Elle attendit quelques minutes avant de répondre. Puis :

— Qu'est-ce qu'une maîtresse, inspecteur ?

S'il s'agissait d'un jeu, alors Salter avait quelques minutes pour y jouer.

— La partenaire sexuelle régulière d'un homme marié ? proposa-t-il.

— Pas mal. Il n'est pas nécessaire qu'il soit marié, cependant, non ? rétorqua-t-elle. Quelle est la différence entre une maîtresse et une amante ?

— L'argent, je suppose.

Manifestement, Julia Costa s'éclaircissait la voix, au moins métaphoriquement.

— Dans ce cas, quelle différence y a-t-il entre une maîtresse et une prostituée ? demanda-t-elle, juste avant que Salter n'y pense lui-même.

— La différence n'est pas énorme. Elles font toutes les deux ça pour de l'argent, mais la prostituée travaille un peu plus fort.

— Je vous laisse choisir le terme qui convient, alors. Je couchais avec Drecker une fois tous les quinze jours, environ.

— Pour de l'argent ?

— Il me donnait de l'argent, oui.

— Ça a l'air très commercial, tout ça. L'aimiez-vous ?

—Commercial, vous dites ? Oui, je l'aimais
bien. Il était bel homme, inspecteur. Vous l'a-t-on
dit ? Il ressemblait à Clark Gable avec les cheveux
ondulés. Et il prenait du bon temps. Il me rappelait
un gars que j'avais connu à Saskatoon, un type qui
s'appelait Big Red. Il avait six taxis et un soir, il les
a perdus aux dés, mais il ne s'est pas tiré une balle
dans la tête. Il s'est contenté de rire et de retourner
au volant d'un de ses anciens taxis. Il arrondissait
ses fins de mois en maquereautant un peu. Pour
Saskatoon, c'était la classe. Cy était comme ça. Il
était peut-être un peu escroc, mais il profitait bien de
la vie. Il aimait gagner en affaires, mais il pouvait
perdre, aussi. Il aimait les femmes et à Toronto, ça
ne court pas les rues.

—Vous voulez dire que tous ceux que vous connaissez sont gais ? demanda Salter avec incrédulité.

—Non, c'est tout le contraire. Les gays que je
connais aiment les femmes, mais les autres, ceux qui
remplissent les bars, n'en donnent pas l'impression.
Ils veulent les femmes qu'ils rencontrent, bien sûr,
mais une fois qu'ils les ont, ils n'ont pas l'air d'avoir
tant de *fun* que ça. En plus, ils s'effraient facilement. Pas comme Cy. Il m'aimait bien.

Elle leva les deux mains pour ajuster sa queue
de cheval, ce qui eut pour effet de soulever ses
seins sous son gilet de perles. Son geste rappela à
Salter un collègue des Homicides qui aimait se
tenir avec une main sur la hanche, retenant son
veston en arrière juste assez pour que ses clients
puissent voir la crosse de son revolver.

—Sa femme ne partage pas votre opinion,
objecta-t-il.

—Sa femme n'aime pas le sexe, répliqua Julia
Costa. Ils s'en sont rendu compte rapidement, à

l'époque où il fallait être marié pour le découvrir. Mais même ça, Cy n'en faisait pas toute une affaire. Je pense qu'il l'a épousée parce qu'elle lui donnait un coup de main. Quand il a pris conscience de sa vraie nature, il en a pris son parti et s'est dégoté d'autres femmes. Elle n'en faisait pas cas et ils s'entendaient bien. Il disait qu'elle était bonne en affaires.

—Je vois.

Salter, en mari plus ou moins comblé, avait été profondément consterné par le vide de l'appartement de Drecker, par son manque de victuailles, de chaleur ou de sexe, mais à entendre les explications de Julia Costa, il semblait plausible que Drecker s'en fichât. Il y avait vraiment un monde entre Drecker et lui.

—Et Nelson? s'enquit-il. Drecker était plutôt désagréable avec lui, non?

Il avait du mal à encaisser l'image de saint Cyril Drecker.

—Pas vraiment. Il le taquinait, ça oui. Il aimait bien Dennis, je pense, mais pour Cy, Dennis était quelqu'un avec qui s'amuser. Je ne cherche pas à défendre Cy, mais il n'était ni mesquin ni vicieux. Si Dennis avait ri de ses plaisanteries et taquiné Cy sur... oh, je ne sais pas quoi, eh bien, il aurait adoré ça. Il était un peu rustre, comme un diamant brut, si vous voulez, mais il n'était pas sadique.

—Pour Dennis Nelson, ça devait être difficile de faire la différence, rétorqua Salter, qui réalisa qu'il appréciait Nelson.

—Je sais. (Elle soupira.) Pauvre Dennis. Le seul sujet tabou entre nous, c'était ma perception de Drecker.

—Et ses ennemis? Ceux de Drecker, je veux dire. Lui en connaissiez-vous?

Elle secoua la tête.

— Beaucoup de gens ne l'aimaient pas, mais ils n'auraient pas été jusqu'à mettre le feu à sa boutique. Non.

— OK, madame Costa. Maintenant, voyons le reste de votre histoire. Vous étiez seule jusqu'à l'arrivée de Nelson?

— Oui. J'étais au lit quand il s'est pointé.

— Avez-vous reçu des coups de téléphone pendant la soirée?

— Oui. J'ai eu un appel vers minuit et demi.

— De qui?

— D'un homme, Raymond Darling. En passant, il est marié, alors ce serait mieux de l'interroger à son travail. (Elle eut l'air embarrassée.) C'est lui, mon amant. Pas d'argent entre nous.

— Où puis-je le trouver?

— Il a un petit magasin d'exposition dans Church Street. Il rénove des salles de bains. Il est plombier, en fait.

Salter nota le numéro qu'elle lui donna. Darling, l'amant de Julia Costa, avait refait la salle de bains de la boutique de Drecker. Après quoi, selon Dennis Nelson, Darling et Drecker avaient échangé des insultes. Julia Costa devait être au courant de cette querelle. Salter se promit de garder ça pour plus tard, pour le moment où elle s'y attendrait le moins, et classa Darling comme suspect numéro trois.

— Permettez-moi de vous demander où vous avez rencontré Raymond Darling, madame Costa.

— Par mon travail, répondit-elle précipitamment. À l'époque, je travaillais dans une boutique qui donne sur Queen Street West. Raymond n'arrêtait pas d'y faire des allées et venues. Il s'intéresse aux antiquités.

— Est-ce vous qui l'avez présenté à Drecker ?

— Oui, c'est moi. (Elle regarda Salter.) Et c'est vraiment tout ce que j'ai fait, inspecteur. J'ai dit à Drecker que je connaissais un plombier et j'ai dit à Raymond que Drecker avait une salle de bains à faire réparer. Après ça, ils se sont débrouillés tout seuls.

Salter pesa ses mots soigneusement avant de formuler sa question suivante :

— Y a-t-il une possibilité que l'un des deux hommes ait été au courant de votre relation avec l'autre ? demanda-t-il.

— Non, aucune. Impossible. Drecker savait que je ne lui appartenais pas exclusivement. Raymond, lui, croit que je ne suis qu'à lui. L'idée de me partager avec quelqu'un d'autre lui déplairait. Mais les deux savaient que s'ils avaient parlé de moi à qui que ce soit, je leur aurais pourri la vie. C'était clair dès le début. Pas de confessions à leur femme, rien de ce genre. Ma vie privée est confidentielle.

— Mais il est possible que Darling ait par hasard entendu parler de votre relation avec Drecker et qu'il ait pris des mesures, par jalousie, par exemple ?

Il espérait que la provocation l'inciterait à parler.

— Non. Le seul qui aurait pu lui en parler, c'était Drecker lui-même. Mais Cy n'avait pas besoin de se vanter.

— Dennis Nelson, lui, était au courant de votre liaison avec Drecker.

Elle rit.

— Ne vous en faites pas pour Dennis, inspecteur. Il n'aime peut-être pas Raymond, mais il n'y a pas la moindre once de méchanceté en lui. Avec lui, ma vie privée est en lieu sûr.

— Une dernière chose, madame Costa. Où avaient lieu vos rencontres avec Drecker, généralement ?

—Au-dessus de la boutique, toujours. C'était convenu comme ça entre nous. Ça lui plaisait.

—C'est pour ça que Nelson était au courant?

—Non. C'est Drecker qui le lui avait dit. Il aimait taquiner Dennis.

Salter se leva pour prendre congé; Julia Costa l'accompagna vers la porte. Au moment où il allait partir, elle lâcha:

—Une chose, inspecteur. Je vais vous demander une faveur.

—Facile à deviner. Non, je ne dirai rien à votre petit ami à propos de votre relation avec Drecker, sauf en cas de nécessité.

—Merci.

Elle lui ouvrit la porte sans le regarder.

—Je continue de croire que c'était un accident, déclara-t-elle.

◆

Salter rajouta une pièce de vingt-cinq cents dans le parcomètre et se dirigea vers The Cakemaster dans l'intention de s'offrir un café et une pâtisserie danoise au fromage. Annie y achetait le samedi des croissants qu'ils réchauffaient pour les déguster au petit déjeuner, le dimanche. Elle en rapportait parfois, pour leur faire plaisir, des pâtisseries danoises au fromage: Salter y était devenu accro. Chaque fois qu'il passait dans le quartier pour son travail – et qu'il était seul –, il s'efforçait toujours de trouver un petit moment pour faire une pause-café au Cakemaster.

Il engloutit une pâtisserie, essuya les miettes collées sur son visage et ses mains et sortit son bloc-notes. Il avait interrogé les principales personnes figurant sur sa liste. Les suspects évidents avaient tous des alibis, sauf Raymond Darling qui en trouverait un, il en était sûr, et la première manche était jouée. Aucun individu pourvu de sourcils roussis n'avait fait son apparition; personne ne manquait non plus à l'appel, à l'exception de Jake Hauser, le petit ami de Nelson, et du collectionneur japonais. Sauf si l'un des deux était son homme, l'affaire prenait l'allure d'un de ces cas interminables, voire désespérés: un meurtre commis par une ou des personnes inconnues. La deuxième manche allait consister en d'interminables interrogatoires patients, encore des voisins, des suspects et de toute autre personne liée de près ou de loin avec le défunt. Il allait falloir procéder à des fouilles: l'appartement et la boutique de Drecker. Un gars serait affecté à la surveillance de la boutique pour voir si quelqu'un s'y intéresserait de manière inhabituelle. Et, dans tout ça, Salter allait jouer les seconds rôles derrière les experts des Homicides, la fameuse équipe composée de Munnings et de Hutter.

Salter laissa la serveuse lui resservir un café. Il avait tout le temps de voir Darling avant sa partie de squash; après quoi il laisserait son surintendant, Orliff, décider. Par la fenêtre du café, il vit un convoi de remorqueuses qui se rassemblaient pour emmener les autos mal stationnées dans Cumberland Street. Déjà, le policier responsable de l'opération avait maille à partir avec un automobiliste qui était apparu juste au moment où le treuil soulevait les roues avant de sa voiture, désormais prête à prendre la direction de la fourrière, où il lui faudrait débourser une petite fortune pour la récupérer. Salter regarda l'agent garder patience face à l'individu qui, rouge de colère, s'agitait sur le trottoir et exigeait qu'on lui rende son véhicule; mais une fois ce dernier pris en remorque, l'amende et les frais de remorquage devaient être acquittés en totalité.

— Dickens, commenta un homme replet et soigné de sa personne qui se tenait près de Salter.

C'était Browne, le directeur du Département d'anglais de Douglas College, théâtre d'une affaire à laquelle Salter avait récemment été mêlé.

— Salut, professeur, répliqua Salter. Qu'est-ce que Dickens a à voir avec une remorqueuse ?

— *L'ami commun*, inspecteur. À l'époque de Dickens, certains bateliers, pour vivre, récupéraient les cadavres qui flottaient sur la Tamise et leur faisaient les poches avant de les remettre aux autorités contre récompense. Quand les cadavres devenaient rares, ces charognards n'hésitaient pas à faire appel aux services de meurtriers chargés de les approvisionner. Ces conducteurs de remorqueuses sont les charognards de l'ère moderne.

— Il faut bien que quelqu'un fasse le sale boulot. Ça ne nous enchante pas non plus, répliqua Salter.

— Mais bien sûr. C'est juste que je n'ai pas résisté au plaisir d'une belle analogie littéraire. En ce qui me concerne, je n'ai pas de voiture. Ça me fait plaisir de vous voir, inspecteur. (Il ramassa son addition.) Je dois acheter des biscuits florentins pour ma fille.

Salter regarda la vendeuse attraper une dizaine de gros biscuits bruns qu'elle tendit au professeur.

— Vous devriez y goûter, lui lança Browne depuis la caisse. Ils sont tout bonnement délicieux.

Je n'y manquerai pas, pensa Salter ; il connaissait suffisamment Browne pour savoir qu'on pouvait lui faire confiance en matière de biscuits.

— Je vais prendre une dizaine de ceux-là, dit-il quand il vint payer son addition.

La vendeuse les mit dans un sac et les ajouta au total.

— Vingt-cinq dollars et douze cents, annonça-t-elle.

Salter écarquilla les yeux.

— Deux dollars pour chaque malheureux biscuit? demanda-t-il.

— Non, deux dollars pour chaque biscuit florentin, rectifia-t-elle.

Salter rempocha son billet de cinq dollars et lui donna deux billets de vingt. *Je nous ai acheté une petite gâterie, aujourd'hui, Annie*, se dit-il en manière de répétition. *Quelques biscuits. À vingt-cinq dollars. Seigneur. Qui ose dire que je suis radin?*

◆

Dans la vitrine du magasin de Darling, se trouvait une petite maquette mal faite de salle de bains. À l'intérieur, il y avait quelques appareils sanitaires de différentes couleurs et sur le comptoir étaient disposés des panneaux publicitaires de robinets susceptibles d'être installés par n'importe quel bricoleur. La boutique donnait l'impression que Darling avait encore besoin d'encaisser chaque jour des petites sommes, alors même que son affaire prospérait.

L'homme qui se tenait assis derrière le comptoir à lire le cahier «Affaires» du *Globe and Mail* était âgé d'environ quarante ans; bel homme, légèrement hâlé, il avait des cheveux blonds ondulés. Salter estima que son pantalon de cuir foncé était trop petit de quelques tailles. Il portait une chemise de soie brune (qui ressemblait à un chemisier, pensa le policier) ouverte de manière à montrer son torse et une grosse clé en or suspendue à une chaîne.

C'est donc à ça qu'Annie et Jenny veulent que je ressemble ? se demanda Salter.

— Raymond Darling ? s'enquit-il.

— C'est moi, l'ami, répondit l'homme en posant son journal.

Il fit un sourire qui dévoila une rangée de dents blanches présentant un espace entre les deux incisives supérieures.

— Vous savez qui je suis ?

— Je devine.

— Ce n'est pas seulement l'intuition, n'est-ce pas ? Votre petite amie vient sans doute de vous téléphoner.

Ils se mesuraient l'un à l'autre : Darling, « homme moderne » *cool*, affrontait le veston de tweed et les cheveux courts de Salter.

Ce dernier laissa son opposant avoir son heure.

— D'après ce que j'ai compris, monsieur Darling, avant-hier soir, vous avez téléphoné à madame Costa, à son appartement. Pouvez-vous me dire à quelle heure vous l'avez appelée ? C'est juste une enquête de routine.

Et voilà. Le flic aux pieds plats face à la vraie vie.

Darling mordit à l'hameçon comme un bar affamé.

— J'ai appelé madame Costa à minuit et demi de chez un ami, répondit-il d'un ton égal, comme s'il subissait un contre-interrogatoire.

— Vous êtes un ami proche de madame Costa ?

— Très proche.

Darling adressa un sourire rayonnant à la salle d'audience.

— Vous êtes son amant, si je comprends bien.

Nouveau sourire de Darling.

Puis Salter, jouant toujours au flic de base, lui flanqua un coup :

—D'après ce que j'ai compris, vous vous êtes disputé avec Cyril Drecker là semaine dernière. Vous avez proféré des menaces contre lui, je crois. Pouvez-vous me dire quelle en était la raison?

—C'est Nelson qui vous a dit ça?

Salter attendit. *Contentez-vous de répondre à ma question, monsieur Darling.*

—Ce n'était rien du tout. J'avais travaillé pour Drecker et il refusait de me payer. Il avait un petit côté «enfirouapeur», personne ne vous l'a dit?

—Je vois.

Salter fit semblant de tout prendre en note. *C'est rigolo*, pensa-t-il.

—Un désaccord au sujet d'une facture, donc?

—C'est ça.

—Ça n'a rien à voir avec madame Costa, donc.

Salter écrivit d'un air affairé.

—Bien.

Darling secoua de nouveau son journal.

—Quel genre de travail avez-vous fait pour monsieur Drecker? demanda Salter, qui lécha son pouce pour tourner la page de son bloc-notes.

—J'ai installé une salle de bains au premier étage, au-dessus de sa boutique. Je l'ai faite sur mesure. Je suis plombier qualifié, mais maintenant, je fais beaucoup de travaux de conception. J'ai des amis, un avocat et un médecin, qui veulent me fournir les fonds nécessaires pour agrandir mon affaire dès que j'aurai trouvé un meilleur emplacement. Mais je connaissais Drecker aussi en tant que marchand. Je suis moi-même un peu marchand. Tenez.

Il contourna le comptoir et ouvrit la marche vers l'arrière-boutique, un ancien atelier de plomberie désormais presque entièrement encombré de meubles démontés.

— Je m'y connais un peu en antiquités, affirma-t-il.

Salter promena son regard sur un ramassis de détritus dont même Drecker aurait eu honte.

— Très intéressant. Bon. Où étiez-vous ce soir-là?

— Moi? Je jouais au poker avec des amis. On joue régulièrement. Ce sont surtout des professionnels.

— Je vois. À quelle heure êtes-vous rentré chez vous?

— Vers une heure et demie.

— Votre femme pourrait le confirmer?

— Je pense. (Darling arbora un air suffisant.) Vous voulez le lui demander? Tenez… (Il donna à Salter une carte sur laquelle était imprimé : «Raymond Darling, conception de salles de bains et de cuisines».) Mes coordonnées personnelles sont au verso.

Salter prit la carte et s'apprêta à partir.

— Oh, inspecteur, fit Darling. Je vous serais reconnaissant de ne rien dire à ma femme à propos du coup de téléphone. (Il posa la main sur le bras de Salter.) Ça la bouleverserait, pour Julia.

— Cela ne nous regarde pas, monsieur Darling, répliqua Salter, qui reprit son rôle de rustre. Je veux seulement confirmer les allées et venues de tous ceux qui auraient eu une raison de commettre ce crime.

— Bien. Merci. Ça doit être pourri, des fois, votre boulot.

Décidément, il lui avait joué toute la gamme, de la vantardise au copinage en passant par la défensive.

Salter hocha flegmatiquement la tête et partit. L'impression qu'il avait de Darling correspondait presque à la description que Julia Costa lui avait faite de Cyril Drecker : une sorte de Tom Jones à l'esprit vif. Était-ce le genre d'homme qu'elle attirait ou bien au contraire était-ce celui qu'elle recherchait?

◆

La maison de Darling était située dans Cabbagetown, ce nouveau Cabbagetown branché qui
remplaçait le vieux quartier ouvrier. Le numéro 23
était en travaux : on enlevait le porche et on pavait
la cour avant. Salter frappa à la porte et attendit.
Au moment où il s'apprêtait à frapper de nouveau,
une femme menue aux cheveux sombres poussant
un landau entra dans la cour. Petite, le corps ferme,
âgée d'environ trente-cinq ans, elle portait un *sweat-
shirt* et un jean qui moulait ses cuisses musclées.
Elle avait le visage souriant de quelqu'un qui riait
d'une bonne blague. Elle pétillait d'énergie en
manœuvrant le landau dans la cour et en sursautant
de surprise feinte en voyant Salter sur le pas de la
porte.

— Laissez-moi deviner, cria-t-elle. Vous vendez
du parement d'aluminium. C'est bien ça ?

— Non, m'dame.

— Des toitures ?

Salter secoua la tête.

— Vous êtes agent immobilier ? Vous voulez
inscrire la maison ?

— Je suis de la police, m'dame, finit par dire
Salter. Puis-je entrer ?

— Oh, doux Jésus, oui. Qu'est-ce que j'ai fait ?

— Autant que je sache, rien. Je voudrais vous
poser quelques questions sur des connaissances de
votre mari. Lui non plus, il n'a rien fait, s'empressa-
t-il d'ajouter.

De l'autre côté de la rue, cinq clochards du
vieux Cabbagetown le regardaient depuis le porche
en ruine d'un taudis à l'abandon. Eux, ils avaient
sûrement deviné tout de suite qui il était. Madame
Darling sortit son bébé du landau et ouvrit la porte,
puis ils entrèrent dans le salon, où la vocation de

Darling était omniprésente. La pièce tout entière servait de dépotoir à toutes sortes de meubles : trois chaises berçantes, une horloge de parquet, une grande penderie dépourvue de portes et tout un assortiment de tables et d'ornements.

— Madame Darling, je dois confirmer les déplacements de toutes les personnes pouvant être impliquées dans un incident qui s'est produit avant-hier soir.

Madame Darling installa le bébé sur l'une des berçantes et regarda fixement Salter, la main sur la poitrine, dans une de ces réactions exagérées dont elle semblait coutumière.

— Votre mari n'est pas impliqué, mais il a confirmé les allées et venues de quelques personnes et nous voulons avoir des horaires précis.

— Ses partenaires de poker ? Ce sont tous des professionnels, dit-elle en écho à son mari.

Salter ignora sa remarque.

— Pouvez-vous confirmer l'heure à laquelle votre mari est rentré chez vous ?

— Juste une petite minute, monsieur l'agent. Ce petit emmerdeur a encore fait dans sa couche. Laissez-moi le changer et je suis à vous.

D'un geste exercé, elle enleva au bébé son lange mouillé et lui mit une couche propre. Le bébé agitait ses jambes en l'air et lui adressait des petits cris joyeux.

— Maintenant, regarde ça, espèce de petit morveux ! cria-t-elle en le chatouillant.

Elle se tourna vers Salter.

— Quand je l'ai changé, ce matin, ce petit salaud m'a pissé directement dans l'œil, expliqua-t-elle.

Elle finit de changer le bébé, le chatouilla une dernière fois puis le posa par terre.

— Bon, fit-elle en s'asseyant dans la chaise berçante.

Elle regarda Salter avec insistance ; on aurait dit qu'elle cherchait à réprimer un fou rire.

— Une heure vingt, déclara-t-elle.

— Vous en êtes certaine ?

— C'est garanti. Nous avons une pendule à côté du lit. Raymond m'a fait remarquer l'heure, comme il le fait toujours.

— Vous voulez dire qu'il annonce l'heure chaque soir quand il se met au lit ?

— Non, gloussa-t-elle. Après.

Elle poussa un petit cri d'excitation et se couvrit la bouche d'un air faussement sérieux.

— Après quoi ? demanda prudemment Salter, qui connaissait la réponse.

— Après qu'on l'a fait.

Elle jeta à Salter un regard joyeux.

— Je vois. Vous voulez dire que vous vous êtes éveillée quand il est rentré et que vous avez fait l'amour ?

— On le fait toujours quand il gagne. Il est très excité quand il gagne et ça le calme, exposa-t-elle sans cesser de sourire.

— Je vois. Il est rentré à la maison, il vous a réveillée, vous avez fait l'amour, puis vous avez vérifié l'heure. Et il était… ?

— Deux heures moins le quart. (Elle lâcha un autre petit cri.) Il était fier de lui. Il a dit que nous l'avions fait pendant vingt-cinq minutes.

Salter s'absorba dans ses pensées. *Ne pas oublier de raconter ça à Annie*, songea-t-il.

— Est-ce qu'il se chronomètre toujours ? s'enquit-il.

— C'est une blague qu'il a commencé à faire au début de notre mariage.

Salter résista à la tentation de demander quel était le meilleur temps de Darling.

—Eh bien, je crois que c'est tout, alors, conclut-il.

—Bien, répliqua une voix derrière lui.

C'était Darling.

—Vous avez trouvé ce que vous vouliez savoir?

Il fit un clin d'œil à sa femme.

—Oui, je vous remercie. Je ne vous dérangerai plus, affirma Salter en mettant un doigt sur son front.

—Une petite bière avant de partir, inspecteur? J'ai de la Stella Artois au frais.

—Non, merci. Je dois rentrer, répondit Salter qui commença à battre en retraite. Les Darling, tout sourire, le suivirent jusqu'à la porte.

De la Stella Artois, pour l'amour du ciel! pensa-t-il. *Qu'est-ce que c'est que ça? La bière grecque préférée des joueurs professionnels?*

Quoi qu'il en soit, il avait l'impression que la femme de Darling lui avait dit la vérité, dans toute sa nudité et sa vulgarité, ce qui confirmait l'alibi des deux personnes les plus proches de Drecker, soit sa maîtresse et son assistant.

Lorsque Salter fut de retour à son bureau, Gatenby était déjà prêt à lui faire son rapport.

—J'ai fait la liste, annonça le sergent. Vous auriez dû voir certains de ces endroits! Même des rats auraient refusé d'y élire domicile. Je leur ai demandé à tous ce qu'ils savaient de Drecker, les affaires qu'ils réalisaient avec lui, mais je n'ai rien flairé de louche. C'est toujours la même histoire: les plus chics achetaient des petites choses à Drecker pour les revendre et les plus miteux qui avaient plein de vieux *rebuts*… (Il prononçait le «t» final.)

—De vieux quoi?

— De vieux *rebuts*. Ma vieille mère appelait ça comme ça. Des cochonneries, quoi.

— Continue.

— Il leur achetait généralement leurs cochonneries s'il pensait pouvoir en tirer quelque chose.

— Bon, c'est tout, alors.

— Ah, non. Non. J'ai découvert quelque chose de très intéressant. Dans environ la moitié de ces boutiques, principalement les meilleures, on m'a parlé d'un vieux Japonais qui recherchait tout ce qu'ils avaient récemment acheté à Drecker, annonça Gatenby, rayonnant, attendant que Salter lui demande des précisions.

— Tu veux dire qu'après que tu les as interrogés sur Drecker, la moitié d'entre eux t'ont dit : « Il y avait un vieux Japonais dans les parages la semaine dernière, qui demandait après lui » ? demanda patiemment Salter.

— Non, non. Juste le premier, un marchand de meubles en pin sur Avenue Road. C'est lui qui m'a parlé du Japonais. Alors, j'ai demandé au suivant : lui aussi, il avait vu le gars dans sa boutique. Je savais que ça vous intéresserait, alors après, je leur ai demandé, à tous. Huit sur quatorze m'ont confirmé que le Japonais se renseignait sur tout ce que Drecker leur avait vendu.

Gatenby fit une pause.

Salter attendit afin d'être sûr qu'il avait terminé son histoire, puis lui demanda :

— Alors, qu'est-ce que tu en penses, Frank ? Est-ce qu'on a un autre Faucon maltais sur les bras ?

— Comment ça ? À Toronto ? s'écria Gatenby, bouche bée.

— Je plaisante, répliqua Salter. Mais qui est donc ce vieux bonhomme ?

— Ah, s'exclama Gatenby. Je n'ai pas encore fini. Vancouver a appelé. Ils n'ont pas retrouvé Gene Tanabe et ils n'ont repêché personne dans le port dernièrement, mais ils avaient autre chose pour nous. À ce qu'il semble, votre ami japonais s'est renseigné il y a trois semaines environ sur quelqu'un d'autre, un certain George Kemp, qu'il avait connu quarante ans plus tôt à Vancouver.

— Est-ce qu'ils le connaissaient ? Ce Kemp ?

— Non, mais je leur ai demandé de mener une petite enquête sur lui s'ils le pouvaient. Ils vont nous rappeler.

— Tu n'as pas chômé, Frank. Autre chose ?

— Le chef veut vous voir.

— OK. Autre chose ? J'irai peut-être voir le chef plus tard, quand tu m'auras bouclé tout ça.

Gatenby sourit.

— Mieux vaut y aller tout de suite. Il a appelé deux fois. Je vais poursuivre mon enquête, comme on dit, pendant que vous l'aidez à garder le sourire.

— Bon. C'est tout ? Pas de paperasse, aujourd'hui ?

— Des tonnes, mais j'ai tout retourné à l'envoyeur. On vous demandait d'aller parler de l'administration de la police aux cadets. Et puis, il y a ce programme d'invasion d'un poste de police par des écoliers pendant une journée. On nous demandait si nous pouvions l'organiser. J'ai dit non. Ah oui ! On nous demandait aussi de présenter notre mission aux nouveaux membres de la commission de police. J'ai répondu que nous étions trop occupés pour le moment et qu'on prie ces braves gens de revenir l'année prochaine. Beaucoup de petites patentes, aussi, mais je m'en suis occupé.

— Tu es une perle, Frank. J'ai l'impression qu'on va être occupés pendant plusieurs jours encore, alors continue à tenir tout ce beau monde à distance respectable. Bon. Je vais voir Orliff.

◆

Le surintendant était dans son bureau. Salter lui communiqua tout ce qu'il avait récolté jusque-là.

—Ça ne pourrait pas être un accident ?

—Le Bureau du commissaire des incendies ne le pense pas.

Orliff prit quelques notes.

—Donc, jusqu'ici, vous avez six possibilités : l'assistant, le petit ami de celui-ci, la petite amie de la victime, sa femme, ce Darling et le vieux Japonais. L'assistant et la petite amie auraient pu le faire ensemble, non ? Ça m'a tout l'air d'une belle paire de barjos, ces deux-là.

—À ma connaissance, elle n'avait rien à reprocher à Drecker.

—Mais que pensez-vous d'elle ? Et de l'assistant ?

—Pas grand-chose. Rien à dire sur l'assistant. Il est un peu tendu, mais il s'est disputé avec son petit ami. Il pourrait y avoir quelque chose à creuser de ce côté-là, par contre, mais il faudrait d'abord que je le trouve. Quant à la femme, elle semble tracassée par quelque chose, mais pour moi, ça n'est pas une meurtrière. Si vous voulez mon avis, je pencherais plutôt pour ce Darling.

—Pourquoi ?

—Ce salaud ne manque pas de culot et je pense que Drecker l'a escroqué. Darling n'aurait pas aimé ça.

—Mais il a un alibi, Charlie, et il est aussi solide que celui de n'importe quel autre.

—Sans doute.

Salter haussa les épaules.

Orliff regarda Salter pendant un long moment, jusqu'à ce que ce dernier détourne les yeux.

—Bon. Qu'allez-vous faire, à présent? demanda Orliff.

—Retourner leur parler, à toute la bande. Voir si je peux flairer autre chose. Trouver le petit ami de Nelson et le Japonais. Il se peut que je n'aie rien découvert de consistant pour le moment.

—C'est bien ce que je pensais. Vous n'avez rien pour ce qui est des mobiles, n'est-ce pas? Et la femme? La boutique lui revient et je suppose qu'il y a des assurances. Aurait-elle pu payer quelqu'un pour le faire?

Salter haussa de nouveau les épaules.

—Je ne la vois pas dans ce rôle-là. Elle pourrait être matonne en chef dans un camp de concentration pour femmes ou, au contraire, le genre de personne qui ne tue pas les moustiques parce que toute forme de vie est sacrée. Sa relation avec Drecker était plutôt étrange et je ne sais pas grand-chose de sa vie en dehors de son couple, sauf qu'elle consacre beaucoup de temps au yoga et au bridge.

Orliff prit encore quelques notes.

—OK. Restez là-dessus une semaine encore. Après ça, on laissera faire les gens des Homicides. Munnings et Hutter n'auront qu'à se creuser la cervelle. OK, Charlie. Pas de véritables suspects, pas de mobiles, pas d'indices. Ne vous rendez pas malade. On va finir par trouver quelque chose.

Au moment où Orliff congédiait Salter d'un signe de tête, son téléphone sonna. Salter se leva pour partir, mais Orliff lui fit signe de rester.

—C'est pour vous, dit-il.

C'était Gatenby.

—Je suis en ligne avec Vancouver, annonça-t-il immédiatement. Vous voulez leur parler?

—Oui. Quel poste?

—Deux-zéro-cinq.

Salter appuya sur la touche correspondante.

—Ici Salter. À qui ai-je l'honneur?

—Au sergent Pepper. On ne rit pas. Nous avons trouvé votre homme.

—Tanabe?

—Non. Kemp.

—Seigneur! Vous avez fait vite. Je croyais qu'il avait quitté la ville depuis quarante ans.

—Vous savez comment ça se passe, parfois. Ce pays n'est finalement qu'un gros village qui s'étale le long du quarante-neuvième parallèle. On a appelé le bureau syndical. Votre homme était tuyauteur. Là-bas, ils ont demandé à la ronde aux anciens et quelqu'un s'est souvenu de lui. Il vivait à Victoria il y a encore six mois. Ils avaient même son adresse. Le bureau de poste nous a donné la nouvelle, celle de réexpédition. Il habite maintenant à Woodstock, en Ontario. Voici sa nouvelle adresse.

—Génial. Merci beaucoup. Pas de signe de vie de Tanabe?

—Non. Il possède un magasin d'antiquités dans Pandora Street, ici, en ville. Sa vendeuse – un beau brin de Japonaise, en passant – est très inquiète pour lui. Il l'a appelée de Toronto la semaine dernière, mais depuis, pas de nouvelles.

—Sa famille?

—Il n'a plus personne. Ses parents sont décédés. Ni frère ni sœur. Pas marié.

—On sait quelque chose sur lui?

—Rien. Il est blanc comme neige.

—Bien. Encore merci.

Salter raccrocha et se tourna vers Orliff.

— Le vieux Japonais manque toujours à l'appel, mais on a une piste pour le type qu'il recherchait.

— C'est toujours ça, Charlie, lui dit calmement Orliff. Bonne chance.

De retour à son bureau, Salter appela la police municipale de Woodstock et dit à son interlocuteur ce qu'il cherchait. On envoya une voiture sur les lieux, on interrogea les voisins et, une demi-heure plus tard, la police de Woodstock le rappela.

— Il n'habite plus ici, lui rapporta le sergent. Il a déménagé le mois dernier pour Toronto.

Il donna une adresse dans le quartier Beaches.

— Les voisins pensent qu'il vit chez sa fille. À propos, il y a autre chose d'un peu étrange. Les voisins nous ont dit qu'il y avait un autre gars en ville la semaine dernière qui essayait de trouver Kemp…

— Un vieux Japonais ?

— Je pense que c'est ça. Ils ont dit qu'il était Chinois, mais tous, ils savaient que c'était un Oriental. Vous le connaissez ?

— Je croise sans arrêt sa piste, comme on dit dans la police montée. C'est lui que je cherche, en fait.

— Vraiment ? Eh bien, bonne chance. J'imagine que nous sommes parvenus au terme de la phase «Woodstock» de votre enquête, inspecteur ?

Salter rit et reposa le combiné. Il consulta sa montre.

— Je sors m'acheter un sandwich, Frank, déclara-t-il. Ensuite, je vais aller trouver ce Kemp. Il va peut-être me mener à Tanabe. Il nous manque deux gars : Tanabe et le petit ami de Nelson, Hauser. Si l'un des deux se pointe, tu me le suspends à un crochet jusqu'à mon retour. J'appellerai après avoir

vu Kemp, mais je ne repasserai pas au bureau, sauf
en cas de besoin. Je dois aller à l'hôpital cet après-
midi.

— Encore ? Pour quoi faire ?

— Je l'ignore. (Salter tira sur sa cravate.) Quand
je demande, on ne me répond pas. « Pour passer une
radio », qu'on me dit. « Et pourquoi ? » je demande.
« Pour pouvoir diagnostiquer la cause probable de
votre microscopique hématurie », qu'on me répond.
« Et c'est quoi, ça ? » je redemande. « Vous pissez
du sang », qu'on m'explique. Et je ne suis pas plus
avancé.

— C'est comme ça que ça se passe, aujourd'hui.
On vous fait passer des tests, on entre les résultats
dans un ordinateur et on vous dit ce que vous avez.
S'ils se trompent, ils vous disent que l'ordinateur
s'est planté. Je suis sûr que ce n'est rien du tout.

— En tout cas, ça n'en finit plus, conclut Salter
avant de partir à la recherche de George Kemp.

◆

La fille de Kemp demeurait aux Beaches, un
quartier situé dans l'est, là où la ville et le lac se
conjuguent de manière à permettre à ses résidants
de profiter du seul agrément naturel de Toronto. Il
s'y trouve un parc au bord de l'eau ; un trottoir de
bois longe le lac et en juillet, pour peu que le vent
soit dans la bonne direction et qu'il n'entraîne pas
les eaux toujours glaciales du centre du lac Ontario
à déferler sur le rivage – des eaux si froides qu'une
légende raconte que les marins qui s'y noient ne
refont jamais surface –, il est possible de s'y baigner,
pas plus d'une semaine ou deux, toutefois.

Comme de nombreux Torontois, Salter avait
une affection particulière pour les Beaches. Il avait

grandi non loin de là et avait passé une grande partie de ses vacances scolaires sur la plage. Son père continuait d'habiter le quartier, dans un petit appartement à proximité du garage des tramways où il avait travaillé toute sa vie, et Salter était toujours content quand sa route le conduisait dans le coin.

Depuis l'époque de l'enfance de Salter, d'autres portions de la rive du lac avaient été rendues accessibles à la population. « Harbourfront » avait vu le jour : c'est un centre dédié aux activités culturelles et sociales qui draine les foules à longueur d'année, notamment les soirs d'été où la chaleur est accablante. Mais les Beaches constituent un vrai quartier habité, le plus humain de la ville.

Salter descendit Jarvis Street puis prit Queen Street en direction de l'est, vers le champ de courses, puis vers le sud et encore vers l'est pour longer le parc jusqu'à Melita Street. Il conduisait lentement, s'efforçant de repérer le numéro qu'il cherchait. En chemin, il remarqua que, bien que la rue eût l'air intacte, bordée des mêmes petites maisons familiales dont la plupart des propriétaires ou locataires étaient de ce milieu dans lequel Salter avait grandi, quelques vérandas peintes de couleurs vives témoignaient de l'arrivée de nouveaux immigrants d'origine méditerranéenne. De même, çà et là, des bourgeois avaient fait leur apparition, se taillant un chemin dans la ville à grand renfort de sableuses au nom de la restauration.

Salter trouva la maison, stationna son auto et frappa à la porte. Une grosse petite bonne femme aux cheveux crépus dans la quarantaine lui ouvrit. Derrière elle, Salter voyait, de l'autre côté du vestibule, un homme du même âge assis dans la cuisine à lire le journal.

— Madame Murdrick?

— Oui? rétorqua la femme sur un ton qui voulait dire « Non, merci ».

Salter sortit son badge.

— J'aimerais vous parler de votre père, dit-il.

— Oh, je ne sais pas… À quel sujet? Phil! cria-t-elle par-dessus son épaule à son mari sans quitter Salter du regard.

L'interpellé leva les yeux.

— Quoi? cria-t-il d'une voix qui signifiait « Arrête de m'emmerder ».

— Il y a un policier qui me pose des questions sur papa.

— Vous feriez mieux de lui poser à lui, non? lança le mari en s'approchant.

Salter entra dans le couloir.

— Quel est le problème? s'enquit Murdrick, en homme qui connaissait ses droits.

— Il n'y a pas de problème. Je cherche seulement George Kemp, répondit-il.

— Eh ben, z'avez trouvé votre homme, répondit une voix du haut de l'escalier.

Un vieil homme se tenait sur le palier; il était petit, trapu, large de torse et pourvu de longs bras. Il avait le visage rougeaud et luisant, et sa mâchoire inférieure proéminente lui donnait un air agressif. Une paire de lunettes cerclées de fer, démodées, avait creusé un sillon sur l'arête de son nez.

Lentement, se balançant d'un côté à l'autre, il descendit l'escalier et vint se planter face à Salter.

— George Kemp, annonça-t-il.

— Je fais des recherches sur un certain monsieur Gene Tanabe, expliqua Salter. Je pense que vous le connaissez.

— Ah, rétorqua Kemp.

Il s'éclaircit la gorge avec un bruit de lavabo qui se débouche, se moucha dans un gigantesque mouchoir kaki, ajusta ses lunettes et attendit.

Pendant quelques instants, personne ne parla ni ne bougea. Puis Kemp fit demi-tour et commença à remonter l'escalier.

— Vous feriez mieux de monter par ici, proposa-t-il.

Salter regarda les Murdrick, qui ne disaient rien ; il suivit donc le vieil homme dans l'escalier puis dans sa chambre. Kemp était déjà assis dans un fauteuil, près de la fenêtre.

— Fermez la porte, intima-t-il. Pas b'soin que Sa Majesté (il pointa un doigt boudiné en direction du plancher) soit au courant d'nos affaires.

Salter ferma la porte et prit place dans l'autre siège.

Kemp précisa :

— J'prends mes repas avec ma fille, mais je passe mon temps ici, en haut, quand chus à la maison. J'peux m'faire une tasse de thé et ça évite ben des disputes.

Salter venait de reconnaître son accent terre-neuvien : des voyelles irlandaises arrondies privées de leur musicalité et une syntaxe légèrement chargée.

— Chais pas où on peut trouver Gene en ce moment précis, commença Kemp. Mais j'le connais, ça oui. J'le connais depuis que chus arrivé au Canada.

— Vous n'êtes pas Canadien ? demanda Salter, intrigué.

— Oui, monsieur, je suis Canadien, mais chus né à Terre-Neuve et de c'temps-là, nous n'faisions pas partie du Canada. Quand j'en suis parti en mille neuf cent quarante-deux, c'était encore le cas. Mais avant que j'vous raconte toute l'histoire, voulez-vous une tasse de thé ? S'rez obligé de l'boire comme ça sans rien, parce que j'ai pas l'droit de boire du lait, le docteur a dit.

Salter déclina l'offre et jeta un regard circulaire pendant que le vieil homme se faisait une tasse de thé sans lait. La chambre était meublée de manière à ce qu'une personne seule puisse se débrouiller : un lavabo dans un coin, un réchaud à deux brûleurs sur une petite table métallique, un lit à une place, un bureau et quelques carpettes usées jusqu'à la corde.

Kemp s'installa dans son fauteuil et reprit :

— Je l'ai rencontré pour la première fois en mille neuf cent quarante-deux à Vancouver, où je travaillais pour un contrat avec le gouvernement.

— Vous étiez tuyauteur ?

— J'étais et chus encore un Maître tuyauteur et un Maître plombier, déclara Kemp. Quand j'ai fait mon apprentissage à Terre-Neuve, on vous donnait vos certificats pour les deux.

Il s'arrêta pour permettre à Salter de lui poser des questions ou de commenter son récit.

Salter comprit que Kemp était de ces gens qui sont incapables de raconter une histoire simplement et qu'il faut aiguillonner à chaque étape du récit. Ça allait être fastidieux.

— Et vous êtes allé à Vancouver une fois que vous avez eu vos certificats ? s'enquit-il, histoire de tenter un petit bond en avant dans le temps.

Mais Kemp n'était pas du genre à abréger :

— Non, pas tout de suite, répondit-il. J'ai d'abord eu mon affaire à moi à St John's. J'ai emprunté un peu d'argent à la banque, voyez, et j'ai acheté la boutique du vieux Murdoch McElway. L'était en train de s'casser la gueule, alors je l'ai eue pour une bouchée de pain.

Suivit une longue pause. Salter commençait à en avoir un peu assez. Il attendit pendant une éternité – deux minutes? trois? – et ouvrit la bouche pour prononcer quelques paroles d'encouragement. Mais l'ancien plombier était maintenant embarqué à fond dans son histoire et il se mit à débiter son récit en plus gros tronçons.

—Quand la guerre est arrivée, les affaires se sont effondrées, alors chus allé travailler pour le gouvernement, au Canada. J'avais jamais été à l'ouest de Halifax, mais j'ai pris une chance et chus parti à Vancouver. J'ai dit à ma femme que l'occasion se représenterait p'têt pas deux fois et elle était d'accord. Alors j'ai fini par installer des systèmes de chauffage dans à peu près la moitié des camps militaires de Colombie-Britannique. Après la guerre, chus monté dans le nord vers le réseau DEW, c'est-à-dire le réseau d'alerte avancée, et encore après ça, chus allé travailler pour les compagnies pétrolières dans tout l'Alberta. Dans le milieu, tout le monde me connaît partout à l'ouest de Winnipeg et à l'est de Halifax, et la seule province où j'ai jamais mis les pieds, c'est le Québec. J'm'étais jamais intéressé à cette partie du pays jusqu'à ce que ma femme décède il y a deux ans. J'étais à Victoria. J'y suis resté environ un an puis j'ai emballé mes affaires et chus redescendu vers l'est pour me rapprocher de ma fille et lui, vu qu'elle est mariée avec.

Une fois encore, Kemp désigna avec mépris l'étage inférieur, d'où les échos d'une dispute conjugale filtraient à travers le plancher.

—Vous êtes parti à Woodstock?

—Ah ! C'était assez près pour que je puisse la voir à l'occasion. J'étais à la retraite, bien sûr, mais j'ai acheté une petite maison et j'ai commencé à faire des petits boulots pour la quincaillerie d'à côté. Ç'a pas traîné avant que je sache pus où donner d'la tête ! On dirait que ces gars de l'Ontario, y savent pas remplacer une vitre ou un joint de robinet. Pour moi, un homme qui a construit lui-même sa maison peut toujours se débrouiller. J'ai jamais manqué d'ouvrage une fois qu'ils ont découvert mon existence. J'ai toujours gardé ma licence et mon camion, même si j'ai jamais cru que j'finirais comme journalier occasionnel.

Il pourrait peut-être réparer une porte moustiquaire, se dit Salter.

À ce moment précis, on frappa timidement à la porte et un énorme sourire éclaira le visage de Kemp.

—Entre donc, mon p'tit gars ! cria-t-il.

La porte s'ouvrit et, stupéfait, Salter se trouva face à un minuscule George Kemp qui se tenait dans l'encadrement, la main agrippée à la poignée de la porte qui était quasiment au niveau de ses yeux. En regardant plus attentivement, Salter vit qu'il s'agissait d'un petit garçon de cinq ou six ans, vêtu d'une version miniature du bleu de travail de Kemp, qui tenait une petite boîte à lunch. Même les minuscules lunettes cerclées de fer étaient semblables. Derrière, toutefois, se cachait un pâle visage timide qui jetait un regard hésitant sur Salter.

—Viens donc ici voir la police, l'encouragea Kemp.

Le garçon s'approcha tout doucement.

—Inspecteur, proclama Kemp, je vous présente mon assistant. Il s'appelle George, comme moi.

C'est mon p'tit-fils, ajouta-t-il fièrement. George, voici l'inspecteur Salter. Serre-lui la main comme je t'ai montré. Je lui apprends les bonnes manières, précisa-t-il à l'intention de Salter.

… Et à faire tourner ta fille en bourrique, pensa Salter en échangeant une poignée de main solennelle avec le petit garçon.

— George m'accompagne dans mes tournées, révéla Kemp, le visage rayonnant. Ça m'a pas pris longtemps avant de trouver dans le coin une quincaillerie qui ait besoin de mes services. Ce jeune homme et moi avons quelques visites à faire aujourd'hui. Bon, p'tit gars, t'as ton lunch, hein? Y apporte toujours son lunch pour manger dans le camion avec moi, expliqua-t-il à Salter. Eh bien, ce sera pas long. T'as qu'à descendre m'attendre dans le camion. J'arrive tout de suite.

Il regarda l'enfant quitter docilement la chambre et fermer soigneusement la porte, les yeux rivés sur Kemp pour s'assurer que son grand-père avait remarqué comme il l'avait bien fait.

— C'est la principale raison pour laquelle je reste ici, avoua Kemp après que la porte fut refermée. Ce gamin a besoin que je lui apprenne deux ou trois choses.

Après une pause respectueuse, Salter l'incita à poursuivre.

— Que s'est-il passé après Woodstock? demanda-t-il.

— Chus tombé malade. J'ai fait une crise de cœur, dit le vieil homme. Y pensaient que j'allais mourir, mais y se sont fourrés. M'en suis tiré. Mais alors ma fille a insisté pour que je vienne chez elle parce que les docteurs ont dit que j'pourrais pus rester seul. Trois semaines, que chus resté sur la liste critique.

Il marqua un arrêt pour donner plus de poids à la phrase qui allait suivre.

—Et c'est pour cette raison que vous êtes justement en train de me parler, affirma-t-il.

Salter attendit. Après une nouvelle pause, il demanda :

—Et pourquoi ça, monsieur Kemp ?

—Parce que c'est précisément à ce moment-là que la boîte de Gene Tanabe a disparu.

Enfin, on y était. La boîte de Gene Tanabe.

—Comment ça ? Comment a-t-elle disparu ?

—Ça, c'est le maudit mystère que j'aimerais que vous, vous tiriez au clair, monsieur. J'ai gardé cette boîte pendant quarante ans et quand chus sorti de l'hôpital, elle avait disparu.

—Pourquoi ? Pourquoi était-elle en votre possession ?

—Je l'avais parce que Gene Tanabe me l'avait confiée. J'en ai pris soin pendant quarante ans et quand chus tombé malade pour la première fois de ma vie, elle a disparu.

Le vieil homme s'exprimait avec passion et solennité, comme s'il s'était répété ces mots maintes fois jusqu'à les apprendre par cœur.

—Gene Tanabe était un de vos amis ?

—Il l'était et il l'est encore. J'l'ai jamais laissé tomber. Il le sait. Au moins, il sait que la boîte a disparu à mon insu.

Salter essaya encore : chaque partie de l'histoire avait son importance.

—Pouvons-nous revenir au début, monsieur Kemp ? Pourquoi Tanabe vous a-t-il laissé cette boîte ?

—Parce que vous autres, les polices, vous êtes venues le chercher pour l'emmener. Vous pensiez qu'il était un dangereux ennemi étranger. Mais il ne ferait pas de mal à une maudite mouche, monsieur.

— Il a été interné ? demanda Salter, ignorant le commentaire de Kemp sur l'innocence de Tanabe.

— Tous, ils l'ont été. Internés. Déportés. Y faisait pas bon être Japonais en quarante-deux à Vancouver, j'vous l'dis.

— Alors il vous a confié une boîte qui était en sa possession ?

— C'est ça. On était voisins. Il était travailleur du bois, vous le saviez ? Il pouvait faire n'importe quoi avec du bois. Il m'a fait une boîte à outils assez grande pour servir de berceau. Du beau travail. Mais la plus belle chose qu'il a faite, pour ce que j'en ai vu, c'est une maison de poupée pour ma petite fille. Elle l'a toujours. Je suis plutôt habile à travailler le métal. Alors quand on s'est connus, on a commencé à s'échanger des petits boulots. J'ai fait toute la plomberie de sa maison et pis tout ce qui était soudure et tout ça, et il m'a fait toute la menuiserie que j'avais besoin. C'était un chic type. Quand ils lui ont dit qu'il fallait qu'il déménage, il est venu me voir et il m'a demandé de garder la boîte pour lui. Il a bien fait, parce que pour finir, il a perdu tout le reste, réquisitionné par les patriotes du coin. J'étais content de l'aider. C'était un privilège, monsieur, de faire quelque chose pour lui.

— Que s'est-il passé ensuite ? Après la guerre, il est revenu vous voir ? demanda Salter, qui s'efforçait toujours de contenir le sentimentalisme belliqueux de Kemp.

— C'est ça. Mais on était partis. Notre maison a passé au feu, voyez, et on a dû partir. Quand il est venu pour me retrouver, j'étais parti. Il me dit maintenant qu'il a cru que la boîte était restée dans

le feu. Mais en fait, non, vous savez. Je l'avais toujours avec moi, mais à ce moment-là, il a arrêté de
me chercher.

— Pourquoi n'avez-vous pas essayé de le trouver,
lui ?

— Vous pensez que je ne l'ai pas fait, bon sang ?
cria brusquement Kemp, furieux qu'on l'accuse de
ne pas avoir retourné toutes les pierres. Chus retourné dans le quartier des dizaines de fois après la
guerre, mais y'est pas revenu de l'Ontario avant
1947 ou 1948 et à ce moment-là, j'avais déjà arrêté
de battre le pavé à sa recherche. J'avais dit à Gene
que la boîte serait en sûreté avec moi et j'avais tenu
parole.

Puis, sur le ton de la conversation, il ajouta :

— Pour vous dire la vérité, à ce moment-là, j'ai
pensé qu'il allait peut-être mourir.

— Mais vous avez gardé la boîte. Saviez-vous
ce qu'elle contenait ?

— Oui, j'ai gardé la boîte, et non, jusqu'à la
semaine dernière encore, je ne savais pas ce qu'il y
avait dedans. C'était pas de mes affaires.

— La semaine dernière ?

La fin de l'histoire était en vue.

— Ah. Quand Gene est revenu ici. Il avait retrouvé ma trace, voyez, découvert où j'étais et il a
frappé à la porte. Je ne l'ai pas reconnu tout de
suite. Et puis, quand je me suis rendu compte que
c'était Gene, la première chose que j'ai pensée,
bien sûr, c'est que j'avais pas sa boîte. C'était pas
supposé se passer comme ça.

— Pensait-il que vous l'aviez toujours ?

Kemp secoua la tête.

— Non, monsieur, il savait que je ne l'avais plus.
Il l'avait retrouvée, elle et certains de ses tableaux.

Il m'a dit qu'il ne comprenait vraiment pas comment tout ça était apparu, comme ça, soudainement, mais ce qu'il savait, c'est qu'il devait y avoir une bonne raison et il voulait seulement la découvrir. Il m'a fait confiance du début à la fin. Et il avait bien raison. Si j'étais pas allé à l'hôpital, j'aurais toujours sa boîte en sûreté avec moi.

— Mais ça, il ne le savait pas, n'est-ce pas, monsieur Kemp?

— P'têt ben qu'non. Mais moi, oui, répondit Kemp.

Il enleva ses lunettes, se moucha et s'essuya le visage avant de remettre ses lunettes.

— Et qu'a-t-il pensé, alors? demanda Salter.

— Rien. Il n'avait pas sauté aux conclusions, il attendait juste d'entendre mon histoire. Quand il a su comment la boîte avait disparu pendant que j'étais à l'hôpital, il ne s'en est plus soucié. Ou p'têt que je devrais dire qu'il était si content de voir que je ne l'avais pas laissé tomber après quarante ans que l'histoire de la boîte ne nous a pas gâché le plaisir de nous retrouver, si vous me comprenez bien.

Salter acquiesça.

— Alors, on est sortis manger une bouchée pour souper, continua Kemp. On y est allés en taxi. Il m'a emmené à un endroit en ville où on a eu un vrai festin japonais. (Kemp devint hésitant.) Vous avez déjà mangé japonais? demanda-t-il.

Salter fit non de la tête.

— C'est un peu particulier, expliqua Kemp. C'est très… intéressant, mais ce n'est pas vraiment ma tasse de thé. Ça fait quand même changement et j'ai pas été obligé de m'asseoir en tailleur. Ils avaient quelques vraies tables. Et la bière japonaise est pas mal, alors on s'en est pris quelques pintes et on

s'est entraînés l'un l'autre. Ce bon vieux Gene s'en
est merveilleusement bien tiré depuis la dernière
fois que je l'avais vu. Je m'en suis pas mal sorti,
moi non plus. Je vous le dis, monsieur, cette soirée
avec Gene a été la meilleure chose qui m'est arrivée depuis que je suis venu m'installer dans l'est.

Kemp se remoucha.

Après un moment, Salter demanda :

— Et ç'a été fini, alors ? Il a découvert que ce
n'était pas votre faute et c'est la dernière fois que
vous l'avez vu ?

— Pas tout à fait. Il est revenu une fois pour me
dire qu'il avait récupéré la plupart de ses tableaux.
Un jour, quand chus rentré, je l'ai trouvé en train
de parler à mon gendre dans la cuisine. On a pris
une bière ensemble tous les quatre, Gene et moi,
ma fille et cette espèce de fainéant qu'elle a marié.
C'est la dernière fois que je l'ai vu. Il avait dû
payer un prix d'or pour récupérer ses tableaux,
mais il est plutôt riche, d'après ce qu'on dit, alors
il est certainement content, tout bien considéré. En
tout cas, monsieur, chais ben comment vous fonc-
tionnez, vous autres, alors ne vous avisez pas de
penser que Gene a mis le feu à cette boutique pour
se venger ou quoi que ce soit. C'est vraiment pas
son genre de faire une chose pareille.

— Pourquoi a-t-il disparu, alors ?

— Comment diable j'le saurais ? P'têt qu'il a peur
de vous autres et il aurait ben raison. Mais Gene
Tanabe n'a jamais fait de mal à personne de toute sa
vie. Je suppose que vous allez finir par le retrouver,
mais moi, chus pas pressé.

Salter rempocha son bloc-notes.

— Merci, monsieur Kemp. Puis-je vous trouver
ici si j'ai besoin de vous ?

— Aux heures des repas, chus en bas. Le reste du temps, chus ici, ou dehors, à travailler. Maintenant, vous pouvez descendre et confirmer ma déclaration avec ma fille.

Kemp fixa Salter avec un air de triomphe pour montrer qu'il savait comment la police travaillait.

Salter se leva, puis se rappela :

— Vous ne m'avez pas encore dit comment la boîte a disparu, demanda-t-il.

— Ah oui ! Quand j'étais à l'hôpital avec mon infarctus, ma fille a vendu ma maison et tout ce qu'il y avait dedans, sauf deux ou trois patentes qu'elle a gardées pour cette chambre, ici. Y ont fait une vente de garage, voyez. Pourtant, elle avait bien fait attention à me garder la boîte, mais c'te fichue boîte a disparu pendant la vente. Perdue, volée ou égarée.

— Pensez-vous qu'elle a pu être vendue par erreur ?

— Non. C'est mon gendre qui dirigeait la vente.

Salter attendit, mais rien d'autre ne vint. Kemp avait fini ; assis dans son fauteuil, il regardait fixement par la fenêtre.

En descendant, Salter interrogea les Murdrick afin de confirmer les points essentiels du récit de Kemp.

— C'est bien ça. Nous pensons que quelqu'un l'a piquée pendant la vente, dit le mari.

Il avait l'air énervé. Le commentaire que fit sa femme expliqua cet état :

— Quarante ans que papa l'avait gardée, cette boîte. Et dès qu'il a eu le dos tourné, elle a disparu, fit-elle en jetant un regard à son mari.

De toute évidence, ce n'était pas la première fois qu'elle sortait cette réplique.

—C'était pas ma maudite faute! se récria Murdrick. Elle était là la veille, pis elle a disparu. Je l'ai pas vendue. On se l'est fait piquer, je vous ai dit.

Salter attendit une explication.

—Phil était censé mettre de côté les affaires que papa pouvait avoir envie de garder. Des souvenirs, genre, pis la boîte, mais quand on est venus les chercher après la vente, la boîte n'était plus là, expliqua-t-elle.

—Vous pensez donc que quelqu'un l'a volée pendant la vente?

—Ça doit, répondit Murdrick. Ça doit. Je ramassais l'argent, mais je pouvais pas être partout, hein? Quelqu'un est parti avec.

—Quarante ans! répéta sa femme.

—Pour l'amour du ciel, arrête un peu, avec ça! s'écria Murdrick. Cette maudite patente valait pas d'la marde.

—Y avait-il quelque chose à l'intérieur?

—Des saloperies, répondit Murdrick. Des saloperies japs. Des éventails et des estampes. Rien que des saloperies.

—Tu n'y connais rien, Phil.

—Ça, je m'y connais en tabarnak, cria-t-il. T'as vu toi-même. Un tas de saloperies.

—Était-elle verrouillée? s'enquit Salter.

La femme rougit.

—Oui, elle l'était, répliqua Murdrick. On l'a ouverte pour voir s'il y avait un nom à l'intérieur. J'ai enlevé les vis. Pis j'l'ai refermée et on a touché à rien.

—J'y ai veillé, fit madame Murdrick.

—Saviez-vous pourquoi votre père la gardait?

—Il a dit qu'il avait promis de la garder jusqu'à ce que monsieur Tanabe revienne.

—Peu probable, après quarante ans, hein? lança Salter à Murdrick sur un ton encourageant. Et pourtant, il est revenu. Quel dommage qu'il ne se soit pas pointé plus tôt!

—C'est ce que je lui ai dit, approuva madame Murdrick.

—Quand est-ce qu'il est venu ici? demanda Salter.

—La semaine dernière. Il savait qu'on n'avait plus la boîte, mais il voulait savoir ce qui s'était passé. Ce qui est drôle, pourtant, c'est qu'il n'avait pas l'air bouleversé. Il semblait plus intéressé par le fait de parler avec papa, à vrai dire.

—C'est la seule fois que vous l'avez vu?

—Non. Il est revenu une autre fois. Il voulait parler à Phil.

—Il venait encore nous harceler avec sa maudite boîte, grogna Murdrick. Je lui ai dit d'arrêter de nous emmerder.

—Tu as été terrible avec lui, fit sa femme, poursuivant leur vieille querelle. Tu n'avais pas besoin de lui parler comme ça.

—C'est vrai, nous nous sommes un peu disputés à cause de la boîte, admit Murdrick à l'intention de Salter. Mais on a tous bu un verre ensemble avant qu'il parte.

—C'était un ami de papa et tu n'avais vraiment pas besoin de le traiter comme tu l'as fait, dit-elle directement à son mari.

Ils avaient oublié la présence de Salter.

—On s'est battus contre ces salauds pendant la guerre et je les aime pas, hurla Murdrick.

—Non, non, pas toi. Tu n'as pas combattu, toi. En tout cas, personne n'a eu à se battre contre monsieur Tanabe. Il avait été mis dans un camp de concentration.

Salter les regardait se disputer.

—Continue comme ça, menaça Murdrick, et je referai la même chose que la dernière fois.

—Va-t'en et va te faire… (Elle fit une pause et regarda Salter.) … foutre !

—C'est ça, je vais aller chercher un endroit plus tranquille, corrigea Murdrick.

Le mari et la femme étaient assis, bouillonnant de rage. Salter estima qu'il avait entendu tout ce dont il avait besoin.

—S'il se manifeste de nouveau, faites-le-moi savoir, d'accord ? dit-il doucement.

Personne ne lui répondit.

Salter ajouta :

—Et si j'ai d'autres questions, je suppose que je peux vous trouver ici, c'est ça ?

Il jeta un regard inquisiteur à Murdrick. Que faisait-il à la maison à cette heure-ci, en semaine ?

—Ma femme est toujours là. Moi, je serai peut-être dehors pour un boulot, mais elle prendra le message.

—Où travaillez-vous, monsieur Murdrick ?

—Je travaille à mon compte. Je pose des carreaux.

—Vous êtes vitrier ?

—Non, chus pas un maudit vitrier. Céramiques, mosaïques : je fais les planchers, les salles de bains, les foyers, toutes sortes de boulots, rien que du travail de qualité.

—Et votre ligne d'affaires est à la maison ?

—C'est ça, répondit Murdrick. C'est légal. Vous pouvez me trouver ici.

Salter se leva pour partir et madame Murdrick le conduisit dans le vestibule.

—Je suis désolée pour la boîte de monsieur Tanabe, dit-elle en lui ouvrant la porte d'entrée. C'est une honte, après quarante ans.

Au moment où elle refermait la porte derrière lui, Salter entendit son mari qui lui criait encore après depuis la cuisine.

◆

—Enfilez ça, monsieur Salter, et attendez qu'on vous appelle. Laissez vos vêtements dans cette cabine et gardez vos souliers.

Un jeune sosie de Lena Horne jouant les aides-soignantes fit entrer Salter dans une cabine où il se changea. Il en ressortit vêtu d'un linceul blanc qui lui arrivait aux genoux et auquel manquaient les liens permettant de le fermer. Fermement drapé dans sa nudité, il se dirigea vers le banc, traînant les pieds dans ses souliers délacés, comme un interné d'asile de fous digne d'un roman de Dickens. Deux autres hommes du même âge que lui étaient déjà assis là, mais tous trois s'ignorèrent mutuellement de crainte, dans le cas de Salter, d'apprendre la raison de leur présence dans ces lieux.

Sachant qu'il se rendait à l'hôpital, Salter s'était préparé à attendre pour rien pendant peut-être trois heures et avait même apporté un livre. Aussi fut-il surpris de voir Lena Horne revenir quelques minutes plus tard.

—Venez avec moi, je vous prie, ordonna-t-elle.

Elle le conduisit dans un long couloir jusqu'à une petite salle où se trouvait une table d'examen radiographique.

—Montez là-dessus. Il y a une marche, dit-elle. La technicienne sera là dans un moment.

Lena Horne laissa la place à Doris Day :

—Salut ! lança-t-elle. Voyons voir ça.

Salter s'assit et commença à se défaire de son linceul. Elle bondit pour l'interrompre.

—C'est bon, fit-elle. On peut se débrouiller en gardant ça.

Salter se rallongea. Il s'était tellement bien préparé à la probable nécessité d'exposer ses parties intimes à la vue de tout le personnel féminin qu'il éprouva une légère déception. Autrefois, il pensait que sa crainte de voir sa pudeur mise à mal dans les hôpitaux était personnelle et aberrante, mais des années aupa-ravant, un sergent lui avait dit que si jamais il devait subir une intervention chirurgicale, quelle qu'elle soit, en dessous du cou, il annoncerait dès son entrée à l'hôpital qu'il se raserait lui-même, merci, et qu'il rappellerait cette disposition à tout le personnel de service jusqu'au moment de l'opération.

—Descendez un tout petit peu. Encore un peu. C'est ça. Vous êtes bien installé ?

—Non.

Une barre métallique lui éraflait les mollets au lieu de soutenir ses pieds. Doris remua légèrement le support pour le déplacer de quelques centimètres.

—C'est mieux ? demanda-t-elle.

—Non. Ça me fait mal.

Il avait décidé que, pour une fois, il ne resterait pas allongé là à sourire sans se plaindre jusqu'à ce que quelqu'un finisse par remarquer qu'il était à l'ar-ticle de la mort. Il serait l'un de ces salauds bourrus qui survivent.

—Je ne peux pas faire grand-chose, répliqua Doris. Vous êtes plutôt costaud.

—Je mesure cinq pieds dix et demi pour cent soixante-cinq livres, ce qui est à peu près dans la moyenne. Il m'est impossible de mentir plus de deux minutes avec ce truc sous mes jambes. Combien de temps prend la radio?

—Le docteur ne va pas tarder, assura-t-elle. Je peux peut-être envelopper cette barre dans une serviette.

—Bonne idée, approuva Salter.

Elle disparut; Salter l'entendit se plaindre de lui à Lena Horne, mais quand elle revint, elle portait un objet qui ressemblait à un appuie-tête doté de deux petites tiges. Elle enleva la barre qui lui blessait les jambes et la remplaça par le support rembourré, manifestement prévu à cet effet.

—Vous êtes bien installé, maintenant? s'enquit-elle comme si, après avoir étendu Salter sur un lit molletonné, elle s'attendait encore à le voir se lamenter.

—C'est parfait, répondit Salter. Maintenant, voudriez-vous bien allumer cette lampe pour que je puisse lire en attendant le docteur?

—Il va arriver dans très peu de temps, objecta-t-elle.

—Bien. Quand il arrivera, j'arrêterai de lire.

Elle alluma la lumière avec réticence et alla chercher le médecin. Une fois encore, Salter se prépara à une longue attente et s'installa de manière à ne toucher aucune des barres chromées glacées. Une fois encore, la technique fonctionna et Doris Day réapparut, accompagnée d'un Richard Chamberlain qui aurait eu bien besoin d'un bon rasage.

—Voici le docteur Tannenbaum, annonça-t-elle.

Le médecin salua Salter d'un hochement de tête puis tripota une seringue hypodermique:

—Avec l'injection que je vais vous faire, vous allez d'abord avoir très froid, puis très chaud. (Il fit une pause.) C'est normal. Mais vous pourriez avoir une réaction anormale. Avez-vous des allergies ?

—Oui, à la pénicilline et aux antibiotiques, répondit Salter.

Au même moment, le médecin dit quelque chose à la technicienne, qui se mit à lui passer un coton imbibé de désinfectant sur le bras.

Il ne m'a pas entendu, s'alarma Salter. *Je vais mourir*.

—Bon, fit le docteur Tannenbaum lorsque la seringue fut prête. Plusieurs choses peuvent se produire. Vous pourriez avoir une crise d'urticaire. Ça, ce n'est pas grave. Vous pourriez avoir une chute de tension artérielle. Ça, c'est plus grave. Parfois, peut-être dans un cas sur cinquante mille, on a un décès. (Il regarda Salter.) OK ?

Il sortit du champ de vision de Salter.

—Pourquoi me dites-vous tout ça ? demanda l'intéressé.

—La loi nous y oblige, pour que vous puissiez refuser l'injection si vous le souhaitez.

—Oui mais alors, vous ne pourriez pas prendre la radio.

Salter aurait aimé pouvoir au moins voir son interlocuteur.

—C'est exact.

J'ai trois secondes pour décider, se dit Salter. *Et zou ! Un policier victime d'un infarctus. Qu'il aille se faire foutre et qu'il se pique lui-même avec cette maudite seringue. Je rentre à la maison*.

—Allez-y, dit-il.

Le docteur lui planta l'aiguille dans le bras et le regarda droit dans les yeux. *Il m'aime, après tout*, pensa Salter.

— Parfait. Si quelque chose avait dû se produire, on l'aurait déjà vu, fit remarquer le médecin à la technicienne avant de sortir.

Par la suite, tout ne fut que froidure et ennui ; vingt minutes plus tard, Salter partit dans le couloir en traînant les pieds pour aller se rhabiller.

◆

— Et puis, qu'ont-ils dit ? demanda Annie.

— Rien.

— Tu n'as rien demandé ?

— Ils m'ont dit qu'ils allaient envoyer un compte rendu au spécialiste. Je dois retourner le voir mardi.

— Pour l'amour du ciel, veux-tu bien essayer d'en savoir plus sur ce que tu as, Charlie ? C'est ta santé, à toi seul. Il n'y a pas de honte à poser des questions.

◆

La soirée fut mise à profit pour commencer les préparatifs de la petite escapade. Angus continuait à éviter son père et Seth était sorti ramasser l'argent de ses livraisons de journaux. Salter regardait Annie s'affairer à accumuler une pile de vêtements chauds par terre, au milieu du salon. Salter était légèrement irrité par l'enthousiasme avec lequel elle encourageait sa première tentative de fraternisation avec son propre fils et il ne levait pas le petit doigt pour l'aider ; il se contenta de lui faire remarquer que tout devait tenir dans un seul sac. Il prit le temps d'appeler Fred Staver, l'homme qui avait installé la porte moustiquaire, pour lui demander s'il se rappelait où il avait acheté la porte. Il se sentit un peu réconforté quand Staver, après que Salter lui eut exposé le problème, lui promit de chercher lui-même une roulette. D'expérience, il savait que Fred Staver pouvait réparer n'importe quoi.

L'heure d'aller au lit arriva et Annie, qui avait refusé de se laisser entraîner par l'humeur maussade de son mari, se glissa nue sous la couette.

Salter essaya de garder ses distances.

— Il ne fait pas encore si chaud que ça, grommela-t-il.

Mais elle lui gratta le ventre en signe d'invite et il céda. Un peu plus tard, il regarda la pendule posée sur la table de chevet.

— Quinze minutes, presque, annonça-t-il.

— Comment ça ?

— Depuis le début.

— Tu nous chronomètres, maintenant ?

— Juste par curiosité. C'est pas mal, quand même, pour mon âge, non ?

— Merveilleux, répondit-elle. Avec de l'entraînement, on atteint la perfection. Enfin, on s'améliore, en tout cas.

— Qu'est-ce que tu veux dire ?

— Au début de notre mariage, tu aurais vraiment eu besoin d'un chronomètre.

— À ce moment-là, j'étais un jeune homme inexpérimenté.

— C'était donc ça ? Je croyais que ça venait de moi, parce que j'étais plus chaude que de la dynamite. Et, en passant, tu avais vingt-huit ans.

— Je n'étais pas un gars précoce. Maintenant, tais-toi. Cette conversation m'excite et j'ai besoin d'un petit somme entre deux manches.

— Pauvre petit vieux.

Elle lui caressa de nouveau le ventre, mais cette fois pour lui souhaiter bonne nuit.

—Il va bientôt falloir retarder les pendules, murmura-t-elle en se lovant contre lui en cuillère.

Salter s'assoupit, laissant l'heure avancée d'été lui faire quitter l'automne pour le mener vers l'hiver. *Si je vis jusque-là*, songea-t-il. Mais d'abord, aller à la pêche. Il étendit le bras et rapprocha Annie de lui. *Quinze minutes, ce n'est pas si mal*, se dit-il. Darling se vantait probablement.

CHAPITRE 4

Le lundi matin, Fred Staver appela avant que Salter ne partît au travail.

— L'avez trouvé, vot' truc? demanda-t-il.

Staver avait émigré trente ans auparavant du nord de l'Angleterre, mais il s'exprimait toujours dans un dialecte si épais qu'à l'entendre, on sentait presque l'odeur du plum-pudding refroidissant sur le rebord d'une fenêtre.

— Je n'ai pas encore trouvé de roulette en plastique, non, Fred, lui répondit Salter.

— Ouaip. J'en ai pas vu la queue d'une chez Tunney's, mon gars, et si y en a pas chez Tunney's, y a pas personne qu'en a. Mais j'ai trouvé l'type qui les fabrique. T'aurais pas un stylo, genre?

— Ouaip, fit Salter.

— Ouaip. Bon, alors. C'est Graberg Doors, à Weston. Une sorte de petite usine.

Weston. Une usine dans un parc industriel situé à la limite de la ville; une heure pour y aller, une autre heure pour trouver l'endroit une fois là-bas.

— Quelle est l'adresse, Fred?

— Ben, la voilà. Huit, tu l'as? Huit, c'est ça, huit, sept, deux, un. Huit, sept, deux, un. Un gros nombre, hein? Ryle Boulevard.

— Comment tu écris ça, Fred ?

— Ouaip. R-I-E-L. Ryle, quoi.

— On prononce ça Ri-el, Fred. Riel était un célèbre rebelle. Il a été pendu.

— Ouaip, eh ben on a aussi donné son nom à un boulevard. Chus jamais allé là-bas, mais j'pense que tu vas trouver assez facilement.

— Merci, Fred. Merci de t'être donné du mal.

— Y a pas d'mal, mon gars. Mais écoute, écoute ben. Si tu trouves cette usine, achète-moi quelques roulettes, OK ? J'pourrais ben en avoir besoin. Tant qu'à aller là-bas, autant en profiter, hein ?

Avant d'aller au bureau, Salter passa chez Canadian Tire, où il acheta une canne à pêche et un moulinet bon marché pour Angus, de l'insectifuge et un gallon de combustible pour le camping. Il alla ensuite chez Ziggy's où il prit une bonne dizaine de barres Mars et un bocal géant de noix assorties. Quand il allait à la pêche, Salter aimait manger des Mars et boire de la bière en attendant que ça morde. Le soir, dans la cabane, il aimait manger des noix avec sa bière. Il ne mangeait jamais ni chocolat ni noix en d'autres circonstances. Il cala ses emplettes dans un coin du coffre de son auto afin qu'Annie ne les voie pas, ce qui lui épargnerait une remarque moqueuse.

Au bureau, pour s'occuper, il appela le marchand qui avait vendu les estampes à Tanabe.

— Monsieur MacLeod, demanda-t-il, nous aimerions plus que jamais parler à monsieur Tanabe. Êtes-vous sûr de n'avoir aucune adresse à Toronto où on pourrait le trouver, un hôtel ou un autre endroit où il avait l'habitude de se rendre quand il venait ?

— Non. Je demanderai à Hajime quand il arrivera, mais généralement, Gene me donnait un chèque puis disparaissait. Je ne savais jamais où il logeait. Avez-vous essayé de le joindre à sa boutique de Vancouver ?

—Oui. Personne n'a de ses nouvelles là-bas non plus. S'il revient ou s'il appelle, vous seriez bien aimable de me contacter immédiatement.

—Bien sûr. J'espère qu'il ne lui est rien arrivé.

—Probablement que non. Je ne pense pas que nous ayons affaire à des gangsters. Merci, monsieur MacLeod.

Salter raccrocha.

L'heure était venue d'avoir une autre petite conversation avec Nelson.

◆

Il le trouva chez lui, encore une fois très angoissé. Il fit entrer Salter dans le salon et resta debout à attendre que son visiteur prenne la parole.

—Puis-je m'asseoir ? demanda Salter.

—Si vous voulez.

Nelson prit le siège le plus éloigné de Salter et continua de le fixer.

—Quelque chose ne va pas ? s'enquit Salter.

—Rien à voir avec vous, inspecteur. Juste une querelle d'amoureux.

Encore.

—Hauser est passé ?

—Non. Il a téléphoné. Nous avons rompu. Je ne vais pas le laisser mener sa petite enquête sur moi.

Salter perdait pied.

—Sur quoi enquêtait-il ?

Nelson se leva et commença à arpenter la pièce, comme un acteur exprimant l'agitation, même si sa détresse était bien réelle.

—La même chose que vous. Où étais-je donc la nuit de l'incendie ? Je lui ai dit que j'étais allé voir mes parents, alors il s'est rendu là-bas, prétextant que je l'avais chargé de passer prendre une veste que j'avais oubliée chez eux cette nuit-là. Naturellement, ils ont pensé qu'il s'agissait d'une erreur ; ils lui ont dit qu'ils ne m'avaient pas vu depuis deux semaines. Alors il a fait toute une scène sur mon infidélité à son égard. Mes parents demeurent à Oakville. Ils étaient en train de jouer au bridge avec des voisins, imaginez-vous ! Ils m'ont beaucoup soutenu depuis que je leur ai dit que j'étais gai, mais mon père était très bouleversé quand il m'a appelé. Et puis, ce matin, Jake a téléphoné. Il m'a supplié, mais j'avais pris ma décision. Il dit qu'il va se tuer, mais je ne vais pas céder au chantage, non plus.

—Monsieur Nelson, peut-être que si nous parlons de mon problème, cela vous aidera à oublier le vôtre pendant une minute.

—Désolé, inspecteur. Je suis vraiment désolé.

Nelson prit une profonde inspiration et retourna s'asseoir.

À cet instant précis, le téléphone sonna ; Nelson décrocha, écouta pendant un moment puis, une fois que son interlocuteur eut raccroché, posa le combiné sur la table du salon où il bipa pendant quelques instants pour exprimer son mécontentement d'être traité avec aussi peu de considération avant de se taire.

—Bien, fit Nelson sur un ton déterminé. Allez-y.

—J'ai enquêté sur tous ceux avec qui Drecker a fait affaire au cours des derniers mois et que vous aviez mentionnés sur la liste que vous m'avez donnée. Rien de bien extraordinaire, à part le vieux monsieur japonais qui s'intéressait à quelque chose que Drecker avait vendu. Vous rappelez-vous autre chose à son sujet ?

— Je ne me souviens de rien de plus que ce que je vous ai dit. Il est venu à la boutique plusieurs fois. Il nous a acheté une boîte, une sorte de classeur grand comme un attaché-case dans lequel se trouvait un plateau ajusté et qui avait un joli fini lustré. Il m'a demandé d'où elle venait, mais je l'ignorais. Drecker l'avait rapportée un jour, comme ça, et j'ai pensé qu'elle provenait d'une vente de garage. Il n'était pas là quand j'ai vendu la boîte, alors le monsieur est revenu le lendemain. Drecker et lui sont restés longtemps dans l'arrière-boutique et quand ils sont sortis, Drecker avait l'air un peu tendu. Je me souviens qu'il a dit quelque chose comme : « Je ne peux pas vous en dire davantage. Je l'ai achetée, avec son contenu, à un homme qui est venu à la boutique. J'achète beaucoup de trucs qui viennent de la rue de cette manière. Je ne le connais pas. » Le vieil homme est revenu le lendemain, je crois. Drecker n'a même pas voulu lui parler. Il lui a dit d'arrêter de l'ennuyer. Quand le vieux monsieur est parti, Drecker m'a dit que, si jamais il revenait, je devais lui annoncer que Drecker n'était pas là. Sur le moment, je ne me suis pas posé de questions. J'ai simplement pensé qu'il avait probablement encore roulé quelqu'un.

— J'ai l'impression que le contenu de la boîte devait avoir une certaine valeur.

— Ah oui ? Comme je vous l'ai dit, je n'ai jamais vu ce qu'elle contenait. Quand elle est arrivée à la boutique, elle était vide. Il y avait juste une étiquette sur un côté, sur laquelle il était écrit : « À conserver jusqu'à nouvel ordre. » Drecker me l'a fait enlever.

—Et c'est tout?

—Oui. Sauf qu'après le départ du vieux monsieur, j'ai entendu Drecker crier après quelqu'un au téléphone. Je suis pratiquement sûr que c'était à propos de la boîte. Mais quand il eut fini de parler, il a semblé beaucoup plus calme, comme s'il avait obtenu satisfaction de la part de son interlocuteur. Pourquoi me demandez-vous tout ça? Y avait-il une sorte de Faucon maltais japonais dans la boîte?

—Ne soyez pas stupide, rétorqua Salter, gêné que Nelson fasse la même plaisanterie mélodramatique que lui. Je pense qu'il est plus probable que ce vieux monsieur ait tout simplement tenté d'établir la… comment dites-vous?… la provenance de la boîte. Nous savons qui il est. Il est lui-même marchand.

—Ah. Il s'est donc avéré que l'authentique boîte japonaise a été fabriquée à Taïwan. C'est possible. Nous l'avons vendue «telle quelle», cependant.

—Une autre question, monsieur Nelson. Qui avait accès à la boutique? Qui avait les clés?

Nelson eut l'air nerveux.

—Drecker, bien sûr, commença-t-il. Sa femme, je pense. Elle en est copropriétaire et elle vient quelquefois le dimanche pour jeter un coup d'œil au stock. Elle ne vient jamais par ici pendant les heures ouvrables.

—Quelqu'un d'autre?

Salter nota avec intérêt que Nelson s'empourprait violemment.

—Oui. Moi.

—Vous?

—Oui. J'avais les clés des portes. Je travaillais parfois tard et Drecker me laissait utiliser l'atelier pour restaurer les objets que je voulais vendre.

—Vous est-il arrivé de passer la nuit ici?

—Parfois. Il y avait toujours quelques divans ou canapés pour dormir.

—Pourquoi? (Salter embrassa du regard l'élégant appartement.) Pourquoi dormiez-vous là-bas? Vous n'habitez pas très loin.

—C'était un endroit où je pouvais aller quand j'avais envie d'être seul.

—Avec quelqu'un?

—Non, jamais. C'était pour fuir quelqu'un.

—Je vois. Votre colocataire.

—Oui. Ce n'est pas la première fois qu'on se dispute, mais je jure que cette fois-ci sera la dernière.

Salter réfléchit, puis demanda:

—Monsieur Nelson, vous est-il arrivé de laisser les clés quelque part sans surveillance? Où sont-elles maintenant, par exemple?

Là encore, Nelson sembla très agité.

—Je ne sais pas. Je les ai perdues.

—Vous les avez perdues? Quand ça?

—La veille de l'incendie.

—Seigneur Dieu! Vous ignorez où, bien sûr. Ici, chez vous?

—Non. Je suis sûr de ne pas les avoir laissées traîner ici. Je ne me souviens pas de les avoir eues en main après avoir quitté la boutique. Elles y sont probablement quelque part.

—Le lendemain, les avez-vous cherchées?

—Oui, mais je ne les ai pas trouvées.

—À quoi ressemblaient-elles? Deux ou trois clés sur un anneau?

—Non. C'est pour ça que je ne comprends pas. Il y en avait quatre (les deux portes avaient deux verrous) et elles pesaient une tonne. C'est pour cette raison que, dans la mesure du possible, je les laissais à la boutique.

— Et quand vous les apportiez chez vous, qu'en faisiez-vous ?

— Quand je les sortais de ma poche, je les posais sur le bureau qui est dans ma chambre.

— Je vois. L'avez-vous fait, ce soir-là ?

— Je ne m'en souviens pas. Quand je suis rentré à la maison, Jake était d'humeur massacrante et nous avons tout de suite commencé à nous quereller. Comme je vous l'ai dit, nous n'avons pas arrêté de nous disputer, à tel point que nous n'avons même pas dîné. Puis j'en ai eu assez et je suis parti.

— Vous ne vous êtes donc pas changé. Que portiez-vous ?

— Ma veste en suède. Oh, pour l'amour du ciel, inspecteur, vous ne pensez quand même pas que Jake me les a volées ?

— Peut-être a-t-il pensé que vous retourniez à la boutique.

— Et il m'aurait suivi pour aller y mettre le feu ? Ce n'est pas un assassin, croyez-moi.

Nelson s'était mis à crier.

— Mais il avait accès aux clés, non ?

Nelson refusa de répondre.

— Je pense qu'il vaudrait mieux que je le trouve, déclara Salter. Avez-vous une idée de l'endroit où il pourrait être ? Nous avons essayé tous les lieux évidents.

— Je vous l'ai dit, je ne sais pas où il est.

Nelson s'effondrait de nouveau.

— Très bien, monsieur Nelson. Il… (Salter faillit dire « boude ».) …. se cache probablement quelque part. Nous allons le trouver. S'il prend contact avec vous, faites-le-moi savoir, je vous prie.

Salter sortit de l'appartement. Il savait ce que le surintendant Orliff allait dire : « Querelle d'amoureux, vengeance puis fuite du coupable quand il s'est rendu compte de ce qu'il avait fait. » Cela paraissait évident. Mais l'intuition de Salter, de plus en plus présente, allait dans une autre direction.

Il ne pouvait rien faire de plus jusqu'à ce qu'on mette la main sur Hauser ou que le mystérieux Japonais réapparaisse, mais il avait besoin de réfléchir et il ne voulait pas affronter les questions de Gatenby ou d'Orliff. Surtout d'Orliff. Il rentra donc chez lui, mit la porte moustiquaire cassée dans le coffre de son auto et se dirigea vers Weston afin de trouver l'usine en question. Comme il l'avait prévu, il lui fallut presque une heure pour trouver l'endroit, mais quand il finit par le dénicher, il eut une bonne surprise. Il était tombé sur une sorte d'atelier de menuiserie tenu par une seule personne, mais dont le matériau de base était l'aluminium au lieu du bois. Le propriétaire-manufacturier écouta attentivement Salter exposer son problème puis examina la porte. Sans un mot, il retourna dans son atelier et conduisit Salter vers une énorme boîte contenant des roulettes en plastique.

— Combien en voulez-vous ? demanda-t-il.

Salter était médusé.

— Donnez-m'en six, fit-il.

— Six dollars, dit l'homme en déposant les roulettes dans la main de Salter.

— Vais-je pouvoir les mettre moi-même ? s'inquiéta Salter.

— Pour sûr. Il y a deux petites pattes. Ouvrez-les, par exemple avec un tournevis, et la roulette cassée va sortir toute seule. Ensuite, vous la remplacez par une nouvelle roulette. C'est facile.

— Ne faut-il pas que je dévisse le coin du cadre ?

Le coin du cadre était tenu en place par une vis métallique.

— Ne dévissez pas le coin. Ne touchez pas au coin. Laissez le coin tranquille. Contentez-vous d'ouvrir les pattes et de mettre les roulettes.

— Pouvez-vous me montrer ?

— Voulez-vous que je répare la porte, monsieur ? Je facture un minimum de trente-huit dollars pour la main-d'œuvre. Faites-le vous-même. Vous n'avez qu'à ouvrir les pattes. OK ?

— OK, fit Salter sèchement.

Mais il était persuadé que, quand il se mettrait à l'ouvrage, il y aurait encore une petite chose que le type n'aurait pas mentionnée parce qu'il la jugeait trop évidente, du genre : « Mettez la roulette dans le bon sens, le côté plat au-dessus. » *Et puis merde*, pensa-t-il. *Quand j'aurai cassé trois roulettes, je saurai tout ce qu'il faut savoir sur le sujet*.

Il rebroussa chemin et remonta la porte sur la terrasse du deuxième étage, abandonnant les roulettes sur la table de toilette de sa femme.

Plus tard, se dit-il. *Plus tard*.

◆

Jeudi fut une journée perdue, si l'on excepte le fait que Salter apprit tôt qu'il lui restait encore quelques années à vivre. Il s'était présenté à l'hôpital à huit heures. On l'avait conduit à une salle d'examen, où on lui avait demandé de se déshabiller et de s'allonger sur un appareil sur lequel il reposait les jambes écartées, les pieds en l'air. Une auxiliaire médicale lui serina que l'examen allait être un peu intime mais indolore.

Le médecin fit son apparition ; c'était le spécialiste qui l'avait examiné la première fois. Il salua Salter d'un hochement de tête et se mit au travail. De quelque part derrière les pieds de Salter, il dit :

—Vous allez sentir ceci passer sur la membrane basale. Quand vous sentirez quelque chose, dites-le-moi.

Salter s'abstint de répondre. Très bientôt, il sentit effectivement quelque chose se frayer un chemin dans ses organes vitaux. Après cela, rien ne se produisit durant les quelques minutes pendant lesquelles le docteur farfouillait dans ses entrailles. Il leva la tête une fois pour demander à Salter :

—Quel âge avez-vous ?

—Quarante-sept ans.

Ça y est. Il est consterné par ma vessie, se dit Salter. *Elle ressemble à celle d'un vieux syphilitique de quatre-vingt-dix ans.*

Le médecin émit un grognement et aussitôt, Salter éprouva une sensation de froid qui se propageait à mesure qu'on retirait l'instrument. Il resta étendu à attendre le verdict.

—Votre prostate est légèrement hypertrophiée, annonça le docteur.

C'est de ça qu'est mort De Gaulle, songea Salter.

—Ce n'est pas anormal, à votre âge. Les radios n'ont rien révélé et les autres tests sont négatifs, eux aussi. Je ne trouve rien d'inquiétant. Buvez beaucoup.

—Merci. Vais-je pouvoir travailler aujourd'hui ?

—Vous faites quoi ?

—Je suis inspecteur de police.

—Un travail assis ? Sans problème. Vous aurez envie d'uriner plus souvent que d'habitude et il y aura peut-être un peu de sang dans votre urine. Rien qui puisse vous empêcher de travailler.

—Merci. Alors comme ça, je n'ai rien ?

—Pour autant que je sache, non.

Bien sûr, je pourrais avoir onze autres maladies qui ne relèvent pas de votre spécialité, mais pour vous, je vais bien.

—Merci, répéta-t-il.

Le médecin quitta la salle d'examen et Salter se rhabilla, tournant le dos à l'auxiliaire pour s'examiner à son tour : tout avait l'air normal, quoique beaucoup plus petit que dans son souvenir.

◆

Une fois de retour au travail, il rappela Vancouver, mais Tanabe ne s'était pas manifesté. Une autre vérification révéla que Jake Hauser était toujours porté disparu. Toutefois, Salter eut à peine le temps de ruminer sa collection d'impasses ; très rapidement, il se sentit extrêmement mal à l'aise et il se précipita aux toilettes. Quand il revint à son poste, il commença à travailler à une sorte de rapport pour Orliff, mais à peine dix minutes plus tard, il dut retourner aux toilettes. Il resta à son bureau pendant une heure, au cours de laquelle il visita six fois les toilettes, jusqu'à ce qu'il en eût assez des gloussements compatissants de son sergent. À midi, il déclara :

—Je rentre chez moi, où je pourrai pisser en paix. S'il se passe quelque chose d'intéressant, appelle-moi là-bas. Demain, je refile l'affaire à Munnings et Hutter.

Il prit donc le chemin de son domicile et y entra, en quête d'aide et de réconfort, avant de se rappeler qu'Annie avait un emploi et que la maison était vide.

Et si j'avais eu de mauvaises nouvelles, à l'hôpital ? pensa-t-il. *Je pourrais être là, avec plus que trois mois à vivre et elle, elle serait dehors, à chercher des accessoires pour une pub de bière.*

Il s'allongea sur le lit en attendant la prochaine fausse alerte pipi. Le téléphone sonna : c'était Annie.

—Qu'est-ce qu'il a dit ? demanda-t-elle.

—Qui ça ?

—Charlie, je t'en prie. Toute la journée, j'ai attendu que tu m'appelles. Je viens de téléphoner à ton bureau ; on m'a dit que tu étais rentré à la maison. Que t'a dit le docteur ?

—Il a dit que je n'avais rien.

—Oh, Charlie ! (Elle poussa un énorme soupir.) Ça n'a même pas l'air de te faire plaisir.

—Eh bien, tu sais comment c'est. On te dit que tout va bien et cinq minutes plus tard, tu redescends sur terre et tu cherches un nouveau sujet d'inquiétude. Et toi, tu étais inquiète ?

—Pas jusqu'à ce que Blostein me dise que ça pouvait être grave.

—Tu as parlé de moi à Blostein ?

—Oui. Je suis désolée. Je voulais savoir.

Aucune importance, à présent. Salter décida de le prendre avec humour :

—Dis donc, si je deviens impuissant, n'en parle pas à Jenny, d'accord ?

—Pourquoi ? Tu penses toujours que, si elle manœuvre bien, elle pourrait parvenir à ses fins avec toi ?

Il rit.

—Allez, raccroche, maintenant. J'ai un problème.

—Lequel ?

Il le lui expliqua.

Et ce fut au tour d'Annie de rire.

—Tu veux que je rentre à la maison pour te changer les idées ?

—Comment ça ? Oh, Seigneur, non. À mon avis, je vais dormir dans la chambre d'amis pendant un mois pour essayer de me faire oublier. Allez, salut, faut que j'y aille.

Pendant le reste de la journée, Salter lut, trotta vers la salle de bains et s'interrogea sur ces spécialistes qui considéraient que son état n'interférait pas avec sa vie professionnelle. À un moment, il tenta de réparer la porte moustiquaire, mais il était incapable de se concentrer sur la détermination que requérait cette tâche, aussi se borna-t-il à constater simplement qu'il n'y avait aucune patte visible à l'œil nu ; les directives qu'il avait reçues devenaient donc inopérantes dès la première étape. L'augmentation du nombre de guêpes sur la terrasse ne le réjouissait guère : elles semblaient entrer dans leur ruche ou, en tout cas, faire des activités de guêpes, et il y en avait toujours sept ou huit à lui tourner autour. Elles rendaient la terrasse inutilisable et comme la porte-fenêtre devait être tenue fermée en attendant que la moustiquaire fût réparée, la température à l'étage dépassait de dix degrés celle du reste de la maison. Une crise se profilait.

◆

Le lendemain matin, Salter mit son état de santé à l'épreuve en restant chez lui jusqu'à dix heures. La maison était vide. Il resta allongé sur le lit à laisser son esprit vagabonder. *Ce que je devrais faire*, se dit-il, *c'est passer systématiquement en revue toutes les possibilités, éliminer celles qui ne marchent pas et partir de là. Bon. Allons-y. Nous avons plusieurs possibilités, sergent. Un : Drecker a volé la boîte à la vente de garage. Peu probable. D'après ce qu'on en dit, Drecker était un escroc, pas un voleur. Deux : Drecker a acheté la boîte à la vente de garage et Murdrick, qui était chargé de la vente, a empoché l'argent en disant à sa femme que la boîte avait disparu. Non, parce que dans ce cas, pourquoi Drecker aurait-il refusé de dire à*

Tanabe où il l'avait obtenue ? Trois : Drecker et Murdrick étaient de mèche et Drecker se couvrait pour le cas où la boîte serait d'origine douteuse. Il est possible que Murdrick ait trouvé ridicule que sa femme garde cette boîte après quarante ans et qu'il ait pensé pouvoir la voler sans être inquiété. Peut-être que Murdrick a cru que le vieil homme mourrait. Bon. Maintenant, Frank, qui a mis le feu à la boutique ? Un : Tanabe, par vengeance, après avoir retrouvé la boîte. Possible, à condition d'établir comment le vieil homme aurait pu accéder au sous-sol. Deux : Murdrick. Une brouille est intervenue entre les deux voleurs à propos du prix de la boîte. C'est la piste la plus probable. Il est sournois, mesquin et potentiellement capable de le faire, surtout s'il a bu. Mais comment y serait-il entré, lui ? Trois : Nelson, l'assistant. Possible, si Julia Costa l'a couvert, bien qu'il ne semble pas violent. Mais il détestait Drecker, il avait un jeu de clés et il pourrait y avoir une autre raison, inconnue pour le moment. Quatre : l'amant de Nelson, Hauser. Après la querelle, il pourrait avoir couru vers la boutique, muni des clés qu'il aurait volées à Nelson. Mais s'il avait subtilisé les clés, il aurait su que Nelson n'était pas à la boutique. Il était cependant possible que l'incendie criminel soit un acte gratuit. Cinq : la maîtresse, Costa. Drecker aurait pu lui donner une clé pour leurs rendez-vous galants (joliment dit, hein, Frank ?). Mais, comme Nelson, elle a un alibi et, à notre connaissance, elle n'a pas de mobile valable. Six : la femme. Possible. Elle avait un jeu de clés et beaucoup à gagner. Mais elle était en Alberta cette nuit-là, Charlie. Oui, mais elle aurait pu recourir au service d'un homme de main, Frank. À Toronto, on peut recruter un tueur ou un incendiaire, ou juste un casseur de jambes, à condition d'avoir les relations qu'il faut pour ça et, sur ce plan, madame Drecker semble hors jeu. Sept: Darling, parce que Drecker l'a enfirouapé. Mais comment aurait-il procédé?

Salter soupira.

Bien sûr, Frank, il est possible que nous ayons affaire à une de ces charmantes énigmes à l'ancienne, dans laquelle on découvrira que Nelson n'est gai qu'en apparence et qu'il cache son hétérosexualité parce qu'il est amoureux de la femme de Drecker, et que les deux amants ont mis ça au point ensemble pour être sûrs de pouvoir vivre heureux après tout ça, en faisant du yoga pour vivre. Dans ce cas, l'amant de Nelson n'existe pas et Nelson l'utilise comme couverture pour baiser avec la femme, la maîtresse, la voisine et même madame Murdrick, comme dans une pièce de théâtre que j'ai vue une fois à Stratford, en Ontario, dont tout ce que je me rappelle, c'est que le héros s'appelait Horney et que tous les autres hommes, le croyant impuissant, lui confiaient leur femme. Peut-être qu'ils sont tous complices et qu'ils ont inventé Tanabe (qui serait en réalité un imitateur doué au chômage, blond et âgé de vingt-deux ans)?

Fait chier. Je ferais mieux de retourner au boulot.

Salter vérifia sur-le-champ au moins l'une de ses théories. Il appela son bureau et demanda à Gatenby de l'attendre à midi. Il prit ensuite son auto; il se rendit dans Queen Street, tourna à droite dans la rue de Murdrick et se stationna au coin de la rue, où il passa un coup de téléphone depuis une cabine. Il retourna dans sa voiture et attendit pendant une heure; Murdrick finit par apparaître, seul, au volant d'une camionnette, en route pour aller estimer le

chantier fictif que Salter avait inventé. Salter attendit
encore cinq minutes, puis alla frapper à la porte.

— Tout va bien, madame Murdrick, la rassura
Salter. Aucun problème. J'ai oublié de vérifier une
chose. Juste une question de routine. Je dois confirmer les allées et venues de toutes les personnes à
qui j'ai parlé dans le cadre de l'incident de la semaine dernière. Pouvez-vous me dire où vous étiez,
vous et les membres de votre famille, lundi dernier,
dans la soirée ?

— Bien sûr, dit-elle promptement, d'un ton où
perçait le soulagement. À Montréal. J'ai une sœur
là-bas et puisque Phil n'avait pas de chantier en
cours, je lui ai demandé de nous emmener y passer
quelques jours. C'était l'anniversaire de ma sœur
et ils avaient organisé une grosse fête. On est restés
pour la nuit. Elle s'appelle Carrier. Elle habite au
soixante, route Colwood, à Saint-Henri.

Et il y avait quatre-vingt-quinze témoins, com-
pléta mentalement Salter.

— Merci, madame Murdrick. Une dernière chose :
votre mari est-il dans les parages ?

— Non. On vient juste de l'appeler pour lui
demander d'aller faire un devis.

— Je voulais simplement lui demander combien
de temps lui avait pris la rénovation de la salle de
bains de Drecker. À lui et à Darling, je veux dire.

Elle ne mordit pas tout de suite à l'hameçon.

— Il n'a pas travaillé à ce contrat, répondit-elle.
Pendant les six dernières semaines, il a travaillé pour
une compagnie italienne qui construisait un centre
commercial dans l'ouest. À moins que ce ne soit
avant ça ?

Mais Salter essayait de vérifier autre chose.

— Non, fit-il. Il ne pourra pas m'aider, dans ce
cas. Dommage. Il travaille généralement avec

Darling, non, quand Darling a besoin d'un carreleur ?

— Oh, oui. Il fait tous les contrats que lui pro-
pose Raymond, quand il peut. Pourquoi ?

*Il doit bien y avoir une technique pour découvrir
tout ce qu'on a besoin de savoir sans s'embrouiller
comme ça*, songea Salter. *Tout ce que j'ai réussi,
c'est de faire en sorte que, dès qu'il rentrera chez
lui, Murdrick saura que j'ai posé des questions sur
Darling.*

— J'ai juste besoin de savoir qui est entré dans
la boutique de Drecker récemment. J'ai déjà parlé à
monsieur Darling, mais j'ai oublié de lui demander
qui était son aide. Je le ferai. Merci.

Salter sourit pour montrer que la question n'avait
aucune importance et prit congé. C'était maladroit,
mais il connaissait maintenant le lien entre Murdrick
et Darling.

◆

Salter reprit Queen Street en direction de l'endroit
où vivait son père. Les deux hommes n'avaient plus
grand-chose en commun, mais Salter s'efforçait de
lui rendre visite chaque fois qu'il se trouvait dans
les environs.

Le vieil homme ouvrit la porte de son appartement ; son visage exprima la surprise, mais pas un
grand plaisir.

— Salut, étranger, lança-t-il. Vous avez perdu
votre chemin ?

— Je suis passé te voir la semaine dernière, papa,
et la semaine d'avant, tu es venu dîner à la maison,
se justifia Salter.

Il suivit son père dans l'escalier et salua May,
sa petite amie, qui buvait un café, assise dans le

minuscule salon. Elle lui adressa un sourire et disparut dans la cuisine. Depuis cinq mois que Salter la connaissait, elle n'avait pas prononcé plus de trois mots. C'était une femme corpulente qui s'habillait dans les tons de champignon, dont les cheveux ressemblaient à une perruque et qui affichait une expression de contentement. Le père de Salter s'était lié avec elle après des années de veuvage et après que le mari de May, un de ses vieux copains, était décédé. Cette liaison avait eu pour effet de transformer le vieil homme : de bigot misanthrope qui s'enfonçait lentement et avec amertume dans la torpeur de la retraite, il était devenu un vieux débauché qui, lorsqu'il était avec son fils, ne manquait jamais d'évoquer les galipettes qu'il faisait avec May. Ce changement était pour le mieux parce qu'il soulageait Salter et Annie de la responsabilité exclusive du bien-être affectif du vieil homme, avec tout ce que cette charge entraînait d'obligations et de visites et invitations pénibles. Il était vrai qu'ils pensaient désormais moins souvent à lui, fait que le vieil homme avait été prompt à remarquer.

Pour le moment, il demandait :

—Pis, qu'est-ce que tu deviens, fiston ? Tu as attrapé des trafiquants de drogue, dernièrement ?

—Je ne suis pas à l'escouade antidrogue, papa.

—C'est juste, j'avais oublié. Tu es homme à tout faire, en ce moment. Tu es sur quoi, alors ?

Faute d'un autre sujet de conversation, Salter lui dit quelques mots de son affaire. Le vieil homme écouta attentivement.

—Dix contre un que c'est le vieux Jap, conclut-il. C'est des magouilleurs, ces gens-là.

As-tu seulement échangé dix mots avec un Japonais de toute ta vie ? pensa Salter.

Pour changer de sujet, il parla à son père du travail d'Annie.

—Il faut que tu surveilles ça, fiston, rétorqua immédiatement son père. Quand elles commencent à avoir la bougeotte, le problème vient généralement de là.

Il pointa le pouce en direction de la chambre à coucher. Puis il regarda autour de lui pour s'assurer que May était hors de portée de voix, se pencha en avant et expliqua sur le ton de la confidence :

—Le feu au cul. T'es à la hauteur, ces temps-ci ? Garde l'œil sur elle.

Salter avait été élevé par cet homme dans une atmosphère de puritanisme anglo-saxon et voilà que, sur le tard, la luxure avait déclenché chez son père un véritable raz-de-marée d'obscénités que Salter trouvait difficilement supportables. Cette situation, combinée au fait que l'idée lui avait traversé l'esprit, l'incita à un nouveau changement de sujet.

—J'emmène Angus à la pêche le week-end prochain, dit-il.

—C'est le plus vieux, c'est ça ?

Son père persistait à confondre les deux garçons, bien qu'il les ait vus au moins une fois par mois depuis leur naissance.

—Comme ça, il aime la pêche ?

—Pas à ma connaissance.

—Ah. Ça ne me surprend pas.

—Pourquoi ? demanda Salter, qui se dit aussitôt : *C'est idiot, qu'est-ce que j'en ai à faire, de ce qu'il pense ?* Mais il était désormais assez irrité pour chercher querelle à son père.

—Eh bien, il n'a pas vraiment le profil, hein ? Je veux dire, pas vraiment du genre à s'intéresser à des trucs d'homme, non ?

— Mais de quoi diable parles-tu?

— Détends-toi, fiston. J'ai observé ce garçon. Il est un peu à côté de la plaque, si tu veux mon avis. Trop couvé par sa mère. À quoi est-ce qu'il s'intéresse?

— Il veut devenir acteur.

— Ah. Tu vois. Qu'est-ce que je disais?

— Les acteurs ne sont pas tous des anormaux, Dieu du ciel!

— Surveille ton langage, fiston, May est dans la cuisine. Non, pas tous, mais beaucoup d'entre eux le sont. Pédés, je veux dire.

— On l'a surpris avec des revues pornos la semaine dernière. Tu expliques ça comment, alors?

— Il essaie de refouler ses tendances, tu vois. Mais ça va sortir un jour. T'en fais pas. L'autre a l'air normal.

Son père ne prononçait jamais les prénoms de ses fils parce qu'il les trouvait affectés, même s'ils étaient en usage dans la famille d'Annie depuis des générations.

Salter se leva.

— Occupe-toi de tes affaires, veux-tu, déclara-t-il d'une voix forte. Les problèmes d'Angus, c'est nous que ça regarde.

— Ne t'énerve pas, fiston. N'oublie pas que j'ai plus d'expérience que toi. Figure-toi que j'ai même connu un mécanicien qui était pédé, crois-le ou non. Quand est-ce que tu reviens me voir?

— Vous êtes censés venir souper à la maison la semaine prochaine. Annie a appelé.

— C'est vrai. J'ai eu le message. Oh, fiston, essaie de voir si tu peux lui dire d'arrêter de nous servir cette saloperie de chaudrée. Je n'aime pas ça et May non plus. Préparez-nous donc un souper digne de ce nom, sinon, on ferait aussi bien de rester à la maison.

Pour le père de Salter, un vrai souper comportait obligatoirement de la viande, des pommes de terre, des petits pois et des carottes, tout cela abondamment arrosé de jus de viande et suivi par un dessert quelconque baignant dans la crème anglaise.

— Annie ne t'a pas servi de chaudrée depuis dix ans, mais je lui rappellerai de ne pas en faire, promit Salter avant de claquer la porte derrière lui.

◆

Cet après-midi-là, il resta assis à côté de son téléphone à s'efforcer sérieusement de trouver un suspect présentant une faille ou de mettre le doigt sur une faille chez un suspect. Il commença par appeler la police de Montréal, demandant à parler au sergent Henri O'Brien, qui lui devait un service. O'Brien fut ravi d'avoir de ses nouvelles.

— Charlie! s'écria-t-il. Que puis-je faire pour toi? Quand est-ce qu'on retourne aux courses?

O'Brien avait initié Salter aux courses attelées à une époque où ils travaillaient ensemble sur une affaire.

— Bientôt, *Honree*, bientôt. Viens passer tes vacances à l'Île-du-Prince-Édouard cette année et on ira tous les soirs aux courses à Charlottetown.

— Ça a l'air génial, Charlie. J'ai un cousin qui a une ferme à St. Louis. C'est loin?

— Plutôt. Nous allons dans la famille de ma femme, à côté de Cavendish. Mais je peux m'échapper. Tous les soirs.

— Ah, bien sûr. (Il y eut une imperceptible pause.) Alors, quel est le problème, Charlie?

Salter lui expliqua. Une enquête de routine sur la présence des Murdrick à une fête dans le quartier Saint-Henri le lundi précédent.

— C'est un plaisir, lança O'Brien. Je te rappelle.

Il téléphona ensuite à madame Drecker.

— Nous étudions la possibilité que votre mari soit tombé par hasard sur un objet de valeur convoité par quelqu'un d'autre, lui expliqua-t-il.

Comme le maudit Faucon maltais.

Il poursuivit :

— Vous rappelez-vous être allés, vous et votre mari, ou lui seul, à une vente de garage à Woodstock en juin ?

Il éloigna préventivement le combiné de son oreille et attendit sa réponse.

— Où se situe Woodstock ?

— C'est à environ cent cinquante kilomètres. Sur l'autoroute 401.

— Non, répondit-elle immédiatement. Impossible. Cyril ne sortait pas de la ville. Il disait que ça ne valait pas le coup. Quand on allait chercher du stock, on faisait généralement trois ou quatre ventes : dans un endroit comme Woodstock, il n'y en aurait eu qu'une dans une journée. D'après Cyril, ça ne valait pas le déplacement.

— Vous en êtes sûre ? Même pour un objet spécial ?

— Attendez une minute. Quel jour était-ce ?

— Le quatorze.

— Attendez. Je vais vérifier dans mon agenda. Quand Cyril voulait que je l'accompagne, je l'inscrivais dans mon agenda. C'était généralement le samedi et si j'avais une journée de libre, je pouvais me planifier une petite sortie. Ne quittez pas.

Elle posa le combiné et Salter l'entendit marcher dans le vestibule. Quand elle reprit l'appareil, elle déclara :

—Le quatorze juin, nous sommes allés à trois ventes le matin et à deux l'après-midi. Toutes à Toronto. On a ramassé pas mal de stock, d'ailleurs.

—Merci.

—Oh, inspecteur, quand pensez-vous que tout sera tiré au clair ? J'aimerais pouvoir me remettre au travail, maintenant que l'enterrement est passé.

—Que voulez-vous dire ?

—J'y ai beaucoup réfléchi. Je pourrais reprendre la boutique à mon compte. J'aime ce métier et j'ai seulement besoin de quelqu'un pour tenir la boutique.

—Vous pourriez essayer cet assistant, Nelson, suggéra Salter.

Qui est aussi ton coconspirateur dans l'une de mes plus séduisantes théories.

— Je pensais à lui. À votre avis, quand pourrai-je rouvrir la boutique ?

—Ça dépend des gens de l'assurance, madame Drecker. Dès qu'ils sont satisfaits, ils paient.

À moins que je ne te surprenne à faire des galipettes avec Nelson.

— Je vais leur passer un coup de fil. Du nouveau dans votre enquête ?

Elle semblait à peu près aussi empressée que quelqu'un qui a perdu son portefeuille.

—Rien de solide, madame Drecker. Nous avons plusieurs pistes. Je vous tiendrai au courant.

Son appel suivant fut pour l'assistant, Nelson. Il lui donna une description de Murdrick et lui demanda s'il avait vu quelqu'un répondant à ce signalement tourner autour de la boutique ou entendu son nom.

—Non, jamais, répondit Nelson après un moment. Jamais entendu parler de lui et je ne me souviens pas de l'avoir vu. Mais beaucoup de gens entrent sans rien acheter : il pourrait être du nombre.

— Merci. Des nouvelles de Hauser?

— J'allais vous poser la question.

— Nous continuons à chercher, monsieur Nelson. Nous vous tiendrons au courant.

Quelques instants plus tard, le téléphone sonna. C'était O'Brien, qui appelait de Montréal.

— Déjà, *Honree*? Je t'ai parlé il y a à peine dix minutes. Ça y est, je sais: il n'y a pas de rue Colwood à Saint-Henri et il n'y a aucun Carrier dans l'annuaire de Montréal. Me voilà donc avec un suspect qui a un faux alibi et l'affaire est résolue. C'est une bonne surprise de ce genre, hein, *Honree*?

— Eh non, pas de coup de chance de ce style, Charlie. Nous n'avons pas eu besoin de vérifier. L'un de nos hommes, ici, est parent avec ce Carrier. Il était à la fête et il se souvient des Murdrick. Pire encore, quelqu'un a pris une photo des réjouissances: mon gars en avait une copie, que je suis juste en train de regarder. Il me dit que Murdrick est pile en plein milieu. Désolé.

— Merci quand même, *Honree*. Rendez-vous à Charlottetown.

— Regarde les choses différemment, Charlie: il est quelquefois presque aussi utile de savoir quel cheval ne peut pas gagner une course que de savoir qui va la gagner. Ça aide pour le tiercé, en tout cas.

— Pour le moment, *Honree*, j'ai huit chevaux et ils se sont tous enlevés.

— Alors, tu dois reprendre depuis le début. C'est ce qu'on fait, à l'hippodrome de Greenwood.

— Je crois que nous avons épuisé la métaphore, si c'en est une. On se reparle plus tard.

— Il y a un appel pour vous sur l'autre ligne, quand vous aurez fini avec Interpol, intervint Gatenby. Le marchand d'objets d'art de Yorkville.

Salter appuya sur un bouton.

— Monsieur MacLeod ? Ici Salter.

— Nous avons trouvé une adresse pour monsieur Tanabe, déclara MacLeod sans préambule. Gene a oublié son attaché-case ici un jour ; ça l'inquiétait tellement que j'ai envoyé Hajime le lui rapporter en taxi. Il vient juste de me le rappeler. La voici.

Il donna une adresse à Forest Hill, un quartier huppé de Toronto, ainsi qu'un nom, Jacob Harz.

Salter chercha un numéro de téléphone correspondant à ce nom et appela.

— Monsieur Harz ? Je suis l'inspecteur Salter, de la police de Toronto. Je mène une enquête sur les allées et venues d'un certain Gene Tanabe et on m'a informé qu'il vous avait rendu visite récemment. Avez-vous une idée de l'endroit où se trouve monsieur Tanabe en ce moment ?

Il y eut une longue pause suivie par un soupir théâtral.

— Je crains que non, inspecteur.

Apparemment, un vieil homme. Une voix claire et agréable avec un léger accent.

— Vous connaissez monsieur Tanabe ?

— Bien sûr que je connais Gene. (La voix sembla surprise.) Mais vous voulez lui parler, c'est bien ça ?

— Je veux le trouver.

Un autre long silence.

— Je ne peux pas vous aider à ce sujet. Écoutez, inspecteur, pouvez-vous venir à la maison ? Pas maintenant. Ce soir. Pour le moment, je suis à l'étage, ma fille ne veut pas que j'emprunte seul l'escalier et l'aide ménagère est momentanément sortie. Pouvez-vous venir ? Après le travail. Je vous raconterai une histoire.

— J'enquête sur une affaire sérieuse, monsieur Harz. Pouvez-vous me la raconter au téléphone, tout de suite ?

—Cette histoire remonte à quarante ans, inspecteur. Quelques heures de plus ou de moins, qu'est-ce que ça change ?

—Entendu. Je serai là à sept heures.

—Parfait. Venez à l'heure qui vous convient. Je vous raconterai l'histoire de Gene Tanabe. Je m'attendais bien à avoir de vos nouvelles, d'une façon ou d'une autre. À ce soir, donc. Au revoir.

Le vieil homme raccrocha.

Gatenby passa la tête par la porte :

—Votre femme a appelé, annonça-t-il. Elle dit qu'elle va travailler tard et vous demande si vous pouvez emmener les garçons manger un hamburger.

Salter composa le numéro de sa femme.

—Gatenby m'a dit que tu allais travailler tard.

—C'est exact. Je t'avais dit que c'était probable. Nous avons des prises de vue en extérieur à Markham Village. Il faut que je place une voiture dans la cour d'un restaurant pour un plan de gens chics qui sortent dîner. La prise de vue doit se faire de nuit.

—Est-ce que les gens chics vont directement au restaurant en auto, de nos jours ?

—Dans la pub, ils le font.

—À quelle heure vas-tu rentrer à la maison ?

—Je ne sais pas exactement. Tu peux venir voir, si tu veux.

Annie lui donna le nom du restaurant.

—J'aurais vraiment l'air d'un con, non, à poireauter en te gardant à l'œil ?

—C'est vraiment ça que tu ferais, Charlie ? Ce n'est pas nécessaire.

—Dix heures ? insista Salter. Onze ?

—Je ne sais vraiment pas, Charlie. Il se peut qu'on prenne un verre après. Peux-tu emmener les garçons au McDo ?

—Je déteste le McDo, rétorqua Salter, qui n'y avait jamais mis les pieds. Je trouverai bien quelque chose à leur donner à manger.

—Je te le dirai si les plans changent. Tout va vite, par ici.

—N'appelle pas après huit heures. Je ne serai pas à la maison.

—Et pourquoi donc ?

—J'ai du travail, répondit Salter. Je dois voir un gars à Forest Hill.

—On se retrouve au lit, dans ce cas. Bye, Charlie.

Il était trois heures. Salter resta assis, la tête dans les mains, à fixer le mur. *Ce soir,* se dit-il, *je vais entendre l'histoire d'un vieux Japonais marchand d'œuvres d'art qui a finalement retrouvé des estampes qu'il pensait avoir perdues. Ce sera une histoire intéressante, mais qui n'aura rien à voir avec mon affaire parce que mon Japonais sera en mesure de me prouver que la nuit de l'incendie, il était à Tokyo, en visite chez des parents.*

Au grand désespoir de Salter, trop de témoins avaient affirmé que Gene Tanabe n'était pas le genre d'homme à mettre le feu à des édifices. Mais Salter n'avait guère mieux à se mettre sous la dent.

—Du thé ? proposa Gatenby.

Salter regarda son sergent sans le voir.

—Qu'est-ce que j'ai bien pu omettre de faire ? se demanda-t-il à lui-même.

—Comment le saurais-je ? (Une note de reproche pointait dans la voix de Gatenby.) Vous ne m'avez pas encore tout dit.

—Désolé. Je pensais que tu suivais au fur et à mesure que nous progressions. Tu veux qu'on passe tout ça en revue ? Je vais te raconter toute l'histoire, comme ça, tu pourras me dire ce qui m'a échappé.

—Comme Holmes et Watson! s'écria Gatenby. Mais c'est moi qui fais Holmes, d'accord? OK, je vous écoute. Mais laissez-moi d'abord servir le thé.

—Ferme la porte si tu joues à l'imbécile. Je n'ai pas envie qu'Orliff écoute.

—Entendu. Allez-y, mon cher Watson.

Salter commença avec l'incendie. Il résuma tous les faits puis conclut:

—Il semble probable qu'une personne a allumé l'incendie puis est sortie par la porte principale. Quelqu'un avait donc une clé; Nelson me semble tout désigné. Si ce n'est pas lui, alors c'est son petit ami, Hauser.

Scrupuleusement, comme il le faisait depuis deux jours, Salter s'efforçait de rester objectif et de laisser les preuves s'accumuler, mais rien n'empêchait son intuition de se transformer de plus en plus en certitude.

—Mais Nelson a un bon alibi.

—Oui, et de toute façon, je ne flaire rien de louche de son côté. Mais il a rapporté les clés à son domicile et c'est la dernière fois qu'il se souvient de les avoir vues. Il semble alors évident que Hauser a ramassé les clés après le départ de Nelson, s'est rendu en voiture à la boutique, où il pensait que Nelson allait passer la nuit, et y a mis le feu.

—Mais si Nelson a oublié les clés derrière lui, Hauser savait qu'il n'allait pas à la boutique.

—Exact. Donc, ce n'est pas Hauser. Bien.

Un long silence s'ensuivit.

—Eh bien, nous avons épuisé cette piste, constata Gatenby. Y a-t-il d'autres possibilités? Et si Nelson n'avait pas oublié les clés chez lui?

—Dans ce cas, il est plus probable que Hauser serait allé à la boutique, non?

—Je me demandais plutôt où Nelson aurait alors abandonné ses clés.

—Elles n'étaient pas à la boutique. Nous avons vérifié.

—Il les avait donc encore sur lui quand il s'est rendu à l'appartement de Julia Costa. À moins qu'il ne les ait laissées tomber quelque part.

—En tout cas, ce n'est pas Costa qui a mis le feu, parce que Nelson a passé le reste de la nuit avec elle. On ne devrait pas trop s'attarder là-dessus. Nelson pourrait avoir simplement perdu les clés et, de toute façon, une autre personne, dont on ne sait rien, pourrait avoir crocheté la serrure. La porte n'était pas fermée à clé.

—Se pourrait-il que quelqu'un d'autre ait les clés?

Après un moment, Salter répondit:

—Julia Costa. Mais on a déjà exclu la possibilité que ce soit elle.

—Si on continue à mettre tout le monde hors de cause comme ça, on n'arrivera à rien. Peut-être que cette Costa l'a fait avec Nelson. Ils se sont bien fourni mutuellement un alibi, non?

Salter secoua la tête.

—Nelson a dit la vérité. La femme qui habite de l'autre côté du couloir a entendu la dispute et il est parti directement chez Costa. Mais tu m'as donné une idée. Je ne sais pas si Julia Costa avait une clé, mais si c'est le cas, peut-être que d'autres personnes en ont. Nelson a dit que Drecker avait souvent plus d'une maîtresse en même temps. Nous devrions peut-être élargir nos recherches. Mais d'abord, voyons si Costa avait ou non une clé. Allez, viens, on va la voir tout de suite.

—Je viens aussi?

—Bien sûr. Ne dis rien et regarde. Mets ton imperméable tout neuf. Avec les cheveux que tu as, les gens penseront que tu es le chef adjoint et que c'est sur moi que tu enquêtes. Je dirai simplement que tu es un collègue.

—OK, Charlie. Juste le temps de prendre une allumette pour m'occuper la bouche et on peut y aller.

◆

Ils trouvèrent Julia Costa seule dans sa boutique ; elle était occupée à installer une collection de meubles mexicains faits de paille, de cuir et de bois gris. Salter présenta son sergent « Monsieur Gatenby » ; Frank s'assit sur le bras d'un fauteuil pour observer son gars au travail. Salter exposa la possibilité qu'il existe une clé supplémentaire. Julia Costa l'interrompit avant même qu'il ait formulé sa question :

—C'est moi qui ai cette clé, inspecteur, déclarat-elle. Elle est dans mon sac à main. J'en ai deux, en fait, une pour chaque verrou. Vous voulez que j'aille les chercher ?

Salter regarda Gatenby, qui lui répondit d'un hochement de tête solennel, que Salter relaya à l'intention de Costa. Cette dernière disparut dans l'arrière-boutique puis refit surface, exhibant un anneau qui portait deux grosses clés de laiton.

Salter les lui prit des mains.

—Quels étaient vos arrangements avec Drecker ? s'enquit-il.

—Généralement, c'est lui qui m'attendait, dit-elle. (Elle pointa le pouce en direction de Gatenby.) Est-ce qu'il connaît toute l'histoire ?

Gatenby détourna le regard tandis que Salter acquiesçait.

—OK. Bon, eh bien, nous convenions de nous retrouver à l'appartement le soir, après dîner. S'il était retenu quelque part, je pouvais entrer l'attendre.

—Quelqu'un savait-il que vous aviez ces clés? Nelson, par exemple?

Elle secoua la tête.

—Dennis savait que je couchais avec Drecker, mais nous n'en parlions jamais. Ç'aurait été… de mauvais goût.

—Bien. Maintenant, j'ai une question délicate à vous poser, madame Costa. Est-il possible que quelqu'un d'autre, une personne comme vous, ait aussi une clé?

—Une de ses autres maîtresses? Ce n'est pas la peine d'être trop délicat, inspecteur. Je connaissais bien Cyril. Non. Ces derniers mois, je le voyais davantage et je suis quasiment sûre qu'il n'y avait pas d'autre femme dans sa vie. En fait, je sais qu'il ne voyait personne d'autre. Il me l'avait dit et, compte tenu de nos relations, il n'avait pas besoin de me mentir.

—Mais par le passé, il aurait pu donner à quelqu'un un jeu de clés qu'il n'aurait pas récupéré, vous ne croyez pas?

—Non. C'est possible, mais non, je ne crois pas. Je suis sûre qu'il les aurait récupérées.

À ce moment-là, la porte s'ouvrit derrière Salter et le visage de Julia Costa se figea. Salter se retourna et vit Raymond Darling entrer.

—Bonjour, bonjour! claironna Darling. On dirait que les flics sont de retour, et avec des renforts! Quel est le problème, inspecteur?

Cette tirade laissa à Salter le temps de reprendre ses esprits et d'interpréter la panique qui se lisait sur le visage de Julia Costa: celle-ci redoutait que Salter ne révèle étourdiment sa relation avec Drecker.

—J'étais juste en train de refaire des vérifications, monsieur Darling. Nous nous efforçons de situer toutes les personnes que le défunt a côtoyées. Madame Costa nous avait dit qu'elle le connaissait un peu professionnellement et je me demandais si elle connaissait d'autres personnes qui auraient pu être en relation avec lui.

— C'est par le boulot que je l'ai rencontré, confirma Darling. Julia m'a mis en contact avec lui quand j'ai commencé à m'intéresser aux antiquités. Et, comme je vous l'ai dit, j'ai fait sa salle de bains.

Du coin de l'œil, Salter vit que Gatenby, redevenu sergent, le fixait d'un air éberlué. Salter lui jeta un regard glacial et se retourna pour écouter Darling, qui continuait de parler.

— Je ne sais pas pourquoi vous harcelez Julia, disait-il. J'ai appris que le petit ami du pédé avait disparu. Ça a l'air plutôt évident, non ? Au fait, je croyais que vous étiez censé avertir les gens de leurs droits avant de les interroger ?

— Nous pouvons parler à n'importe qui au cours d'une enquête, monsieur Darling, répliqua Salter. Quand on suspecte quelqu'un, on lui lit ses droits. Comme ça, on peut utiliser ce qu'il dit comme preuve contre lui, vous voyez ?

— Vous regardez trop la télévision, renchérit Gatenby qui s'efforçait de reprendre son rôle.

Darling commença à avoir l'air en colère.

— Vous pouvez peut-être nous aider, monsieur, dit rapidement Salter. D'après ce que vous saviez de Drecker, serait-il susceptible de donner à quiconque un jeu de clés de sa boutique ?

La réaction de Darling fut immédiate.

— Jamais, pas question. Il était trop malin pour ça. Non, seul son assistant avait les clés.

L'accusation planait.

—Oh, ne sois pas si stupide, Raymond. Dennis ne ferait pas de mal à une mouche, intervint Julia Costa.

—Comment tu le sais ? Peut-être que Drecker lui a fait des propositions ? Tu ne sais pas comment était Drecker. À ton avis, à quoi diable lui servait son appartement ?

Salter consulta ses notes, Julia Costa fouilla dans son sac à main et Gatenby, bouche bée, regardait tout le monde alternativement.

Salter rompit le silence.

—Bon, c'est tout, je pense ?

Il jeta un regard interrogateur à Gatenby, qui hocha la tête avec assurance et se leva. Les deux policiers se dirigèrent ensemble vers la porte.

—Si d'autres noms vous reviennent, madame Costa, ou à vous, monsieur Darling, appelez-moi au poste, voulez-vous ? demanda Salter.

—À quoi diable rimait tout ça ? lui demanda Gatenby une fois qu'ils furent dans la voiture. Qui est ce type ?

—Raymond Darling. Le petit ami de Costa. Son vrai petit ami, je veux dire. Il ignore qu'elle baisait avec Drecker. Il n'aimerait pas ça. Il n'est pas aussi frivole que Drecker, mais à part ça, c'est le même genre, à mon avis. Rappelle-toi, c'est l'étalon qui se chronomètre.

—Mon Dieu, mon Dieu. Il me fait un peu penser à vous, dit Gatenby. Oh, pas l'allure, s'empressa-t-il d'ajouter en voyant la réaction de Salter. Mais il a votre carrure et votre démarche. Si un jour vous vous déguisez en gars à la mode, c'est à ça que vous ressemblerez.

—Merci. Rappelle-moi de demander un transfert pour la branche en uniforme, demain.

◆

— Qu'allez-vous faire, maintenant, Charlie ? demanda Gatenby à leur retour au poste.

— Je ne sais pas encore. Je ferais mieux d'écrire quelque chose à montrer à Orliff avant d'aller voir ce gars de Forest Hill. Après ça, j'aviserai.

Il mit en ordre les éléments de l'histoire et commença à écrire. Quand il arriva au rôle joué par Drecker, il resta bloqué. Il était fort possible que la boîte japonaise fût derrière tout cela ; mais il n'avait toujours pas trouvé Hauser, qui constituait lui aussi une piste solide. La troisième possibilité, c'était l'intervention d'une ou de plusieurs personnes inconnues. À ce stade, le rapport nécessitait qu'il détaille par le menu toutes les possibilités. Il composa le numéro de l'escouade des prêteurs sur gages.

— La boîte que Cyril Drecker a enregistrée chez vous le… (Il donna la date.), est-ce qu'il l'a vendue, finalement ? Si oui, connaissez-vous la date et le nom de l'acheteur ?

— Non. Quand les quinze jours ont été écoulés, il pouvait faire ce qu'il voulait.

— Cela veut dire que personne n'a déclaré le vol de cette boîte, c'est ça ?

— C'est ça. Pas à Toronto, en tout cas. Elle peut avoir été fauchée à Tombouctou, mais pour des trucs comme ça, on ne recourt pas à Interpol. Un de ces jours, tout sera informatisé, d'après ce qu'on dit, et on pourra sortir un dossier sur tout ce qui se passe dans le monde entier, mais pour l'instant, on est limités à Toronto.

Le ton du sergent était jovial et blagueur.

— Récapitulons : la boîte est apparue dans la boutique de Drecker. Il s'est couvert en vous disant

qu'elle lui avait été vendue par un étranger anonyme, puis il a attendu quinze jours et à partir de
là, ça ne vous intéresse plus. Je me trompe ?

— Pas anonyme, inspecteur. Il a bien donné un
nom, mais si la boîte est d'origine douteuse, ce
nom est bidon.

Il donna le nom en question à Salter.

L'inspecteur ressentit la même excitation que
s'il avait gagné aux courses.

— Redites-moi ça, demanda-t-il sans nécessité.

Le sergent s'exécuta.

— Merci, fit-il. Merci beaucoup.

— Et pour ce qui est de notre intérêt, poursuivit le
sergent blagueur, il tend à s'atténuer bien avant ça.
Généralement, il disparaît dès que j'ai fini d'écrire le
nom dans le registre.

Il rit joyeusement.

— Je pense que vous confondez « désintéresse-
ment » et « désintérêt », sergent. Ça fait trop longtemps
que vous n'avez pas fréquenté de salle d'audience.
Salut !

Salter reposa le combiné, satisfait de son accès
d'érudition et tout excité par sa découverte.

— On l'a, Frank ! annonça-t-il. On l'a, on l'a, on
l'a, on l'a ! C'est quoi, déjà, ce truc que dit tout le
temps le gars de la P. P. O. dans les conférences ?
« Souple, félin et manœuvrier » ? Eh bien, c'est tout
moi, ça : un vrai félin !

Il rangea ses papiers.

— Vous allez me le dire, Charlie ?

— Nan. (Salter se frotta les mains.) Non, Frank, je
risque de l'abîmer si je le prononce à voix haute. Mais
tu seras le premier à savoir. Bon. Voyons comment
tout ça s'organise.

Salter commença à écrire. Une demi-heure plus
tard, il en vint aux détails sur l'incendie et il procéda

de nouveau à quelques vérifications auprès du Bureau du commissaire des incendies.

—Dites-moi encore, monsieur Hayes, pourquoi le feu a nécessairement commencé à l'intérieur.

Patiemment, l'enquêteur passa en revue les détails.

—Et surtout, conclut-il, il n'y avait pas de bande dénudée.

—De bande dénudée?

—Ni d'amorce. Dans un cas comme celui-là, on s'attend à trouver une amorce, qui permet au gars qui allume l'incendie d'être en sécurité. L'endroit était un vrai bordel, mais on n'a trouvé aucune preuve de la présence d'une amorce. Il s'est contenté de verser le combustible et d'y mettre le feu. Et il devait être dans la pièce, parce qu'il n'avait que quelques secondes avant que le mélange ne soit trop dangereux pour qu'il reste à proximité.

—Donc, quelqu'un a versé du combustible partout, y a mis le feu et est sorti tout de suite.

—C'est à peu près ça.

—Vous pensez qu'il aurait pu essayer de faire en sorte que ça ait l'air accidentel, comme si le combustible s'était renversé?

—Je ne sais pas. Mais alors, pourquoi n'aurait-il pas laissé le bidon sur place? Vous l'avez trouvé dans l'allée, non?

Le regret de l'absence de Munnings et Hutter affleurait dans la voix de Hayes, mais Salter n'y attacha aucune importance.

—Oui, répondit-il. Le labo a confirmé que le bidon contenait du combustible pour le camping, ce qui colle avec notre affaire, et qu'il n'y avait aucune empreinte dessus, ce qui signifie que le gars a été très prudent. Ce n'était pas nécessairement un

amateur de grand air, non ? Beaucoup de gens utilisent ce produit pour toutes sortes de raisons, pas
vrai ?

La voix de Salter se faisait légèrement implo-
rante. Il détenait la solution de cette affaire, pour
autant qu'aucune difficulté ne lui ait échappé.

—C'est exact. Même les plombiers l'utilisent,
ou l'utilisaient, en tout cas. Moi-même, je l'utilise
dans un chalumeau qui me sert à faire des petits
travaux.

—Un chalumeau ? (Salter venait de gagner un
lot boni en plus du jackpot.) Du genre avec une
petite pompe ?

—C'est ça. Vous connaissez ?

—J'en ai vu des photos, monsieur Hayes. Merci.

Salter reposa précautionneusement le combiné,
au cas où il prendrait feu en faisant disparaître dans
un nuage de fumée tout ce qu'il venait d'apprendre.

*Sois prudent, maintenant, Charlie. Étudie toutes
les possibilités. Reste calme.*

C'était un exercice très difficile. Salter passa
son après-midi à écrire sans relâche.

CHAPITRE 5

—Votre mère travaille tard ce soir, annonça-t-il aux garçons en rentrant chez lui. Donc, on sort pour dîner.

—On peut aller au McDo? demanda instantanément Seth.

—Non. Je vous emmène manger les meilleurs hamburgers de Toronto.

—Où ça?

—À un endroit appelé Hart's.

—Chez McDo, ils sont vraiment bons, protesta Seth, l'ultra-conservateur.

—Oui, mais chez Hart's, ils sont meilleurs. Allez…

—J'aurai pas de fromage bleu et de trucs comme ça dessus, hein?

On dirait mon père, se dit Salter.

—Non, le rassura-t-il.

Angus lui prêta main-forte:

—Allez, Seth. Papa a un endroit spécial et j'ai envie de le voir. On peut aller au McDo n'importe quand.

Ces derniers temps, entre deux silences, Angus avait été l'allié de son père le plus dévoué dans la maisonnée, dans l'espoir, pensait Salter, d'entamer une nouvelle vie.

Ils prirent l'auto ; en descendant Yonge Street, ils passèrent devant deux McDo que Seth montra d'un air mélancolique, puis tournèrent dans Church Street. Lorsqu'ils approchèrent de Gerrard Street, la circulation les força à s'arrêter et à travers la vitre, Seth, tout excité, désigna un restaurant :

— On peut aller là, papa ? Ça a l'air vraiment super.

De l'autre côté de la rue, se trouvait un petit restaurant installé dans une ancienne station-service reconvertie qui en était le thème. La seule fois où Salter y était entré, il y avait été emmené par une jeune fille, une étudiante dont il recueillait des renseignements. Il avait brièvement fait l'expérience de l'aventure classique entre un homme d'âge mûr et une jeunette, jusqu'au moment où il avait laissé celle-ci lui offrir un disque de country qu'ils avaient entendu au restaurant. Il avait rapporté le disque à la maison et prétendu l'avoir acheté lui-même ; s'en était suivi une grosse dispute lorsque Annie lui avait montré un disque identique, qui était l'un des nombreux disques d'Angus dont Salter se plaignait régulièrement. Il n'avait pas fallu plus de deux secondes à Annie pour deviner que son mari était légèrement sous le charme d'une représentante du beau sexe ; bien que cette histoire se fût soldée par une amélioration générale de leurs relations, l'incident avait éveillé diverses émotions : la nostalgie, la culpabilité et la nervosité. Et maintenant, bloqué par le trafic, il se frayait un chemin en direction du stationnement de ce restaurant.

À l'intérieur, les haut-parleurs martelaient et nasillaient de la musique branchée. Le long des murs, des enjoliveurs chromés et des pare-chocs pendaient, comme des sculptures.

— Génial, s'exclama Seth en ouvrant le menu.

Salter commanda une bière et deux Coke pendant qu'ils choisissaient.

— Je veux un « Dix-huit roues », annonça Seth.

— Et moi, je pense que je vais prendre un « Tuyau d'échappement », décida Angus. Et toi, papa ?

— Je ne sais pas. Je n'arrive pas à me décider entre un « Changement d'huile » et une « Boîte de vitesses ». En fait, non. Je vais prendre un « Dix-huit roues », moi aussi.

Quand la serveuse revint, Salter commanda deux hamburgers et un hot-dog.

— Pourquoi tu lui as pas dit les vrais noms, papa ? lui demanda Seth, déçu.

— Parce que j'aurais eu l'air d'un idiot.

Les deux garçons le regardèrent avec compassion. *Pauvre vieux complexé*, disaient leurs visages. *Ça doit être affreux d'être comme ça.*

Sur le chemin du retour, Salter était conscient d'avoir au moins offert à Seth une belle sortie. Il s'assura qu'ils avaient tout ce dont ils avaient besoin pour la soirée et jusqu'au moment du coucher, puis partit à pied en direction de Forest Hill.

Les riches ne sont pas comme nous autres, pensait-il. Ils habitent à Forest Hill. Pas tous, parce que plusieurs quartiers de Toronto sont hors de portée de tous, sauf des dentistes qui ont réussi, mais Forest Hill est plus qu'une rangée de châteaux d'un faste tapageur comme Old Post Road ; les maisons n'y sont pas davantage discrètement converties en appartements, comme à Rosedale, le quartier « Haute Église ».

Forest Hill se situe en haut de Spadina Road, qui fut l'une des grandes pistes caravanières des immigrants qui ont gravi l'échelle sociale depuis le XIXᵉ siècle. À l'autre bout de Spadina Road, près du lac, le commerce du vêtement est toujours florissant. Les meilleures épiceries fines s'y trouvent encore et les anciens continuent d'appeler Kensington Market « le marché juif » bien que les produits qui y sont vendus soient principalement portugais et antillais. Après le croisement de Bloor Street, Spadina Avenue devient Spadina Road ; elle traverse un quartier habité principalement par des résidants de passage – étudiants, célibataires qui prennent un appartement pour la première fois –, monte vers le nord, franchissant un quartier de la classe moyenne qui s'étend jusqu'au croisement avec St. Clair Avenue puis, pendant deux ou trois kilomètres, se transforme en rue principale de Forest Hill. Dans l'esprit des Torontois, Forest Hill est synonyme de bourgeoisie juive ; pourtant, il a été créé par des Anglos qui avaient réussi, il honore toujours l'esprit d'épargne protestant, représenté par la Timothy Eaton United Church, une cathédrale bénie par l'argent du commerçant prospère à qui elle est dédiée, et il abrite toujours l'Upper Canada College où la bourgeoisie canadienne (dont Salter, parce que c'était une tradition dans la famille d'Annie) envoie ses fils.

Salter demeurait un peu à l'est de Forest Hill et il avait estimé qu'il ne lui faudrait pas plus de quinze minutes de marche pour se rendre chez Harz. Il partit en direction du sud, vers l'Upper Canada College, puis de l'ouest, dans un réseau de rues tranquilles, bordées d'arbres et de maisons aux murs épais, où les piétons étaient rares. À mesure que s'amenuisaient les échos de la circulation dans Oriole Street, Salter prit le temps de goûter à la paisible luxuriance de l'endroit. L'automne

était à son apogée ; il y avait des feuilles partout,
assez encore sur les arbres pour former une voûte
de verdure au-dessus du trottoir et en tas bruns et
or le long de la route. Le gazon avait reverdi après
son combat contre le soleil de l'été et les jardins
étaient encore suffisamment fleuris pour symboliser
l'apothéose de la saison. Certaines maisons étaient
simplement entourées de pelouse et de deux ou
trois arbres ou de massifs de bouleaux blancs et
jaunes comme ceux que Salter voyait de la fenêtre
de sa chambre. D'autres faisaient l'objet de tentatives visant à obtenir un effet plus recherché : les
deux flancs de l'une d'entre elles étaient ceints
d'une roseraie anglaise magnifique, sinon incongrue.
Annie avait la main verte et, quand les enfants
étaient petits, les Salter avaient passé de nombreuses soirées d'été à se promener à pied dans ces
rues, à l'époque où Annie cherchait des idées pour
aménager la petite cour arrière de leur maison.

Les propriétés devenaient plus imposantes et les
terrains, plus vastes. La demeure que cherchait
Salter s'avéra être une immense maison entourée
d'une haute clôture élevée plus loin de la rue que
la cour avant de Salter. Il traversa la pelouse et
pressa un bouton situé d'un côté du portail, action-
nant une sonnette qui tinta quelque part dans la
maison. Le portail s'ouvrit dans un cliquetis et Salter
le franchit. Une autre surprise l'attendait : entre le
portail et la porte d'entrée, sur une distance d'une
soixantaine de mètres, s'étendait ce qui, même aux
yeux de Salter, apparut comme un jardin japonais
aménagé avec un soin extrême, composé de cailloux,
de minuscules cours d'eau, d'un assortiment d'ar-
bustes et de petits arbres et de deux gros rochers, le
tout entrelacé de manière à former une tapisserie

raffinée en trois dimensions, à laquelle il fallut un moment à ses yeux pour s'accoutumer. Cet arrangement paraissait étrange, désertique et un peu aride à un regard habitué aux roses et aux bordures colorées. Salter le contempla pendant un long moment : il sentait l'influence de la main de l'homme dans la composition, mais il était incapable d'en cerner le concept.

—C'est beau, n'est-ce pas ? fit une voix depuis la porte de la maison.

Dans l'embrasure, un vieil homme le regardait.

—Entrez, venez vous asseoir, l'invita-t-il.

Salter traversa le jardin sans parvenir à en détacher les yeux jusqu'à ce qu'il échangeât une poignée de main avec son hôte.

—C'est Gene qui l'a fait, lui apprit le vieil homme. C'est comme ça qu'il payait son loyer. Je suis Jacob Harz. Entrez, venez donc.

Il le conduisit lentement dans la maison, où une femme d'environ cinquante ans était assise sur une chaise.

—Bonsoir, inspecteur, lui dit-elle.

—Ma fille, Esther, annonça Harz.

Salter lui serra la main. Il jeta un coup d'œil autour de lui et il perçut rapidement l'abondance de vieux meubles européens, les épais tapis et plus de tableaux qu'il n'était accoutumé à en voir, dont la plupart étaient éclairés individuellement.

—Une tasse de café ? proposa Esther.

—Avec grand plaisir, oui, répondit Salter, qui avait l'impression de jouer dans une pièce de salon qui se passerait à Vienne en 1910.

Il attendit la réplique suivante. Harz patienta, lui aussi, jusqu'à ce que sa fille revienne avec le café. Il avait un long visage au teint mat surmonté d'une masse de cheveux blancs ondulés. On aurait dit que chaque os de sa main avait été cassé et mal remis en place : les ravages de l'arthrite, en déduisit Salter. Il portait une chemise sport en lainage bleu marine boutonnée jusqu'au menton, un bas de survêtement et des pantoufles.

Esther réapparut et chacun sirota son café. Harz s'installa confortablement dans son fauteuil et rompit le silence :

—Bon, fit-il. Gene Tanabe. Vous le recherchez, c'est bien ça ? Il n'a rien fait, vous savez.

Salter ne répondit rien. Il se concentrait sur son rôle de policier en s'efforçant de ne pas succomber au charme de ses hôtes.

—Mais vous aimeriez lui parler pour… comment dites-vous ? pour qu'il vous aide dans votre enquête. C'est ça ?

Le vieil homme souriait.

Salter sortit son bloc-notes.

—C'est bien ça. J'enquête sur une affaire d'incendie criminel. Monsieur Tanabe avait été en relation d'affaires avec le propriétaire de la boutique qui a brûlé. Je m'entretiens avec toutes les personnes qui peuvent m'aider ou sont susceptibles de le faire. C'est tout. Savez-vous où je peux le trouver ?

Harz but une gorgée de café.

—Je peux lui dire que vous le cherchez, proposa-t-il.

—Comment allez-vous procéder ?

Salter sentit qu'il commençait à adopter le style du vieil homme.

—Il me contacte régulièrement. Tous les jours. Je le lui dirai.

—Je vois. Parfait. Quand ?

—Ce soir. C'est bien ce soir, Esther ?

Harz regarda sa fille pour que celle-ci confirme sa réponse.

— Il prend contact tous les jours, appuya-t-elle.

— Puis-je attendre ?

Harz secoua la tête.

— Non. Je lui dirai de vous joindre personnelle-
ment. Il a un peu peur.

— Peur de quoi ?

— C'est une chose que vous devriez lui demander directement, inspecteur, quand vous le verrez.

— Très bien. Auriez-vous l'amabilité de lui pré-
ciser qu'il s'agit d'une enquête officielle ? S'il ne
se présente pas à nous, il commettra une infraction.

Salter se leva, pas tant pour partir que pour signifier que c'était lui qui dirigeait l'entrevue et non
Jacob Harz.

— Ce ne sera pas nécessaire. Asseyez-vous, je
vous prie, inspecteur. J'ai dit que j'allais vous raconter une histoire. Aimeriez-vous savoir comment
j'ai connu Gene ?

— Si ça peut m'aider, oui.

— Ça se pourrait. Asseyez-vous.

Salter se rassit. Face à ce vieil homme, il se sentait
dans la peau d'un gamin de treize ans.

— Pendant la guerre, commença Harz, la maison
de Gene a été confisquée et il a été mis dans un
camp de concentration.

— Qui a fait ça ?

— Vous autres. Le gouvernement canadien. La
police. Gene a passé un an dans un camp.

— Je ne pense pas que ça ait été des camps de
concentration, monsieur Harz. Pas au Canada.

— Désolé. Le mot m'a échappé. J'y ai moi-même
échappé de justesse en Allemagne. Comment appeliez-
vous ça ici ?

— Des camps d'internement. Mais continuez.
C'était la guerre. On redoutait les espions.

—Bien sûr. Je sais. En ce qui nous concerne, ils voulaient tout simplement nous ôter la vie. En tout cas, après une année de camp, Gene a eu la permission de vivre à l'extérieur, à condition qu'il ne s'approche pas de la côte ouest. Du moment qu'il n'était pas à Vancouver, il était libre, alors il est venu à Toronto. Juste à temps. Saviez-vous qu'il y a eu dans cette ville une ordonnance disant que seuls sept cents Japonais pouvaient vivre à Toronto? C'est le conseil municipal qui a décidé ça. Où en étais-je? Ah oui: j'avais un petit commerce d'antiquités à l'époque, celui-là même que possède Esther aujourd'hui, mais je faisais aussi de la restauration de meubles. Après la guerre, je suis retourné dans le marché de l'art et je me suis bien débrouillé (De la main, il désigna la maison et le jardin.), mais pendant la guerre, je m'en tirais, sans plus; j'étais toutefois heureux d'être en vie, dans un pays libre. Eh bien, Gene est venu me demander du travail. Je n'en avais pas pour lui et il ne pouvait travailler que comme domestique, mais personne d'autre ne voulait de lui et il est revenu me voir, alors je lui ai permis de m'aider. Je le payais cinquante cents de l'heure. C'est tout ce que je pouvais lui donner et ce n'était pas si mal, à l'époque. Il travaillait comme un nègre. Il y a des semaines où je n'avais pas de travail et je ne pouvais pas lui donner les vingt dollars au complet. Mais je ne pouvais pas le laisser tomber, n'est-ce pas? Alors, nous avons conclu un arrangement. Il est venu habiter chez nous. De toute façon, officiellement, il était domestique. Nous avions une petite chambre, comme ça, si je ne pouvais pas le payer, il ne mourait pas de faim. Esther, ici présente, croyait que c'était son oncle, n'est-ce pas, ma chérie?

Sa fille prit la parole pour la première fois :

— Nous sommes inquiets pour lui, inspecteur. Il est trop vieux pour partir tout seul à l'aventure comme ça.

— Vous dites qu'il vivait ici, dans cette maison ? insista Salter.

— Et c'est toujours ici qu'il vient, répondit Harz. Je l'attends avec impatience chaque année. Il fait partie de la famille. C'est mon ami.

Salter laissa une minute s'écouler, puis s'enquit :

— Quand est-il parti ?

— Deux jours après l'incendie, le jour où votre sergent a parlé à ma fille. Elle a dit à Gene que votre sergent était venu à la boutique : il en a été très bouleversé et il est parti le soir même. Il m'a dit de ne pas m'inquiéter, qu'il resterait en contact. Et il n'y a pas manqué. Je sais ce qu'il ressent. À une époque, si je voyais un policier s'approcher de ma porte d'entrée, je sortais vite par la porte arrière.

— Monsieur Harz, pour autant que vous sachiez, monsieur Tanabe n'a pas de raison de fuir. Mais il pourrait m'aider. Vous voudrez bien le lui dire ? Et dites-lui aussi que s'il ne se présente pas de lui-même, nous l'accuserons d'obstruction à la police quand nous le trouverons. Et nous le trouverons. Bon. Vous a-t-il expliqué pourquoi il se trouvait à la boutique de Drecker ? J'ai entendu dire qu'il pensait que Drecker avait des objets qui lui avaient appartenu.

— Demandez-lui vous-même quand vous le verrez, inspecteur. Je risque de me tromper. Ça avait quelque chose à voir avec un ami qui l'avait trahi et je ne voulais rien savoir de tout ça, parce que ça boule-versait Gene, ça vous va ? Je ne veux pas savoir ce genre de chose sur les gens. J'en ai eu mon compte.

—Très bien, monsieur Harz.

Salter s'apprêtait à prendre congé, mais le vieil homme leva la main pour l'arrêter.

—Je ne vous ai pas parlé du jardin, fit-il. Après la guerre, Gene est retourné à Vancouver pour y lancer sa propre affaire. Il vient chez nous une fois par an quand il vient acheter de la marchandise, je vous l'ai déjà dit? Et une année, quand il est venu, je m'étais bien débrouillé et j'avais acheté cette maison. Il a dit qu'il voulait nous offrir quelque chose pour la maison, pour ce que nous avions fait pour lui pendant la guerre, et il nous a demandé si nous le laisserions aménager le jardin. Je lui ai dit « Bien sûr ». Regardez-moi ça. Il l'a conçu lui-même et une entreprise paysagiste a travaillé ici pendant un mois. Ce jardin m'a donné vingt ans de plaisir. Chaque fois que je le regarde, il semble légèrement différent ou j'y vois quelque chose de nouveau. Il est apaisant.

Le vieil homme retomba dans le silence et Salter partit.

◆

Les rues étaient maintenant complètement désertes; Salter marchait vers le nord, en direction d'Eglinton Avenue. Une voiture de patrouille jaune le dépassa, s'éloigna et tourna à droite au carrefour suivant. Mû par une impulsion, Salter la suivit; presque immédiatement, l'auto apparut derrière lui et le chauffeur demanda à Salter d'approcher.

—Vous habitez dans le quartier? lui demanda l'agent.

Ils ne font que leur travail, se dit Salter en lui montrant son badge.

—C'est bon, monsieur. Désolé. Nous avons reçu quelques appels, ce soir, à propos d'un étranger qui se promène dans le coin en regardant les maisons.

—C'était moi. Je cherchais la maison d'un ami.

L'agent le salua et l'auto s'éloigna.

Il se demanda quel effet produirait ce genre de voiture jaune sur un vieux Juif ou sur un vieux Japonais. Se sentiraient-ils en sécurité? Nerveux? En tout cas, certainement pas nostalgiques.

◆

Quand il arriva à la maison, Annie n'était pas encore rentrée et Seth était au lit. Angus regardait la télévision et proposa à Salter de lui faire du thé.

—Non, merci, Angus. Ta mère a appelé?

—Pas depuis que je suis rentré.

Salter s'empara du journal, mais au bout d'un moment, il s'aperçut qu'Angus était toujours dans les parages. *J'espère qu'il a un sujet de conversation*, songea Salter. *Peut-être qu'on se retrouvera, lui et moi, quand il aura vingt ans.*

Mais Angus avait quelque chose à lui dire. Il s'éclaircit la gorge plusieurs fois pour inciter Salter à lever la tête, puis entra dans le vif du sujet:

—Est-ce que je peux te demander quelque chose, papa?

—Si ça concerne la vie en général, oui. Si ça concerne ma vie, non, répondit Salter, qui devinait qu'il s'agissait de quelque chose d'intime.

—Nous n'avons jamais parlé de ces revues pornos que j'avais. Sais-tu pourquoi je les lisais?

—Pour faire les mots croisés?

—Non, répliqua Angus avec un petit rire, s'efforçant malgré tout de garder son sérieux. Je pensais que je pouvais être gai.

Salter le regarda fixement :

— Tu pensais que tu étais quoi ?

— Gai. Pédé, quoi. Quand j'entendais certains gars parler, je me sentais largué.

Il avait encore des accès de fou rire au souvenir de la blague de son père.

— Et ?

— Je ne le suis pas. Je ne suis pas pédé.

Angus fit une grimace et quitta la pièce.

C'est à ce moment-là qu'Annie rentra et Salter, tout à sa stupéfaction, en oublia de l'accueillir. Il lui révéla ce qu'Angus venait de lui dire et lui demanda ce que cela signifiait.

— Ça veut dire exactement ce que tu penses, Charlie. Et maintenant, tu dois vraiment avoir une petite conversation avec lui.

— Tu sais, à son âge, j'en étais encore à lancer des boules de neige à la petite Mabel Tucker en espérant qu'elle le remarquerait et qu'elle m'en lancerait à son tour.

— Oh, je sais, fit Annie.

— Comment ça ? Comment tu sais ça ?

— Oh, Charlie ! Ça fait partie des choses qu'on sait sur la personne avec qui on est marié depuis dix-huit ans. Allez, au lit. Je suis épuisée.

La dernière pensée de Salter, tandis qu'il contemplait les petites roulettes de plastique posées sur la table de toilette de sa femme, fut de se demander si les résidants de Forest Hill avaient autant de problèmes que lui avec les portes moustiquaires.

◆

— OK, Charlie. J'admets que ça a l'air plausible. Darling a eu la boîte par Murdrick à la vente et l'a vendue à Drecker. Drecker a fourré Darling, ou Darling a seulement pensé qu'il s'était fait fourrer, Darling s'est procuré les clés et a mis le feu à la boutique. Selon vous, Darling a eu les clés à l'époque où il faisait la salle de bains de Drecker ; peut-être bien que c'est Drecker lui-même qui lui en a donné un jeu afin qu'il puisse travailler quand la boutique était fermée. Vous pensez aussi que Darling pourrait avoir eu un autre mobile, s'il avait découvert la liaison entre Drecker et sa petite amie. Et que faites-vous de l'alibi de Darling ?

Orliff décortiquait le rapport de Salter.

— Je vais le démonter, répondit Salter.

— Bon. Allez demander à Darling pourquoi, dans son inventaire, Drecker mentionne que c'est lui qui lui a vendu la boîte.

— Non. Je ne veux rien faire tant que je n'ai pas les éléments nécessaires pour atteindre Darling sur tous les fronts. Je veux littéralement le noyer. Pour le moment, il pense qu'il est totalement hors de danger. Si je peux tout lui asséner en même temps, il va s'effondrer. Son alibi est bidon. Il l'a inventé de toutes pièces avec sa femme.

Orliff feuilleta à nouveau ses notes.

— La femme de Darling avait-elle l'air de mentir quand elle vous a parlé ?

— Non, admit Salter. Mais l'alibi est faux, je le sais.

— Intéressant, fit Orliff. Cette boîte. On se croirait dans ce vieux film que j'ai vu à la télévision l'autre soir. Vous voyez duquel je veux parler ? Avec Humphrey Bogart ?

Salter secoua la tête.

— Non, répondit-il, pensant : *Nom de Dieu !*

— Il y avait aussi ce gros type, là, Sidney Greenstreet.

—Non, ça ne me dit vraiment rien.

—Et ce petit gars sinistre, Peter Lorre. Comment c'est, le titre, déjà?

—Je n'en sais rien. Je ne l'ai jamais vu, insista Salter.

—Ça me reviendra dans une minute. C'est probablement des foutaises, en fait.

Orliff marqua une pause et parcourut le rapport de Salter.

—Il y a une chose qui me déplaît dans tout ça, Charlie. Vous n'aimez pas Darling, n'est-ce pas?

—C'est vrai. Quel rapport?

—Ne vous laissez pas influencer par vos sentiments, c'est ça, le rapport. Darling est un suspect, d'accord. C'est aussi le cas de ce pédé, Hauser. Quand vous mettrez la main dessus, ne soyez pas surpris s'il est encore couvert de suie. Et le vieux Japonais aussi. N'éliminez aucune possibilité. Enquêtez sur l'affaire, toute l'affaire. Écoutez, les Homicides sont un peu moins sous pression, maintenant qu'ils ont trouvé leur violeur. On pourrait leur redonner, je veux dire, l'affaire, en plutôt bon état, d'ailleurs. Qu'est-ce qui m'empêche de le faire?

—Oh non, pour l'amour du ciel! (Salter voyait sa chance s'éloigner.) Mais c'est mon affaire! Si je pouvais épingler Darling, ça ne nuirait pas.

—C'est vrai. Mais ne vous couvrez pas de ridicule, OK? Prenez deux jours supplémentaires, allez voir Tanabe, mais gardez l'esprit ouvert, vous m'entendez?

Salter ne répondit rien. Orliff avait raison: ce qu'il lui offrait, c'était des conseils visant à le protéger, pas des menaces. Mais Salter était sûr de lui et très désireux de poursuivre son enquête. Deux jours devraient suffire.

— Très bien, reprit Orliff. Tenez-moi informé.

Il hocha la tête pour donner congé à Salter et agrafa le rapport à l'impeccable pile de documents qu'il accumulait sur l'affaire, non sans avoir rédigé sa traditionnelle petite note que Salter ne put voir.

Lorsque Salter fut de retour à son bureau, Gatenby l'attendait, excité comme une puce.

— Un appel anonyme, Charlie. Quelqu'un a vu une Jeep argent quitter la scène du crime juste avant le début de l'incendie. Et on a trouvé Hauser. Il est à l'Hôpital général, en mauvais état. Il a été battu la nuit dernière. Et un certain Harz a appelé, très urgent.

Salter regarda son sergent pendant un moment, puis sourit.

— Bien. Fais mettre un gars en faction devant la porte de la chambre de Hauser. C'est quoi, déjà, le numéro de Harz ?

Gatenby le lui donna et Salter le composa.

— Il vient ici cet après-midi, lui annonça Jacob Harz. Vous voulez venir ? Il a un peu peur, alors allez-y mollo, d'accord ?

Comme tous les policiers, Salter avait été considéré comme une brute de l'establishment plus souvent qu'à son tour, mais il était blessé que Jacob Harz s'y mette, lui aussi et, comme il était un peu énervé, il réagit mal :

— J'avais prévu d'emmener mon sergent, monsieur Harz. Il adore interroger les gens, surtout quand ils tardent à passer aux aveux. Il a perdu quelques « clients », cependant, avant qu'on ait eu ce qu'on voulait. Avez-vous un sous-sol qu'on pourrait utiliser, avec une chaise ? J'apporterai les allumettes.

De l'autre côté de la pièce, Gatenby avait stoppé net ses préparatifs du thé. Ses lunettes avaient glissé

sur le bout de son nez et il fixait Salter, la bouche
grande ouverte.

—Je vous en prie, inspecteur, lui dit le vieil
homme. Ne plaisantez pas avec ça. Ce sont des
choses qui arrivent.

—De même que les incendies criminels, les
viols et les enfants battus à mort. Tous les jours. Je
serai chez vous en fin d'après-midi.

Il raccrocha.

—Frank, fit-il, as-tu jamais frappé quelqu'un de
toute ta carrière?

—Juste une fois. (Gatenby sourit à ce souvenir.)
J'essayais de séparer deux ivrognes, deux vieux
potes, qui se bagarraient dans ce petit parc, au coin
de Church et de Queen. Ils faisaient beaucoup de
bruit et il était tard, mais ils étaient trop soûls pour
se blesser. Ils étaient vraiment hystériques. J'ai tenté
de les calmer, mais ils ne m'entendaient pas, alors
je leur ai flanqué une petite claque sur la figure à
chacun. Ça a marché. Ils se sont mis à pleurer et je
leur ai demandé de se serrer la main.

Salter imagina les manchettes des journaux :
UN POLICIER DE LA VILLE DE TORONTO
AGRESSE BRUTALEMENT DES PAUMÉS. La
COMMISSION DE POLICE PROMET UNE ENQUÊTE
APPROFONDIE. L'AGENT GATENBY EST SUSPENDU.

—Et après? demanda-t-il.

—Je les ai laissés tranquilles. Quand je suis
parti, ils étaient assis sur un banc à pleurer comme
des Madeleine. Quand je suis revenu, environ une
demi-heure plus tard, ils étaient partis. J'aurais pu
être dénoncé si quelqu'un nous avait vus, mais je
ne les ai absolument pas blessés.

UN POLICIER ABANDONNE DES PRISON-
NIERS BLESSÉS. LE COMITÉ CIVIQUE
RÉCLAME SA SUSPENSION.

—Je vais faire ma petite tournée, Frank. Je ne repasserai probablement pas au bureau aujour-d'hui, mais je t'appellerai.

—Soyez prudent avec le vieux, patron. Faites attention à ce qu'il ne vous fasse pas une prise de taekwondo.

—Il a presque quatre-vingts ans, Frank.

—Oui, mais ils s'entretiennent la forme, ces gens-là. Ils mangent des tonnes de poisson cru.

Gatenby s'en alla, riant encore de sa propre plai-santerie.

◆

En premier lieu, Salter se rendit en auto sur Washington Avenue et, comme il le redoutait, il y trouva une Jeep argent stationnée dans la rue, juste devant l'appartement de Nelson. Ce dernier le fit entrer sans un mot et Salter en vint rapidement au fait.

—Monsieur Nelson, le soir de l'incendie, vous avez bien pris un taxi pour vous rendre chez Julia Costa, c'est ça?

—Oui.

Nelson avait l'air épuisé et malade. Il avait perdu toute sa vivacité.

—Avez-vous une voiture, monsieur Nelson?

—Oui.

—Pourquoi ne l'avez-vous pas prise?

—Je n'étais pas sûr de l'endroit où elle était garée. Quelquefois, nous devons aller jusqu'à Spadina quand la rue est pleine.

—Mais pourquoi n'auriez-vous pas su où elle était?

—Parce que Jake l'avait utilisée ce jour-là.

La déclaration était sortie lentement et péniblement.

—Quelle sorte d'auto est-ce?

— C'est une Jeep.

— Celle qui est dans la rue en ce moment ?

— Oui.

— Quand l'avez-vous prise par la suite ?

— Le lendemain, quand Jake l'a ramenée. Il a essayé de me tuer, c'est ça ?

— Vous le connaissez mieux que personne. Le ferait-il ?

— Il avait la Jeep ce soir-là, non ? Il est venu à la boutique. Et maintenant, il a disparu.

— Nous l'avons trouvé.

— Où ? Où ça ?

— Je vous le dirai quand je lui aurai parlé. Quand avez-vous pris conscience de tout ça ?

— Tout de suite après. C'est pour ça que je ne voulais pas le revoir.

— Comme ça, pendant tout ce temps, vous saviez que Hauser pouvait être notre homme.

Nelson regarda Salter, le visage déformé par la détresse.

— C'est ce que je pensais, oui. Mais je ne voulais pas qu'il aille passer le restant de ses jours en prison. J'en ai parlé à Julia. Elle aussi était d'avis que la meilleure solution, c'était d'essayer d'oublier tout ça et d'espérer que Jake soit parti pour de bon.

Il ne pleurait pas, mais sa voix chevrotait tant il s'efforçait de retenir ses larmes.

— C'est ce qu'elle a dit ? Quand lui avez-vous parlé ?

— Tout le temps. C'est la seule personne à qui je peux parler.

— Avez-vous accusé votre ami d'avoir essayé de vous tuer ?

— Oui, le lendemain. Il m'a juré que c'était faux, bien sûr, mais c'était normal, non ? Surtout après qu'on a su que Drecker était mort.

Des carillons résonnaient dans la tête de Salter.

— Je vais aller le voir tout de suite, dit-il. Je vous appellerai plus tard pour vous dire si vous pouvez le voir.

— Ne lui faites pas de mal, je vous en supplie.

Deux fois dans la même journée, c'était trop.

— Pour l'amour de Dieu! cria Salter, vraiment en colère. Nous ne passons pas notre temps à battre des gens comme vous juste pour nous amuser!

Il regretta aussitôt ses paroles en voyant Nelson se recroqueviller dans son fauteuil. Tout en sachant qu'il avait tort de le faire, Salter poursuivit:

— Écoutez, monsieur Nelson, pour le moment, je pense que vous parlez trop autour de vous, alors que c'est à moi que vous devriez parler. J'aimerais que vous me promettiez de ne parler à personne de cette affaire, et cela inclut votre amie Julia, jusqu'à ce que je vous donne le feu vert. Après, je vous dirai quelque chose.

Nelson hocha la tête deux ou trois fois en s'essuyant le visage du revers de la main.

— Bien. Parfait, dans ce cas. Voilà. Je ne crois pas que votre ami ait mis le feu à la boutique de Drecker. Je pense savoir qui a tué Drecker, mais je ne sais ni pourquoi ni comment. Quand j'aurai trouvé, je pourrai agir. Il se pourrait que j'aie la réponse cet après-midi.

Le soulagement qu'il lut sur le visage de Nelson était plus difficile à supporter, si c'était possible, que sa détresse.

— Je ne dirai pas un mot, inspecteur. Je vais décrocher le téléphone et verrouiller ma porte, assura-t-il. Quand pourrai-je voir Jake?

— Je vous le ferai savoir, répéta Salter, qui le quitta pour se rendre à l'hôpital.

◆

Hauser occupait une chambre individuelle afin de faciliter le travail du factionnaire. Salter traversa le couloir jusqu'à ce qu'il parvînt à la hauteur de l'agent qui lisait un magazine devant la porte. Il montra son badge et le policier le laissa entrer.

—Pas difficile à surveiller, lui dit-il. Il ne va nulle part.

Hauser était allongé, appuyé sur son oreiller, à regarder la porte. Il avait les deux yeux au beurre noir et sa gorge était couverte de bandages. Ses lèvres étaient enflées et tuméfiées ; il était rasé sur le devant du crâne, où apparaissait une autre blessure. D'après le rapport, il avait trois côtes cassées et une sévère contusion à l'abdomen, où il avait été roué de coups de pied.

—Que s'est-il passé ? s'enquit Salter.

Hauser tendit la main pour attraper des lunettes à monture métallique posées à côté de l'oreiller.

—Qui êtes-vous ? demanda-t-il à son tour.

Il offrait un spectacle pitoyable. Il avait le teint vaseux, la peau grasse et le cheveu rare. Même s'il avait été à son avantage, il n'aurait pas pu être beau et la laideur de ses lunettes laissait penser qu'il ne se souciait guère de son apparence. *Et là, tout tuméfié, il représenterait un bon test de charité pour tout Samaritain*, se dit Salter. Mais Nelson l'aimait, ce qui n'était ni plus ni moins mystérieux que l'attirance qu'éprouvaient l'une pour l'autre certaines personnes mariées. Le policier déclina son identité.

—Que s'est-il passé ? répéta-t-il.

—J'étais seul. Je suis allé dans un bar pour trouver de la compagnie et je suis tombé sur deux gars qui voulaient casser du pédé. J'ai déjà donné leur signalement, mais vous ne les attraperez pas. Vous ne les attrapez jamais.

—On pourrait le faire, lui dit Salter. Mais il y a autre chose qui m'intéresse davantage pour le moment.

—Drecker. Je ne l'ai pas tué. Je sais que Dennis pense que je l'ai fait, mais c'est faux.

—Vous étiez sur place à peu près au moment où l'incendie a été allumé, affirma Salter.

—Je suppose que c'est possible. Mais je ne l'ai pas allumé.

—Racontez-moi ce que vous avez fait cette nuit-là. En détail.

—Dennis et moi, nous nous sommes disputés. Vous êtes déjà au courant. Puis il est parti et j'ai pensé qu'il était allé à la boutique, alors je l'ai suivi là-bas.

—Dans la Jeep?

—Oui. Mais quand j'y suis arrivé, il n'y était pas. J'ai vu le camion de Drecker garé à l'arrière, alors je suis revenu sur Washington Avenue pour l'attendre à la maison. J'ai attendu toute la nuit, mais il ne s'est pas montré. Finalement, je suis parti et je suis revenu le lendemain. Et c'est là que Dennis a décidé que j'avais essayé de le tuer.

—Pourquoi avez-vous disparu, alors?

—Si Dennis croyait que je l'avais fait, alors vous aussi, vous pouviez le croire. Comment aurais-je été en mesure de prouver le contraire? J'étais terrifié.

—Revenons à ce soir-là. Vous vous êtes rendu à la boutique en auto. Où vous êtes-vous stationné? Dans Bloor Street?

—Non. J'ai fait le tour par l'arrière, en empruntant la ruelle. Je pensais qu'il y aurait une place de stationnement derrière. Mais le camion de Drecker était là, alors j'ai attendu dans la ruelle pendant cinq minutes environ, au cas où je serais arrivé à la boutique avant Dennis. Puis je suis reparti vers Washington Avenue.

— Comment? Quel trajet avez-vous pris?

— J'ai suivi la ruelle jusqu'au bout, puis je suis allé vers le nord jusqu'au carrefour suivant, puis vers l'est, puis, au carrefour suivant, encore vers le nord, puis vers l'est. Vous connaissez toutes ces rues à sens unique: impossible d'aller où on veut avant d'avoir atteint une rue importante.

— Êtes-vous sorti dans Bloor Street?

Hauser fit un signe de dénégation.

— Impossible de prendre Bloor Street à partir de cette ruelle. Il a fallu que je fasse tout le tour de l'Annex avant de pouvoir retourner sur Spadina.

— Combien de temps cela vous a-t-il pris?

— Environ dix minutes. Il n'y avait pas de circulation à cette heure-là. Pourquoi?

— C'est important. Pour vous, en tout cas. Avez-vous vu quelqu'un, une autre auto, stationnée avec une personne à l'intérieur?

— Non. Ce serait trop beau, hein? Hélas non, je n'ai rien remarqué d'anormal.

— Très bien, monsieur Hauser. (Salter se leva.) Je reviendrai vous voir dès que possible.

— Je ne l'ai pas tué, inspecteur.

— Non. Je sais que vous ne l'avez pas fait. Mais les apparences sont contre vous et je dois vous laisser encore un peu sous surveillance.

— Vous le pensez vraiment? Je veux dire, vous me croyez?

— Disons que je ne conteste pas votre bonne foi. J'espère que je n'ai pas tort.

Hauser baissa les yeux vers le lit.

—Comment va Dennis ? demanda-t-il d'une voix rauque.

—Il est bouleversé. Et il demande de vos nouvelles. Alors, le plus vite je pourrai continuer, le mieux ce sera. Avez-vous besoin de quelque chose ?

Hauser secoua la tête.

—Merci, fit-il.

◆

Salter appela le sergent Gatenby depuis le téléphone public qui se trouvait à l'entrée de l'hôpital.

—Répète-moi exactement ce qu'a dit le correspondant anonyme, demanda-t-il.

Gatenby entreprit de lire ses notes.

—Il a dit : « J'ai vu une Jeep, couleur argent, avec RENEGADE écrit sur le côté, qui partait à toute vitesse dans Bloor Street juste après l'incendie. »

—Vers l'ouest ou vers l'est ?

Il y eut une longue pause.

—Il a dit en direction de Spadina. Donc, vers l'est.

—Quel genre de voix était-ce ?

—Un homme. Plus de trente ans. Pas un gamin, en tout cas. Sûr de lui. En fait, cette voix m'était familière, mais je ne sais pas pourquoi.

Moi, je sais.

— OK, Frank. C'est exactement ce que je voulais. Il ne devrait pas rappeler, mais si ça se produit, essaie de lui soutirer le plus de détails possible. Tu sais, manipule-le un peu.

—Entendu. Vous êtes sur une piste, c'est ça ?

—Je le pense, Frank. Je le pense. Je te rappelle.

Salter se rendit ensuite à Mount Pleasant Road, à la salle d'exposition d'American Motors. Là, il

déambula entre les autos garées à l'extérieur jusqu'à
ce qu'il trouve une Jeep ; il traversa la route pour la
regarder depuis l'autre côté. Il l'examina sous tous
les angles et à différentes distances jusqu'à ce qu'il
fût satisfait. Deux des vendeurs de la salle d'exposition
le suivaient de près.

— Je travaille dans la publicité, leur expliqua
Salter. J'essaie juste plusieurs angles pour la maquette.

Ah ha, Darling, pensa-t-il. *Tu t'es piégé tout seul,
espèce de salaud futé. Maintenant, il ne me reste
plus qu'à trouver le moyen de te tomber dessus.*

Il se dirigea vers la bibliothèque municipale, dans
Yonge Street, et passa une heure à lire l'histoire
des Japonais au Canada, en particulier pendant la
guerre. Il était enfin prêt à rencontrer Gene Tanabe.

◆

Ce fut Jacob Harz lui-même qui lui ouvrit la porte
et le conduisit au salon, où l'attendait un Japonais
vêtu d'un costume de flanelle grise et d'une chemise
blanche à col ouvert.

— Monsieur Tanabe ?

Le vieil homme regarda Jacob Harz pour savoir
quelle conduite adopter.

— Asseyez-vous, inspecteur. Nous allons prendre
le thé, puis Gene pourra vous raconter son histoire.

Une femme vêtue d'un tablier apporta tout ce
qu'il fallait pour prendre le thé. Harz leur servit à
chacun une tasse pendant que Salter ne quittait pas
Tanabe des yeux. Si la vieillesse avait conféré à
Harz une apparence toute voûtée et noueuse, elle
avait en revanche préservé le Japonais. Il avait de
grandes mains aux ongles carrés et plats, mais le
reste de sa personne s'était doucement flétri, au

point d'évoquer, aux yeux de Salter – et là, le policier prit conscience des détours par lesquels passait son esprit –, une vieille sauterelle et une légende qu'il avait entendue à propos d'un professeur d'anglais de douzième année.

Salter laissa son bloc-notes dans sa poche. L'histoire d'abord, les questions ensuite.

— Eh bien, monsieur Tanabe, qu'est-ce qui vous relie à Cyril Drecker ?

— Je l'ai tué, inspecteur, répondit Tanabe, doucement, de manière impersonnelle, avec un petit sourire.

— Mais non, tu ne l'as pas tué, intervint Harz. Il ne l'a pas tué, inspecteur. Gene, raconte-lui ton histoire, pour l'amour du ciel.

— Monsieur Harz, laissez-moi écouter monsieur Tanabe. Après, vous pourrez faire vos commentaires.

— Vous me demandez de la fermer, c'est ça ?

— C'est ça.

— Je ne laisserai pas Gene se pendre tout seul.

— Moi non plus. D'accord ?

— D'accord, acquiesça Harz. Mais Gene veut que je reste avec lui.

— Moi aussi. Bon, monsieur Tanabe, j'attends votre histoire.

— En entier ? demanda-t-il sur un ton qui laissait entrevoir que son récit couvrait une période de dix siècles.

— Oui, je vous prie.

— Ça commence en 1942.

— Eh bien, partez de là. Nous avons tout notre temps.

Le vieil homme regarda de nouveau Harz, qui lui fit un signe d'approbation. Il se lança :

— En 1942, je vivais à Vancouver, dans Pandora Street. J'étais ébéniste et restaurateur de meubles.

Et puis, la police est venue et m'a dit que je devais quitter la côte et déménager vers l'intérieur des terres. Je ne savais pas où aller. Par chance, je n'avais pas de famille, ni femme, ni enfants, alors je suis allé à un endroit, une sorte de ville fantôme où ils envoyaient les gens comme moi, à l'intérieur de la province. J'avais beaucoup de meubles en stock, mais ils ne m'ont pas laissé les vendre parce que les marchands locaux disaient que ça allait faire baisser le marché, alors je les ai entreposés. Quand je suis revenu, après la guerre, tout avait disparu. Volé, je suppose. J'ai pris juste quelques vêtements et mes outils afin de pouvoir travailler.

Le vieil homme fit une pause et Harz s'affaira autour de lui pour lui verser une autre tasse de thé.

— J'avais quelques objets personnels qui venaient de mon pays d'origine, bien que je sois né au Canada, comme vous, inspecteur.

Un frémissement de vie, un soupçon de passion affleura dans son calme récit.

— C'est un *nisei*, expliqua Harz. Ça veut dire Japonais de la deuxième génération.

Salter regarda Harz, qui haussa les épaules et attrapa sa tasse de thé.

Tanabe s'éclaircit la gorge.

— Mes parents étaient décédés et je n'avais pas d'autre famille. J'ai mis ces quelques petites choses dans une boîte et j'ai demandé à un ami de les garder pour moi.

— George Kemp?

— Oui. George était un bon ami et il était désolé de ce qui m'était arrivé; il m'a donc proposé de garder tout ce que je voudrais lui confier. Je lui ai laissé la boîte.

— Savait-il ce qu'elle contenait?

—Non. Donc, je suis parti vers cette ville et j'y suis resté pendant un an. Ensuite, ils m'ont transféré dans un camp en Ontario, encore plus loin de la côte. Encore six mois, qu'ils disaient, et je pourrais vivre hors du camp si je restais loin de Vancouver. Je voulais exercer mon métier de nouveau.

—C'est à ce moment-là qu'il est venu me trouver, intervint Harz.

—Jacob m'a hébergé, j'ai travaillé pour lui et vécu avec sa famille jusqu'à la fin de la guerre. Dès que j'ai pu, je suis retourné à Vancouver pour reprendre les affaires. Mais je suis devenu marchand d'art, maintenant, spécialisé dans l'art japonais.

—Gene est l'un des plus connus dans le milieu, expliqua Harz.

Chaque fois que Harz parlait, Tanabe attendait, souriant.

—De retour à Vancouver, je me suis immédiatement rendu à la maison de mon ami, mais elle avait disparu. Passée au feu, m'ont dit les voisins, peu de temps après mon départ. Personne ne savait où était George. Lui, sa femme et leur bébé avaient quitté le quartier. Les voisins m'ont dit que le feu n'avait épargné que très peu de choses, alors j'ai fait une croix sur ma boîte. Je n'ai plus jamais vu ni entendu parler de George, mais il y a un mois environ, je suis tombé sur certaines de mes estampes qui étaient à vendre.

—À la galerie MacLeod?

—Oui. Je lui achète souvent de la marchandise. Il m'a dit d'où elles provenaient et je suis passé voir l'homme en question. Mais j'ai commencé par racheter mes estampes à monsieur MacLeod.

—Êtes-vous sûr que c'étaient les vôtres?

—Oh oui! Vous y connaissez-vous en estampes japonaises, inspecteur?

—Un petit peu, oui. Je sais qu'on peut les identifier. Et alors, qu'a dit Drecker ?

—Tout d'abord, j'ai trouvé ma boîte, qui était en vente dans sa boutique.

—L'avez-vous toujours ici, à Toronto ?

Salter retint son souffle. Une boîte vernie entreposée pendant quarante ans. Elle pourrait révéler des empreintes digitales parfaites : celles de Drecker, de Nelson, de Murdrick, de Tanabe et de Darling.

—Pourrais-je la voir ?

—Bien sûr. Elle est au sous-sol.

Tanabe se leva avec une aisance incroyable compte tenu de son âge et se dirigea vers la porte. Harz leur fit un signe de la main :

—Je te laisse montrer le chemin, Gene. Je ne peux pas galoper dans les escaliers.

Tanabe conduisit Salter dans un grand sous-sol. La fournaise occupait une petite partie de la pièce ; le long d'un mur étaient alignées les habituelles machines de buanderie et la cuve de lavage, mais dans un coin se trouvait ce qui était visiblement un atelier où Harz pouvait encore pratiquer son ancien métier. Et là, sur l'établi principal, trônait la boîte, qui luisait d'un riche éclat.

—Vous l'avez nettoyée ? demanda Salter.

—Oui. Elle est belle, n'est-ce pas ? Je n'avais presque rien à faire, alors j'ai complètement refait le fini. Je veux la garder en souvenir.

Tanabe sortit un mouchoir et frotta doucement le couvercle.

Adieu les empreintes. Lorsque Salter eut suffisamment admiré le travail de Tanabe, les deux hommes remontèrent au salon.

Tanabe poursuivit son récit.

—Drecker n'était pas à la boutique la première fois. Quand je suis revenu, il a été très désagréable.

Il m'a dit que la boîte faisait partie d'un lot que lui avait apporté un « scrapeur » et qu'il l'avait payée comptant. Il ne savait pas d'où elle venait, qu'il m'a dit. Il n'y avait plus rien à faire. Il n'a même pas voulu me dire qui avait acheté mes autres objets. Pourquoi ? Mais j'ai senti que Drecker était malhonnête et je voulais savoir pourquoi la boîte avait réapparu après quarante ans. Je l'ai rachetée à Drecker. Je savais qu'elle était à moi, mais ça ne valait pas la peine de discuter. Je voulais vraiment savoir si mon vieil ami l'avait vendue. À Vancouver, en mille neuf cent quarante-deux, il avait été très bon avec moi et je lui avais fait confiance. Je gardais un excellent souvenir de George.

— Vous êtes donc parti à sa recherche ?

— Oui. Ça n'a pas été très difficile. J'ai rapidement retrouvé sa fille, madame Murdrick, qui habite à Toronto. Et là, j'ai découvert la vérité sur ma boîte. George l'avait sauvée des flammes et il l'avait gardée pour moi pendant toutes ces années pour le cas où je reviendrais. Il ne m'a pas laissé tomber, pas du tout.

Tanabe jeta un regard joyeux à Salter.

— Mais sa fille, elle, oui ?

— Je ne pense pas. Vous lui avez parlé ?

— Oui. Elle m'a dit que la boîte avait été volée lors d'une vente de garage qu'ils ont faite après que Kemp est tombé malade.

— Oui, c'est ce qu'elle pense, en effet.

— Vous la croyez ?

— Oui. Je crois qu'elle disait la vérité. Elle m'a dit que son père l'avait gardée pendant toutes ces années et qu'elle était très bouleversée qu'elle ait disparu. Oui, je la crois. Mais je ne crois pas son mari, qui avait l'air de mentir et d'être fâché après moi. Je ne croyais pas Drecker non plus, alors j'ai pensé que Murdrick avait vendu la boîte à Drecker et qu'il lui avait confié avoir dit à sa femme qu'elle avait été volée.

Tanabe s'arrêta pour permettre à Salter d'intervenir.

— Mais vous ne pouviez pas le prouver, n'est-ce pas ? Ils pouvaient aussi bien dire la vérité. Elle avait peut-être effectivement été volée puis vendue à Drecker.

— Dans ce cas, pourquoi Drecker agissait-il de façon aussi étrange, aussi hostile ?

Tanabe montrait la voie à Salter, le dirigeait dans leur dialogue.

— D'accord. Qu'avez-vous donc fait ?

— Rien moi-même. Mais j'ai décidé de prendre une petite revanche. J'ai pensé que ces braves gens essaieraient tous de se rouler mutuellement. Certaines de mes estampes avaient pris pas mal de valeur…

— Je sais combien MacLeod les a payées à Drecker et ce que vous avez payé pour les récupérer, l'interrompit Salter.

— Ah oui ? Eh bien, j'ai pensé que Drecker avait peut-être escroqué Murdrick. Alors, je suis retourné dire au revoir à George et j'ai fait semblant de compatir avec Murdrick sur la perte de « notre » boîte. Je lui ai dit la valeur qu'avaient les estampes. J'ai un petit peu exagéré. Je lui ai précisé que j'étais très heureux de les avoir récupérées, même si j'avais dû y mettre le prix. Je lui ai raconté que Drecker en avait probablement tiré cinq mille dollars. « Quel chanceux, ce Drecker ! » je lui ai dit. C'est comme ça que je l'ai tué.

— Comment ça ?

— Parce qu'en y allant au pifomètre, j'avais fait mouche. Je pense que deux jours plus tard, Murdrick

est allé mettre le feu à la boutique de Drecker parce
que celui-ci l'avait roulé.

Salter secoua la tête.

— Murdrick était à Montréal ce soir-là.

Tanabe poussa un soupir.

— Alors, c'était un accident ? Bien. Mais ça
aurait pu être ma faute.

— Que pensiez-vous qu'il allait se passer ?

— Je pensais que Murdrick exigerait de l'argent
de Drecker, qu'il l'agresserait peut-être un peu.
Mais quand j'ai appris que Drecker était mort, j'ai
pris peur. Ces gens ont été plus violents que je ne
l'aurais cru.

— Et donc, vous avez disparu.

— Oui.

— Où êtes-vous allé ? Nous avons fouillé cette
ville de fond en comble.

— À Buffalo. J'ai des amis, là-bas. J'avais peur
de rester au Canada.

— « Servir et protéger », monsieur Tanabe. C'est
notre devise. Nous aurions pris soin de vous. Mais
de quoi en particulier aviez-vous peur ?

— Je pensais que si Murdrick avait tué un homme
qui l'avait escroqué, il pouvait me tuer parce que
j'avais exagéré, s'il le découvrait.

C'était difficile à croire. *Pour y arriver*, se dit
Salter, *il faut se mettre dans la peau d'un vieux
Japonais que l'expérience a rendu peureux.*

S'ensuivit une longue pause durant laquelle les
trois hommes burent leur thé. Puis Salter annonça :

— Murdrick n'a pas tué Drecker.

— C'est vous qui le dites, rétorqua Tanabe. Mais
j'y pense : on peut embaucher des gens pour faire
ce genre de choses.

— Pour ça, il faut de l'argent et de l'influence.
Murdrick n'a ni l'un ni l'autre. Mais quelqu'un a

bel et bien tué Drecker, et je crois savoir qui c'est. Jusqu'à maintenant, j'ignorais pourquoi. Maintenant, je crois le savoir, même si, depuis le début, je pensais que c'était une histoire de querelle entre voleurs. Je ne peux toujours pas le prouver parce qu'il me reste à démolir un excellent alibi, alors ce que je voudrais faire, c'est y aller au pifomètre, comme vous, monsieur Tanabe. Si ça marche, comme je pense que ça a marché pour vous, alors, nous le tenons. Voudriez-vous passer un autre coup de téléphone à Murdrick et lui dire quelque chose ?

Salter lui résuma l'histoire qu'il voulait que Tanabe raconte.

— Monsieur Salter, ces gens ne m'intéressent pas et je ne veux plus rien avoir à faire avec eux. Ça m'est égal de savoir qui a tué Drecker. Vous devrez le trouver tout seul.

Harz intervint :

— Cet homme fait son travail, Gene. Pourquoi lui refuser ? Fais ce qu'il te demande.

Salter demeura silencieux tandis que Harz incitait Tanabe à coopérer. Il voyait que sa requête avait mis Tanabe en colère ou, peut-être, révélait la colère qui avait toujours été en lui ; il redoutait de dire un mot de travers.

Progressivement, Tanabe se détendit sous l'effet du plaidoyer de Harz et il finit par accepter de passer le coup de téléphone.

— Maintenant ? s'enquit-il.

— Non. Nous l'attraperons chez lui ce soir. Mais avant, il faut que j'organise tout ça, alors je vais vous laisser. Je reviendrai à huit heures. D'accord ?

— Pourquoi partez-vous, inspecteur ? fit Harz. Restez souper avec nous, c'est shabbat. Je vous en prie.

À quoi pouvait donc ressembler un repas de sabbat juif en compagnie d'un hôte japonais ? Du poisson cru casher ? Des sushis aux falafels ?

— Je vous remercie, répondit Salter. J'accepte avec plaisir. Une chose, encore, avant d'en finir avec votre histoire, monsieur Tanabe. Pourquoi Kemp n'a-t-il pas tout mis en œuvre pour vous retrouver après la guerre, au lieu de garder votre boîte pendant quarante ans ? Il n'a pas vraiment essayé.

Tanabe eut l'air gêné.

— C'est ce que nous aurions fait, vous et moi, inspecteur, mais je pense qu'en réalité, George était heureux de garder la boîte pour moi. Sa fille m'a dit qu'il parlait à tout le monde de la boîte et du fait qu'il la gardait pour moi. S'il m'avait recherché, il aurait peut-être découvert que j'étais mort, ce que je ne doute pas que les gens lui ont suggéré. Il aurait peut-être pu la vendre alors, mais sa vie aurait perdu de son intérêt. George est un type bien et il n'est pas stupide, mais il est un peu primaire, je pense. La boîte était une responsabilité sacrée : elle représentait son honnêteté, notre amitié et l'époque où il s'était opposé à l'opinion de la foule. Bien sûr, il voulait que je revienne réclamer ma boîte, mais en attendant, il se satisfaisait de l'avoir à ses côtés, sans s'abaisser à la vendre pour quelques dollars. Est-ce que vous me comprenez ? J'y ai souvent pensé.

Salter ne le comprenait que trop bien : il se rappela l'impression que lui avait faite Kemp, le vieux Newfie indépendantiste qui considérait le Canada comme un pays étranger et son gendre, Murdrick l'escroc, comme un Canadien typique. (« J'ai donné ma parole à Gene, voyez, et là d'où j'viens, on peut se fier à la parole d'un *chum*. ») Salter se sentait entouré d'honorables vieux messieurs d'une époque révolue et, à sa grande surprise, en un éclair, il éprouva un ancien regret d'adolescent, celui que son propre père n'inspire pas le même sentiment.

Personne ne dit rien pendant quelques instants. Puis Salter demanda à utiliser le téléphone pour appeler chez lui. Ce fut Angus qui répondit.

—Maman a appelé, elle aussi, papa. Elle travaille tard. T'inquiète pas. Je vais emmener Seth au McDo, dit-il, d'un homme à un autre. Je vais payer avec mon argent. Tu pourras me rembourser et pour la pêche, c'est OK. On ira le week-end prochain.

Salter appela ensuite à son bureau. Il demanda à Gatenby d'attendre son prochain coup de fil et de mettre en alerte deux véhicules et quatre hommes.

—Je peux venir ? demanda Gatenby.

Salter éclata de rire.

—Tu peux diriger les opérations sur le terrain, Frank, lança-t-il avant de raccrocher.

Pendant qu'ils attendaient le souper, Esther leur resservit du thé ; Harz et Tanabe profitèrent de leur nouveau public pour évoquer leurs souvenirs du temps de la guerre à Toronto, quand les deux étrangers vivaient ensemble. À un moment donné, Harz proposa du whisky à Salter.

—Nous avons du whisky pour l'inspecteur, n'est-ce pas, Esther ? Vous n'en voulez pas ? Du brandy, alors. Prenez un brandy. Esther, sers-lui du brandy.

Salter refusa encore. Harz et sa fille commencèrent alors à passer en revue les autres alcools qu'ils pouvaient offrir au policier et Tanabe lança :

—Ils connaissent une petite chanson folklorique, monsieur Salter…

Harz s'empressa de lui couper la parole.

—Non, non, non, protesta-t-il. Mais ma mère avait l'habitude de dire ça, il y a bien longtemps.

Aujourd'hui, je connais autant d'ivrognes que monsieur Salter. Tu ne devrais pas dire des choses comme ça.

Il était très mal à l'aise, mais Tanabe souriait comme un vieil écolier. La vieille sauterelle avait encore du ressort.

Salter soupçonna que l'échange avait un rapport avec la manière dont boivent les goys.

Esther annonça que le repas était servi et ils s'attablèrent. Salter avait l'impression de se retrouver à l'école primaire, à rester assis sans bouger et à surveiller ses manières. Allaient-ils mettre des kippas?

Tout d'abord, Esther alluma deux chandelles et récita quelque chose de rituel.

— C'est la bénédiction, lui apprit Tanabe.

Le premier plat semblait constitué de boulettes de poisson. Tanabe lui passa un plat contenant une substance rouge.

— Du raifort, expliqua-t-il. Ça se mange avec le poisson.

Probablement un compromis, songea Salter, *à cause de Tanabe. Un plat japonais (du poisson cru) et un autre, juif. Mon vieux père aurait dû venir voir ça*. Il goûta au mélange de poisson et de raifort: ce n'était ni mauvais ni excellent.

— Est-ce vous qui avez inventé cette combinaison, madame Harz? s'enquit-il.

— Non, répondit-elle. C'est traditionnel, le raifort, avec le *Gefilte Fish*.

— Peut-être l'inspecteur aimerait-il de la bière? proposa Harz, toujours courtois. Esther, sers-lui une bière. On en boit l'été. Il y en a à la cave.

Salter s'interposa, répétant qu'il n'en voulait pas, et Esther leur servit une soupe de poulet. Elle était délicieuse. Suivit un ragoût de poulet servi avec des dumplings. Salter demanda si ce plat était traditionnel, lui aussi.

— Vous êtes ici chez des Juifs non pratiquants, expliqua Tanabe. Mais notre souper de ce soir est un repas traditionnel du vendredi soir. Jacob a cessé de fréquenter la synagogue pendant la guerre et Esther a reçu une éducation agnostique. Elle est aujourd'hui plus orthodoxe que son père ne l'a jamais été. Elle aimerait qu'il observe tous les rituels.

Tanabe semblait taquiner légèrement Esther. Cette dernière ne dit rien, se contentant de lui adresser un sourire indulgent.

Pour finir, Esther leur servit de la salade de fruits et, par la suite, ils repassèrent au salon où ils burent encore du thé. Salter, légèrement plus détendu, s'arrêta pour admirer une tapisserie qui ornait un mur.

— Elle est très ancienne, lui apprit Harz. Elle représente l'amour de Dieu pour l'Univers.

— C'est hébraïque ?

— Elle vient de Perse, répondit Harz.

Salter abandonna la partie, s'efforçant simplement de se concentrer et de garder les yeux et les oreilles ouverts afin de glaner des histoires à raconter à Annie. Quand il eut fini son thé, il reprit le travail ; il appela Gatenby et lui expliqua ce qu'il souhaitait :

— Deux hommes à l'arrière, deux à l'avant, tous en voiture banalisée et hors de vue. Et une autre voiture en réserve pour le cas où je me tromperais. OK. Dans une heure. À sept heures trente. C'est ça.

Pendant qu'ils attendaient, Harz poussa Tanabe à révéler à Salter les traitements qu'il avait subis pendant la guerre, mais Salter avait passé assez de temps à la bibliothèque et il était devenu légèrement réfractaire aux références permanentes de

Tanabe aux forces de police qui avaient expulsé les Japonais de leurs maisons.

— Monsieur Tanabe, commença-t-il, ce n'est pas la Gendarmerie royale qui a pris la décision de vous expulser. C'était une décision politique. Le gouvernement fédéral, le gouvernement provincial et le conseil municipal. Il y a bien eu un député local qui a été particulièrement actif. Un gars avec un nom écossais.

— Pour nous, ils se ressemblaient tous, inspecteur, fit Tanabe.

— Peut-être, mais les choses auraient pu être pires si l'un des responsables de la Gendarmerie royale n'avait pas traîné les pieds et essayé de stopper tout ça. Il savait que les Japonais n'étaient pas une menace et il l'a dit.

— Ça n'a rien changé pour nous.

Tanabe s'exprimait sans passion. Les propos de Salter restaient sans effet.

— Certes, concéda-t-il. Mais derrière les flics, il y avait des politiciens qui allaient à la pêche aux voix. C'est généralement comme ça que ça se passe.

— Pourquoi ne parlerions-nous pas d'autre chose ? supplia finalement Harz.

Un silence gêné régna pendant un moment, jusqu'à ce que Harz demande à Salter de leur raconter comment il avait entendu parler de Tanabe. La conversation s'orienta dès lors vers la galerie MacLeod et les estampes japonaises.

Enfin, l'heure dite arriva et Tanabe se tint prêt à composer le numéro que Salter lui avait communiqué.

— Pensez-vous vraiment qu'il va croire ça, monsieur Salter ? S'il prend le temps d'y réfléchir, il va sûrement suspecter quelque chose.

— Murdrick n'est pas du genre à réfléchir, monsieur Tanabe. Ce que nous essayons, c'est de le faire paniquer. Si ça ne marche pas, il faudra que je m'efforce de trouver autre chose, mais si ça marche, ça m'aura épargné un maudit paquet de troubles.

Tanabe fit le numéro et attendit. Puis :

— Monsieur Murdrick ? Ici Gene Tanabe. Ne raccrochez pas. Écoutez, c'est très important pour vous. Écoutez-moi, je vous en prie. Les policiers détiennent la boîte, ma boîte. Ils m'ont interrogé toute la journée et ils viennent juste de l'emporter pour l'analyser. Je leur ai dit que ça m'était égal de savoir qui avait volé la boîte, à condition qu'elle ait bel et bien été volée, mais ils veulent savoir qui a eu cette boîte entre les mains récemment. J'ignore pourquoi. Je vous appelle juste au cas où. Parce que votre femme et son père l'ont gardée pendant si longtemps. J'ai pensé que vous aviez peut-être vendu la boîte et je vous appelle simplement pour vous dire que je vous pardonne. Mais les policiers sont vraiment tenaces. (À ce moment-là, Tanabe fit une pause ; Harz et Salter entendirent Murdrick crier.) Dans ce cas, vous n'avez pas à vous en faire, monsieur Murdrick. J'en suis très heureux. Veuillez transmettre mes salutations à votre femme et à votre beau-père. Au revoir, monsieur Murdrick.

Tanabe coupa immédiatement la communication et reposa le combiné.

— C'était très bien, monsieur Tanabe, le complimenta Salter. C'était exactement ce que je voulais.

— Et si Murdrick se contente d'appeler, inspecteur ? Vous avez mis sa ligne sur écoute ? s'enquit Harz.

Salter secoua la tête.

— Il ne passera pas un coup de téléphone devant sa femme. Et si nous lui avons fait peur, il voudra aller parler à Darling tout de suite.

Le téléphone sonna et ce fut Salter qui répondit :

— Parfait, dit-il. Nous arrivons. (Il se leva.)
Murdrick est en train de monter dans son camion,
annonça-t-il. À plus tard.

◆

Salter dévala Chaplin Crescent, ralentissant légèrement à tous les nouveaux panneaux d'arrêt, traversa Yonge Street et emprunta Davisville Avenue en
direction de Mount Pleasant Road, où il tourna en
direction du centre-ville.

Une voix parla à la radio :

— Le suspect se dirige vers l'est dans Queen
Street.

Salter allait vers le sud dans Jarvis ; il poursuivit
vers Queen et tourna à l'est dans Cabbagetown.

La radio continua :

— Le suspect va maintenant vers le nord sur
Parliament.

Salter et Murdrick étaient maintenant tous deux
juste derrière la voiture de police. Salter tourna en
direction du nord sur Parliament et aperçut la
voiture de patrouille à environ un pâté de maisons.
En face, se trouvait le camion de Murdrick, arrêté
à un feu rouge. Salter parla à la radio :

— Allez-y mollo. La maison est surveillée et je
vois le suspect. Quand il s'arrêtera, contentez-vous
de faire des tours de pâté de maisons jusqu'à ce
qu'on ait besoin de vous.

Murdrick tourna à gauche, suivi par Salter. Quand
le camion s'arrêta, Salter se stationna à une quin-
zaine de mètres. Murdrick se rua vers la porte et la
martela de coups de poing jusqu'à ce qu'on le fît
entrer.

Salter prit de nouveau la fréquence radio :

— Attendez exactement cinq minutes. Ensuite, j'ouvrirai la marche par la porte d'entrée. Je veux qu'on sépare immédiatement nos deux lascars et qu'on les emmène au poste. Après, on fouillera la maison.

Cinq minutes plus tard, Salter frappa à la porte. Quand celle-ci s'ouvrit, il dit :

— Monsieur Darling ? J'aimerais vous parler un instant.

Darling essaya de refermer la porte, mais deux policiers l'empoignèrent en entrant dans la maison. Il y eut une petite échauffourée quand Murdrick essaya de s'enfuir par la porte arrière, mais les deux hommes ne tardèrent pas à se retrouver installés dans les voitures de police et emmenés.

CHAPITRE 6

Murdrick et Darling étaient détenus dans deux salles adjacentes. Salter commença avec Murdrick; il lui fallut peu de temps pour mettre au jour le rôle du carreleur. Celui-ci s'était arrangé pour que Darling prenne la boîte le jour de la vente de garage et Darling l'avait apportée à Drecker. Il se dépêcha d'admettre tout ça afin de nier toute implication dans l'incendie, dans lequel il ne pouvait de toute façon pas être impliqué, comme il le fit remarquer six ou sept fois, tantôt belliqueux, tantôt implorant, puis dans un interminable pleurnichement, puisqu'il était à Montréal.

— Mais vous saviez que Darling pouvait être l'auteur de l'incendie, souligna Salter.

— C'est possible, peut-être, mais je ne sais rien là-dessus, répéta Murdrick encore et encore, laissant immédiatement tomber Darling.

— Donc, vous avez volé la boîte et vous avez tiré un bénéfice de ce vol, c'est ça? demanda Salter, qui avait opté pour un ton quasi juridique.

— J'en ai tiré deux cents dollars, hurla Murdrick. Deux cents maudits dollars.

— Darling vous a roulé, alors.

—J'imagine. Non. En fait, je n'en sais rien. Il m'a dit que Drecker ne lui en avait donné que quatre cents dollars, répondit Murdrick, que la frustration et la peur faisaient encore crier.

—Et pourquoi donc êtes-vous allé voir Darling ce soir?

—Pour l'avertir. Parce que je ne savais pas de quoi il retournait. Quand ce vieux Jap m'a dit combien Drecker en avait tiré puis m'a appelé pour m'annoncer que vous autres vous intéressiez de près à la boîte, j'ai pensé que je ferais mieux de prévenir Darling.

—Vous ne vouliez pas laisser tomber votre vieux copain? railla Salter. Ou alors, vous vous êtes dit qu'on pourrait vous épingler comme complice d'incendie criminel et de meurtre?

—Je n'ai rien à voir avec l'incendie.

—Mais vous pensiez que Darling pouvait avoir quelque chose à y voir, non?

—Oui, je le pensais en maudit.

—Pourquoi?

—À cause de l'état dans lequel il s'est mis quand il a découvert la valeur des trucs qu'il y avait dans la boîte.

—Qu'a-t-il dit?

—Je ne m'en souviens pas.

—Il a proféré des menaces? Il s'est juré d'avoir Drecker?

—Je ne m'en souviens pas. Tout ce que je me rappelle, c'est qu'il était en beau maudit.

Leur échange dura une heure. Salter avait obtenu ce qu'il voulait dans les cinq premières minutes, mais il poussa Murdrick dans ses derniers retranchements avant de lui faire signer une déposition à propos du vol et de l'implication de Darling. Il annonça ensuite à Murdrick qu'il allait le garder à cause du vol et pour pouvoir l'interroger plus tard à propos de l'incendie, et il le fit boucler pour la nuit.

Avant de passer à Darling, il repassa l'affaire en revue avec Gatenby afin de s'éclaircir les idées. Son sergent lui fit une suggestion utile. Il emporta la déposition de Murdrick et la lut à Darling tandis que Gatenby, assis à côté de lui, prenait des notes.

— Donc, monsieur Darling, sur la foi de preuves, soit la boîte elle-même et la déposition de Murdrick, nous vous inculpons du vol de deux cents dollars. On dirait que vous allez très bientôt avoir besoin des services de certains professionnels de vos amis.

— C'est Drecker qui a allumé l'incendie, déclara immédiatement Darling. C'était lui, le receleur, et il est mort.

Salter sourit.

— Drecker s'était couvert, dit-il. Il avait enregistré la boîte auprès de nous quand vous la lui avez apportée, au cas où elle aurait été volée. Il a dit qu'elle lui avait été vendue par un vendeur occasionnel : vous, R. Darling, de Church Street. Ça fait une semaine que je le sais.

— Maudit salopard rusé ! cria Darling en se rendant compte à quel point Drecker avait été prudent.

— Bon, avançons. Quand avez-vous décidé de mettre le feu à la boutique de Drecker ?

Darling explosa.

— Où voulez-vous en venir, bande de salopards ? hurla-t-il. Bien sûr que j'ai volé la boîte avec Murdrick, mais je ne suis pas un maudit incendiaire, monsieur, et vous le savez aussi bien que moi. Ma femme et les gens avec qui j'ai joué aux cartes cette nuit-là peuvent témoigner de ma présence. Vous ne m'aurez pas sur ce coup-là. Je suis couvert.

Salter insista sur ce point de différentes manières et remarqua que la confiance de Darling se renforçait, car le policier ne trouva aucune nouvelle faille à sonder. Puis, Salter demanda :

— Lisez-vous des romans policiers, monsieur Darling ?

— Qu'est-ce que ça vient faire là-dedans ?

— C'est juste une question. Vous n'êtes pas obligé de répondre.

— Ça m'arrive, bien sûr.

Salter hocha la tête.

— Savez-vous ce qu'est un cliché ?

Une récente affaire avait plongé Salter dans le monde universitaire où des experts l'avaient abreuvé de considérations sur les clichés.

— Bien sûr que je sais ce qu'est un cliché, rétorqua Darling, offensé et arrogant.

— Eh bien, laissez-moi vous dire que vous avez lu trop de romans. Votre alibi est un cliché, monsieur Darling, l'un des plus vieux du métier.

— De quoi diable êtes-vous en train de parler ? répliqua Darling, apeuré mais encore capable de faire du bruit.

— Du truc qui consiste à reculer les aiguilles des pendules. (Salter fit mine de consulter son bloc-notes.) D'après vous et votre femme, la nuit de l'incendie, vous l'avez réveillée pour lui faire remarquer l'heure. (Salter chercha le mot juste.) Vous avez ensuite accompli vos prouesses d'étalon, vous lui avez encore fait remarquer l'heure et vous vous êtes endormi. C'est bien ça ?

— Oui, c'est ça.

— Si vous permettez, je vais vous dire ce qui s'est réellement passé. Vous vous êtes rendu à la boutique de Drecker après votre partie de cartes.

En passant, j'ai parlé aux professionnels avec qui vous avez joué et ils confirment votre histoire. Donc, vous y avez mis le feu, vous êtes rentré chez vous, vous avez retardé la pendule d'une heure, montré l'heure à votre femme, accompli votre performance, lui avez encore montré l'heure, attendu qu'elle se rendorme et remis la pendule à l'heure. Comme je vous l'ai dit, c'est un cliché, un truc typique de petit malin dans votre genre.

Darling pâlit.

—Seigneur ! Espèce de salaud ! Vous êtes en train d'essayer de me piéger.

—Je suis juste en train d'essayer de vous faciliter la tâche.

—Jamais de la vie, fils de pute. Allez chier !

Salter durcit le ton :

—Je veux dire : pour m'épargner un paquet de troubles. Laissez-moi vous dire quelque chose. Il est très difficile de sortir tout propre d'un incendie. On emporte toujours quelque chose avec soi. Nous allons passer votre maison et votre boutique au peigne fin jusqu'à ce que nous trouvions quelque chose que vous avez rapporté de chez Drecker ce soir-là. Un peu de poussière de son sous-sol sur votre chaussure ou une particule de peinture du mur. Ce truc existe et nous le trouverons. Mais ça pourrait nous prendre pas mal de temps. Vous pourriez nous permettre de gagner du temps.

À sa grande consternation, Salter vit que Darling se détendait un peu.

—Vous pouvez chercher tout ce qui vous chante, je n'étais pas là-bas ; vous ne trouverez donc rien que vous n'y ayez mis vous-même. Je n'y étais pas.

Salter tira sa dernière cartouche :

—Dans ce cas, pourquoi avez-vous tenté de piéger Jake Hauser ?

Une fois encore, Darling pâlit, mais là, une peur bien réelle transparut dans sa voix lorsqu'il demanda:

— C'est quoi, cette connerie, encore?

— C'est le coup de fil que vous avez passé à propos de la Jeep argent que vous avez vue quitter les lieux de l'incendie.

— Quel coup de fil? Quelle Jeep? De quoi parlez-vous?

À présent, Salter se sentait sûr de lui.

— Nous avons une empreinte vocale de l'appel, lâcha-t-il (c'était la suggestion de Gatenby) et nous pouvons la faire correspondre aussi facilement que votre empreinte digitale sur la boîte. Alors, pourquoi avez-vous tenté de piéger Hauser?

Darling chercha une échappatoire, puis accepta l'accusation.

— Eh bien, c'est lui qui l'a fait, non?

— Vraiment?

— Bien sûr que c'est lui. Ces deux pédés se sont battus et le copain de Nelson a essayé de le tuer. C'est foutrement évident pour tout le monde, sauf pour vous.

— Qui vous a parlé de ça? Julia Costa?

Darling resta silencieux.

Salter hocha la tête. Même Nelson croyait Hauser coupable et il partageait toutes ses réflexions avec Julia Costa.

— Alors comme ça, vous vouliez juste nous aider, comme un bon citoyen, comme vos amis professionnels l'auraient fait? fit Salter. Au lieu de nous faire part de vos soupçons, vous avez inventé une petite histoire pour nous faciliter la tâche, hein? Ça vous intéressera peut-être de savoir que votre histoire est si foutrement stupide que j'ai été capable de prouver que Hauser ne pouvait pas être coupable juste en la vérifiant. Donc, pourquoi ce coup de fil ? Je connais la réponse, bien sûr. Pour détourner les soupçons, comme on dit dans ces romans dont vous êtes coutumier.

— Nom de Dieu, c'était pas pour ça ! rugit Darling. Je n'ai pas mis le feu à cette sacrée boutique. Tout ce qui m'inquiétait, c'était de me faire pincer pour avoir volé cette boîte de merde. C'est sûr que Drecker m'a roulé…

— Et que vous avez vous-même roulé Murdrick.

— J'ai pris plus de risques que lui. Mais je n'ai pas mis le feu à cette boutique, je vous le répète. Vous vous cramponniez tellement à cette boîte que j'ai pensé que vous alliez finir par savoir comment elle avait été volée et que, si vous attrapiez d'abord Hauser, vous seriez content et vous finiriez par oublier la boîte. Seigneur, ça me paraissait évident !

— Comme votre culpabilité.

— Non, monsieur. Jamais de la vie. Je ne l'ai pas tué, je vous dis.

Ils étaient dans une impasse. Salter essaya tous les trucs, même de demander à un collègue de venir jouer les Mutt & Jeff avec lui, mais Darling demeurait inébranlable. Il était très effrayé par les charges qui pesaient contre lui, mais il trouvait quelque part une conviction à laquelle il se raccrochait et dont rien n'aurait pu le détourner.

À minuit, Salter déclara forfait. Il accusa officiellement Darling des mêmes infractions que Murdrick et rentra se mettre au lit, où il resta éveillé pendant la plus grande partie de la nuit à se repasser mentalement le film de l'interrogatoire.

◆

—Allez-vous faire une autre tentative avec lui aujourd'hui ? lui demanda Orliff le lendemain matin.

Il était au bureau quand Salter arriva. Les deux hommes passaient ensemble l'affaire en revue.

—J'imagine. Après ça, on va fouiller sa maison de fond en comble.

—Vous êtes sûr de votre coup, Charlie ?

—Hier, je l'étais, mais la nuit dernière, Darling m'a laissé l'impression qu'il y avait quelque chose à quoi je n'avais pas pensé.

Orliff se raidit.

—Je vous l'ai déjà dit, laissez les impressions et les intuitions à Sherlock Holmes. Contentez-vous de réunir tous les faits et de voir ce que ça donne. Bon, d'après ce que vous avez jusqu'à maintenant, pensez-vous que c'est lui qui a tué Drecker, oui ou non ?

Salter regarda par la fenêtre.

—Je pense que oui, admit-il.

—Dans ce cas, allez l'attraper. En passant, qui a eu l'idée de lui dire qu'on avait une empreinte vocale ? C'était original.

—Gatenby, répondit Salter, qui ruminait toujours.

—Sacré petit malin. Et ce truc de la pendule… Cliché ou non, ça me paraît sensé. Avec ça, vous ferez un tabac, au tribunal, si on peut l'épingler.

—Si j'ai raison, je vais l'épingler, assura Salter.

Il ramassa ses notes et retourna interroger ses deux suspects.

◆

Mais Salter avait tort. Il avait passé dix minutes supplémentaires avec Murdrick, l'obligeant à se remémorer chaque mot prononcé par Darling, lorsque Gatenby passa la tête par la porte.

—Il y a un truc bizarre par ici, monsieur, fit-il. Vous devriez jeter un coup d'œil.

Il s'agissait d'un rapport du Bureau du commissaire des incendies : quelqu'un avait mis le feu à la boutique de Darling la nuit précédente. Salter regarda fixement le document : il pressentait que toutes les charges contre Darling volaient en éclats.

—Ça fout tout en l'air, c'est ça ? demanda doucement Gatenby.

Salter s'empara d'un stylo et commença à dresser une liste.

—Murdrick et Darling sont en prison ; Tanabe est lavé de tout soupçon ; Hauser est à l'hôpital. Qui nous reste-t-il ?

—C'est peut-être une coïncidence, suggéra Gatenby. Ou une bonne façon de fournir un alibi à Darling.

—Bien, Frank. Bien, répliqua immédiatement Salter. Ça doit être ça. Qui, alors ? Pas Nelson, c'est une certitude. Julia Costa ? Madame Drecker ? L'une des épouses ? Celle de Darling, peut-être, mais pas celle de Murdrick.

Salter se démenait pour trouver le complice de Darling. Il tira le téléphone à lui et appela le Bureau du commissaire des incendies, demandant à parler à l'enquêteur chargé de l'incendie.

—Des pots fumigènes ? hurla Salter après avoir écouté quelques instants.

Il écouta un moment encore.

—OK. Merci.

Il reposa le combiné.

—Quelqu'un a mis des pots fumigènes dans la boutique de Darling la nuit dernière pendant que Darling était avec nous. Les pots fumigènes, c'est ce qu'utilisent les travailleurs de la construction dans la brousse pour éloigner les moustiques. Pas de dégâts, juste de la fumée. Quelle merde !

Salter regarda fixement par la fenêtre.

Cinq minutes plus tard, Gatenby commença à parler, mais Salter lui indiqua de se taire. Après une bonne dizaine de minutes, il s'enfonça dans son fauteuil et entreprit de se gratter le sommet du crâne avec les deux mains. Puis il se mit les mains sur les oreilles et ferma les yeux.

Gatenby le regardait avec inquiétude.

— Ça va, monsieur ? lui demanda-t-il.

Salter se leva.

— Ça va, Frank. Mets ton manteau. On va faire une petite visite.

Dans là voiture, il expliqua au sergent exactement ce qui s'était passé.

— Quand on sera là-bas, reste au bas de l'escalier, lui dit-il. Je n'aurai pas besoin d'aide à l'intérieur. Ça ne va pas être une partie de plaisir.

Il se gara devant la maison, à cheval sur le trottoir. Quand il frappa à la porte, madame Murdrick répondit immédiatement ; le manque de sommeil lui avait brouillé le teint.

— Qu'est-ce que vous voulez encore ? gémit-elle tristement lorsqu'elle reconnut Salter. Vous avez déjà mis mon mari en prison.

Du haut de l'escalier, leur parvint la voix de George Kemp :

— J'pense que c'est après moi qu'il en a, déclarat-il. Montez, inspecteur, pendant que je mets mon manteau.

Il se tenait majestueusement sur ses jambes courtes, tenant la porte de sa chambre ouverte pour l'inviter à entrer.

Salter grimpa les marches et pénétra dans l'antre du vieil homme. Kemp ferma la porte et les deux hommes s'assirent.

Une minute s'écoula avant que Salter prît la parole.

— Je dois vous avertir…, commença-t-il.

Le vieil homme agita lentement la main.

— Vous pouvez oublier tout ça, l'interrompit-il. C'est moi qui ai mis le feu, je ne regrette pas de l'avoir fait, je suis désolé pour le gars qui est mort, mais c'était pas dans mes intentions. Je voulais juste que cette gang d'escrocs paie pour avoir volé la boîte que j'avais gardée en sûreté pendant quarante ans. Maintenant, Gene comprendra l'importance que ça avait pour moi, en tout cas.

— Comment avez-vous su que c'était Drecker et Darling ? Votre gendre ne vous l'a jamais dit, sans doute ?

— J'ai suivi l'affaire pas à pas depuis le début, révéla Kemp. Écoutez.

En bas, le téléphone sonnait. Les deux hommes écoutèrent : madame Murdrick répondait à un appel destiné à son mari et dit à son interlocuteur que Murdrick était absent pour quelques jours. On entendait clairement chacun de ses mots à travers le plancher.

— On construit des maisons en contreplaqué, de nos jours, commenta Kemp.

— Comme ça, vous saviez que Darling avait pris la boîte et qu'il l'avait refilée à Drecker ?

— J'ai eu des soupçons dès le début, mais quand Gene est venu me dire qu'il l'avait retrouvée, à ce moment-là, j'ai pensé qu'elle était tombée entre les mains de Drecker par hasard. Mais alors l'escroc, là, en bas, a commencé à être un peu nerveux : il s'est mis à faire des appels téléphoniques et j'entendais tout ce qu'il disait.

Il montrait le plancher du doigt. Il avait le visage complètement tordu : sa bouche était légèrement plus ouverte d'un côté, révélant un triangle de dents jaunes.

— Après, j'ai entendu Gene lui parler de l'argent que Drecker avait tiré des estampes et quand Gene est parti, il a attendu que ma fille parte magasiner et là, ç'a été un maudit bordel, en bas ! Il s'est énervé pour de vrai, il criait après Darling au téléphone, pas besoin de vous faire un dessin.

— Donc, vous avez pris votre auto pour aller à la boutique de Drecker et vous y avez mis le feu. Comment avez-vous fait ? Où avez-vous eu les clés ?

— J'avais pas besoin de clés. Juste un morceau de tuyau de cuivre d'un demi-pouce, un entonnoir et une goutte d'essence. Tout ça, c'est encore dans mon camion. Vous en aurez besoin comme preuve.

Salter avait du mal à le croire.

— Vous avez enfoncé un tuyau par la fenêtre, vous avez versé de l'essence dedans, puis vous l'avez allumée ?

— C'est ça. Une des fenêtres était recouverte avec un bout de plastique. C'était aussi facile que de voler de l'argent dans la sébile d'un aveugle.

— Qu'avez-vous utilisé, comme mèche ? On n'a rien trouvé.

Kemp rayonnait.

— J'vous ai eus sur ce coup-là, hein ? Eh bien, j'vais vous l'dire. La semaine d'avant, j'avais emmené mon p'tit gars à Centre Island à un de ces pique-niques. Il y avait des tonnes de feux d'artifice, là-bas, et c'est à ça que j'ai pensé quand j'ai cherché une mèche. Vous vous souvenez de ces

cierges magiques qu'on avait quand on était gamins ?
On peut encore en acheter dans Chinatown. J'en ai
acheté un paquet le samedi. J'ai commencé par en
balancer un et j'ai laissé l'essence le rejoindre. Ça
a fait une mèche épatante, vous pouvez me croire.

— Seigneur, fit Salter. Vous auriez pu sauter avec,
vous savez ?

— Ça fait soixante ans que j'utilise du naphte,
monsieur, et je suis toujours là.

— Mais vous n'avez pas pensé qu'on pourrait
soupçonner votre gendre ?

— Ah ! Mais c'est pour ça que je l'ai fait pendant
qu'il était à Montréal. Je l'ai moi-même accompagné
à la gare avant d'aller chez Drecker. J'y avais bien
pensé.

Salter se dit en lui-même : *Et voilà*.

Quand madame Murdrick lui avait parlé de la
sortie familiale à Montréal, il avait supposé que
Kemp était du voyage. Mais il n'avait jamais vérifié.
Il avait tout simplement oublié tout ce beau monde
par la suite. Seigneur.

— Nous allions bien finir par retrouver votre
trace, lança Salter pour que le vieil homme continue
de parler.

Kemp s'éclaircit la voix et renifla, tordant son
visage pour ouvrir tous les orifices.

— J'peux rien dire là-dessus, monsieur. Certains
des flics que j'ai rencontrés dans ce pays n'étaient
pas capables de retrouver un éléphant sous six pieds
de neige. En tout cas, vous oubliez que je n'avais
pas prévu de tuer ce type. Je voulais juste jeter un
pavé dans la mare, vous voyez ? J'pensais que si
j'allumais un petit incendie dans le sous-sol de
Drecker pendant que mon gendre était à Montréal,
alors Drecker en conclurait que c'était Darling qui

l'avait fait et comme ça, ces deux-là s'en prendraient l'un à l'autre. C'est tout c'que j'avais prévu. Juste rendre la monnaie de leur pièce à toute cette gang pour avoir pris la boîte de Gene. Un tout petit coup monté, quoi.

Un tout petit coup monté. Tout comme Tanabe. Une toute petite vengeance.

— Votre gendre était lui aussi de mèche avec Drecker et Darling, lui rappela Salter. Pourquoi est-ce sur Drecker que vous avez passé votre colère?

— Eh bien, mon gendre est stupide, voyez, alors Darling et Drecker l'ont roulé assez facilement, et puis Drecker a roulé Darling. Il lui a donné quatre cents dollars pour un truc qui en valait des milliers, c'était donc le seul qui en avait vraiment tiré profit. Drecker, je veux dire. Je me disais que si je pouvais le faire payer, je serais satisfait. Comme j'vous l'dis, j'avais pas l'intention de le tuer.

— Vous êtes un dur, George, finit par dire Salter.

— À cause de lui, j'avais manqué à mes engagements envers un ami, expliqua Kemp. Après quarante ans.

Il ne restait plus rien à ajouter, sauf un détail:

— Comment avez-vous fini par me mettre le grappin dessus? demanda Kemp. C'était futé de votre part, ajouta-t-il généreusement.

— Après ce qui s'est passé la nuit dernière, ce n'était pas difficile. Tout ce qu'il me fallait, c'était trouver un plombier qui n'était pas en prison, quelqu'un qui s'y connaissait en essence et en pots fumigènes.

— Comment ça?

— Des pots fumigènes. Du genre qu'utilisent les tuyauteurs et les plombiers dans le nord. Vous les gardez dans votre camion, eux aussi?

— Il m'en reste quelques-uns.

— Mais pourquoi utiliser des fumigènes ? Ça n'aurait pas provoqué d'incendie, n'est-ce pas ?

— Vous n'avez pas encore compris ça ? *Primo* (Là, Kemp se frappa la paume de la main avec un doigt gros comme une·banane.), j'voulais causer un maximum de dégâts avec la fumée. *Deuzio*, j'voulais blesser personne cette fois-là. *Tertio*, pots fumigènes ou non, j'avais entendu mon gendre appeler Darling hier soir, après un coup de fil de Gene, voyez. Je suis capable d'additionner deux et deux et je savais que les choses tournaient mal pour Darling. J'ai tué un homme, même si c'était un bon à rien, et j'voulais réparer mon erreur. J'voulais pas que personne aille en prison par ma faute, alors j'ai pensé que si la boutique de Darling prenait feu pendant que vous vous en occupiez avec vos matraques, il serait lavé de tout soupçon.

Salter se leva.

— On ferait mieux d'y aller, déclara-t-il.

Kemp enfila sa veste et une casquette anglaise, puis précéda Salter dans l'escalier. Sa fille se tenait dans l'entrée, silencieuse et terrifiée. Kemp l'embrassa maladroitement sur la joue.

— Je vais chez les flics pour les aider dans leur enquête, lui dit-il. Ne t'inquiète pas.

D'en haut, leur parvint un bruit de chasse d'eau et une voix d'enfant qui appelait son grand-père.

— Partons avant que le p'tit gars nous voie, dit précipitamment Kemp.

Dans la voiture, il s'installa et s'adressa à Gatenby :

— Comment allez-vous, monsieur l'agent ?

— Bien, répondit Gatenby, interloqué. Et vous, monsieur Kemp, comment allez-vous ?

—Pas pire, étant donné les circonstances, fit Kemp, avant de demander : Vous pensez que je vais en prendre pour combien avec cette petite histoire ?

Salter s'était déjà posé la question.

—Je ne sais pas, George, je ne sais vraiment pas, finit-il par répondre.

—Eh bien, comme on dit, je ferai ce que je peux, mais mon infarctus m'en épargnera sûrement un bon bout.

Et il se mit à rire.

◆

Avant de rentrer chez lui, Salter avait une petite visite personnelle à faire, à Forest Hill. Harz et Tanabe étaient tous deux à la maison. Harz le salua avec enthousiasme.

—Alors ça y est, c'est fini, inspecteur ?

—Oui.

Et il raconta toute l'histoire. Quand il arriva au moment de sa découverte de l'implication de Kemp, Tanabe prit les devants et poussa une sorte de soupir, un cri de détresse étouffé.

—George ? demanda-t-il. Mon ami George ? C'est lui qui a fait ça ?

Il tâtonna à la recherche d'un fauteuil et s'assit.

Harz s'approcha de lui. Salter entreprit d'expliquer, dans la mesure où il les connaissait, les raisons qui avaient poussé Kemp à agir.

Tanabe regardait fixement Salter, mais se tourna vers Harz pour parler.

—C'est ma faute, fit-il. George a fait ça pour moi.

—Non, non, Gene, objecta Harz. C'est pour lui-même que George l'a fait. Je me trompe, inspecteur ?

Salter se raccrocha à cette hypothèse.

— J'en suis persuadé, monsieur Harz.

— Comment va George ?

— Il a l'air d'aller bien, monsieur Harz. Je m'arrangerai pour que vous puissiez le voir dès que possible. Je vous appellerai.

— Bien, bien, dit Harz. Je vais tout de suite appeler mon avocat.

Salter se leva pour partir.

— Au revoir, monsieur Harz, monsieur Tanabe.

Harz le raccompagna vers la porte alors que Tanabe restait assis, fixant ses mains comme pour leur demander de l'aide.

◆

À la maison, il y avait suffisamment de distractions pour maintenir Salter occupé jusqu'au soir, mais à neuf heures, Annie regardait la télévision tandis qu'il fixait le mur. Elle garda un œil sur lui jusqu'à ce qu'ils aillent au lit puis, doucement, elle l'incita à parler. Après un moment, Salter cessa de se justifier et commença à exprimer calmement son préjugé à l'égard de personnes comme Darling et sa difficulté à les traiter en toute objectivité. Quand il commença à bâiller, Annie se tut et s'efforça de rester éveillée tandis qu'il commençait à ronfler.

◆

— Un plombier, déclara plus tard Salter à Orliff. Je me cramponnais à l'idée que nous cherchions un plombier et tout le reste s'est mis en place, mais à la mauvaise place. J'aurais pu faire coffrer Darling, vous savez ?

—Ne vous inquiétez pas pour ça, Charlie. Je vous avais prévenu, à propos des œillères, mais vous avez fini par trouver la solution. Si vous ne vous étiez pas douté que Darling était l'auteur de l'appel anonyme, vous ne l'auriez pas amené ici et le vieil homme n'aurait jamais agi. Mais à mon avis, le vieux se serait quand même fait connaître si on avait accusé quelqu'un d'autre. Brave vieux. Et de toute façon, vous n'auriez trouvé aucune preuve pour incriminer Darling.

—C'était le seul qui avait les compétences nécessaires et pas d'alibi. J'avais présumé qu'il était à Montréal avec le reste de la famille, mais il n'est allé que jusqu'à Union Station. Ce n'était pas très brillant de ma part, n'est-ce pas ?

—Je vous l'ai dit, ne vous en faites pas. Mais la prochaine fois, ne vous laissez pas guider par vos intuitions. Si vous n'aviez pas eu autant d'estime pour Kemp, peut-être que vous auriez enquêté sur lui plus tôt. Même chose pour Darling. Vous ne l'aimiez pas, hein ? Au fait, qu'est-il arrivé aux deux gais ?

—Nelson reprend la boutique, comme associé de madame Drecker.

—Et son ami ?

—Ils ont rompu. Nelson a vraiment cru que Hauser avait essayé de le tuer et Hauser a du mal à lui pardonner ça.

—C'est dommage. (Orliff écrivit une dernière note.) Et cette Julia Costa ? Cette pute si chaleureuse avec tous ses voisins ? Elle est en dehors de tout ça ?

—Oh oui ! Mais maintenant, elle en a ras le pompon, des plombiers.

Orliff rit de bon cœur.

—Bon, maintenant, Charlie, écoutez-moi. Le chef adjoint veut savoir si vous aimeriez retourner dans l'administration. Pendant que vous y pensez, réfléchissez à la possibilité de rester ici avec moi. Affectation spéciale. Le vieux n'est pas désagréable et j'apprécie de vous avoir à mes côtés. J'hérite de tout ce qui n'est pas du ressort des autres escouades et je donne un coup de main quand elles sont dans le jus. Qu'en dites-vous ?

Salter réfléchit. De bien des manières, Orliff était le patron idéal : ni affection, ni méchanceté, ni jalousie, ni peur. Scrupuleux, il faisait bien son travail. Il observait les manœuvres des politiciens de la police et défendait sans broncher sa position, grimpant les échelons en s'immisçant dans les brèches créées par les luttes dans lesquelles se détruisaient les autres, tout en veillant au bien-être de ses hommes.

— Je reste ici, déclara Salter.

Orliff approuva d'un signe de tête.

— Et ce bon vieux Frank ? On va le muter, hein ? On va vous trouver un vrai sergent. Qui aimeriez-vous avoir ?

Salter secoua la tête.

— Non. Je veux garder Frank. Je pense qu'il aime travailler avec moi et je me suis habitué à lui, maintenant. Et puis… (Là, Salter le paranoïaque révéla son besoin fondamental.), j'ai confiance en lui.

— Bien. Annoncez-lui la bonne nouvelle, voulez-vous ?

Orliff fit un signe de tête indiquant que l'entretien était terminé.

◆

Mercredi soir. Annie avait emmené les garçons au cinéma et Salter était dans la cour arrière, à lire une des revues d'Angus qu'il avait trouvée sous la pile de journaux à jeter.

Jusqu'à ce qu'apparût une guêpe, puis deux : il ne fallut pas longtemps avant qu'un petit essaim se matérialisât autour de lui.

Bien, pensa-t-il. Il termina sa bière, mit la revue à la poubelle et grimpa l'escalier qui conduisait au deuxième étage. Là, il s'assit et resta un bon moment à contempler la porte-fenêtre avant de sortir la loupe qui accompagnait le dictionnaire qu'ils avaient reçu comme cadeau de bienvenue au club du livre. Grâce à cet instrument, il put voir très clairement les fameuses pattes qui maintenaient en place la roulette brisée. Sur la coiffeuse de sa femme, il trouva une lime à ongles et une pince à épiler, au moyen desquelles il écarta les petites pattes, libéra la roulette cassée, la remplaça par une roulette neuve, le tout en un clin d'œil. Il remit la porte sur ses rails, en utilisant la lime à ongles pour abaisser la roulette du haut ; en moins de temps qu'il n'en fallait pour le dire, elle coulissait de nouveau sans heurt dans ses rainures. Il la testa délicatement, puis plus fermement ; la porte glissait en douceur sur ses rails, comme si elle n'avait jamais été cassée.

Sa petite famille arriva à la maison à peine quelques minutes plus tard et Salter n'eut que le temps de s'installer devant la télévision avec une bière fraîche avant qu'ils ne fassent leur entrée.

Quand les garçons furent partis se coucher, Annie lui dit :

— Regarde ce que j'ai acheté aujourd'hui. (Elle lui montra une bombe aérosol de Hornet Spray.) Il suffit de vaporiser ce truc sur le nid et ça tue tous les habitants en trente secondes, c'est garanti.

Salter fit un signe de tête approbateur.

—J'ai réparé la porte, lança-t-il par-dessus son épaule. C'était facile.

—Waouh! s'exclama Annie. Je devrais sortir plus souvent. Oh, j'ai des nouvelles pour toi. (Elle avait pris sa voix « Au fait... ».) J'ai incidemment entendu Angus et Seth parler de sexe ce soir.

—Seth! hurla Salter. Mais il n'a que onze ans, pour l'amour du ciel!

—Rappelle-toi quand tu avais son âge, Charlie.

—Et que lui racontait Angus?

—Il lui disait de ne pas s'inquiéter, que c'était normal, ce qui lui arrivait.

Salter la regarda, bouche bée, puis sourit.

—Donc, je n'ai pas besoin d'emmener Angus à la pêche, fit-il.

—Oh, Charlie! Tu devais déjà y aller le week-end dernier...

—OK, OK. Je plaisantais. Ne t'inquiète pas, on va y aller.

—Bien, dit-elle. Qui sait? Tu pourrais même y prendre plaisir...

ÉPILOGUE

Ils pêchèrent pendant deux heures, au cours desquelles ils attrapèrent quelques petits brochets et des achigans, avant qu'Angus ne rembobine son fil.

— Je crois que je vais juste rester assis là un moment, annonça-t-il.

Il en a marre, se dit Salter. *Huckleberry Finn aurait été aussi heureux que si on l'avait payé pour le faire et lui, il s'ennuie ferme.*

Salter sortit les sandwiches qu'il avait préparés pour le lunch et, après qu'ils eurent mangé, il commença à remonter le courant, en direction de la cabane. L'après-midi s'écoula lentement jusqu'à ce qu'Angus lui demande :

— Combien de temps tu restes dehors, généralement, papa ?

Salter abandonna la partie. Il était maintenant de mauvaise humeur, mais encore suffisamment conscient de la petite voix d'Annie dans son oreille pour essayer de s'en blâmer. Ils accostèrent à la cabane à cinq heures et Angus disparut à l'intérieur. Salter rangea le bateau et le rejoignit dans la cabane, où son fils, assis sur sa couchette, lisait un magazine.

— Tu veux bien allumer le feu ? lui demanda Salter.

— Comment ça ?

— Avec du papier, sur lequel tu empiles du petit bois, des branches plus grosses, puis des bûches.

— Où est-ce que je peux trouver du bois ?

Salter pointa le doigt en direction de la fenêtre.

— Là, dehors, répondit-il.

Angus sortit ; il revint quelques minutes plus tard, deux bâtons à la main.

— C'est tout ce que j'ai pu trouver, fit-il.

Salter l'emmena devant la fenêtre :

— Là, dehors, lui expliqua-t-il, il y a peut-être cinq cents kilomètres carrés de forêt vierge dans laquelle il y a peut-être vingt arbres morts et tombés par acre. Alors maintenant, tu prends la hache, tu vas dehors et tu nous rapportes du bois.

Angus ressortit. Quand il revint, il avait les bras chargés de bois, dont certaines bûches étaient assez sèches pour être utiles. Salter lui montra comment préparer le feu dans le poêle. Angus s'affaira tandis que Salter allumait la cuisinière Coleman dans la cuisine. Quelques minutes plus tard, la cabane était tout enfumée. Salter ouvrit le clapet du conduit du poêle ainsi que toutes les fenêtres.

— Puis-je aller me baigner, maintenant ? lui demanda le garçon sans le regarder.

— Bien sûr. Mais va d'abord nous chercher d'autre bois. Ta première brassée est presque entièrement consumée.

Angus courut dehors pour rapporter du bois qu'il laissa tomber devant le poêle, puis se précipita pour enfiler son maillot de bain et disparut. Salter attendit une minute, puis atteignit le porche juste à temps pour voir son fils plonger et traverser la rivière à la nage. *Au moins, il sait nager*, se dit Salter. *Et mieux que moi.*

Pendant que le chili chauffait, Angus était revenu se sécher, puis ils soupèrent en silence. Soudain, Angus lui demanda :

— Pourquoi es-tu devenu policier, papa ?

Salter réfléchit avant de répondre. Il savait, ou il croyait savoir, qu'il commençait à être une source de gêne pour Angus, entouré qu'il était, dans son école snob, de fils de chirurgiens et d'agents de change.

— Parce que j'avais besoin d'un travail et que ça me semblait une bonne idée, répondit-il.

— Tu aimes toujours ton boulot ?

Encore une fois, Salter réfléchit.

— Oui. Je suis policier comme d'autres sont marins ou agriculteurs, ou dentistes, je suppose. Pourquoi me demandes-tu ça ? Ça te dérange ?

— Non. Maman a dit que ta dernière affaire t'avait vraiment déprimé.

— Elle a dit ça ? Eh bien, elle a raison. C'est vrai, mais je m'en remettrai.

— Est-ce que tu as raté ton coup ?

Salter réfléchit à la question : Angus le regardait attentivement.

— J'ai poursuivi le mauvais gars, sans doute parce que je ne l'aimais pas. Mais j'aimais bien le coupable, finit-il par admettre.

— Maman a dit qu'à la fin tu as coincé le bon gars.

— C'est vrai.

— Tu ne te trompes jamais, non ?

Salter pardonna cette flatterie flagrante et ne dit rien, se demandant ce que préparait Angus.

Un silence régna pendant quelques instants. Puis, Angus lâcha :

— Je ne veux pas être flic.

— Bien. Que veux-tu faire, alors ?

Au moins, ils se parlaient.

— Je n'en sais rien.

— Aucune idée ?

Le garçon resta silencieux pendant un moment. Puis :

— Acteur, peut-être.

Il regarda prudemment son père.

— C'est ce qu'on m'a dit. Au théâtre ?

— Bien sûr. C'est maman qui t'en a parlé ?

— Elle l'a évoqué, oui. C'est un métier difficile, ajouta Salter, qui n'y connaissait rien.

— Ça m'est égal. Maman dit que ça ne la dérange pas.

Ah bon ? songea Salter.

— Moi non plus, ça ne me dérange pas, fiston. Tu fais ce que tu veux. Pourquoi ne m'en as-tu pas parlé avant ?

— Je pensais que tu te moquerais de moi, comme tu le fais pour le cricket et tout ça.

Salter demeura silencieux ; il se sentait un peu las.

— Eh bien, je ne me moque pas, dit-il.

Mais il fallait étoffer.

— Tu sais pourquoi ça ne dérange pas ta mère ? C'est parce qu'elle t'aime et qu'elle veut que tu fasses ce qui te rend heureux. Vois-tu, pour moi, c'est la même chose.

Voilà. Enfin, presque.

— On peut jouer au scrabble ? demanda soudain Angus.

Salter adorait jouer au scrabble, mais Angus n'avait jamais montré un intérêt quelconque envers ce jeu. Circonspect, il s'enquit :

— Tu n'aimes pas beaucoup le scrabble, si je ne m'abuse ?

— Non, mais maman m'a dit que je devrais te le proposer.

— Ah oui ? (Salter fit un signe de dénégation.) Tu sais, ce ne serait amusant que si tu étais vraiment

un fou de scrabble, comme ta mère et moi. Non ;
on va nettoyer tout ça, aller chercher encore un peu
de bois et lire, tout simplement. C'est le meilleur
endroit que je connaisse pour la lecture. Une cabane
de pêche, je veux dire.

— OK. Je peux avoir une bière ?

— Non.

— Pourquoi ?

— C'est illégal à ton âge et, de toute façon, tu es
trop jeune.

— J'en ai déjà bu.

— Je sais. Et tu as lu des revues pornos, aussi.
Comme ça, maintenant, tu sais tout sur l'alcool et sur
la baise. (*Je ressemble vraiment au père de Gatenby*,
pensa-t-il.) Quoi qu'il en soit, tu es encore trop
jeune et tu devras attendre encore un peu pour tout
ça. En attendant, ne me demande pas de bière et ne
rapporte pas de revues pornos à la maison. Si tu
veux savoir quelque chose, je m'efforcerai de te le
dire, sauf si c'est trop personnel.

Angus fit un sourire en coin et ce fut tout. Ils
s'occupèrent de la vaisselle et s'installèrent pour lire.

Le lendemain matin, soit Angus aurait tiré profit
du petit lien qu'ils avaient créé, soit ce lien se
serait évanoui. Quand Salter eut fini de préparer le
bateau, il dit à Angus de se dépêcher.

Angus secoua la tête.

— Je ne veux pas aller à la pêche. Ça ne te
dérange pas ?

— Pourquoi ? Quelque chose ne va pas ?

— Non, c'est juste que je n'aime pas ça.

— On pourrait pêcher juste par là. Tu pourrais
rentrer quand tu veux.

— JE NE VEUX PAS ALLER PÊCHER DU
TOUT ! JE NE VEUX PAS RESTER ASSIS DANS
CE MAUDIT BATEAU TOUTE LA JOURNÉE !

—OK, OK. Mais qu'est-ce que tu vas faire ? Moi, je veux pêcher.

—Ça va aller. J'ai des trucs à faire. Vas-y.

—Tu veux rentrer à la maison ?

—NON ! Va pêcher. Vas-y ! Je vais me débrouiller.

Salter regarda son fils, qui avait encore pris un magazine. *Bon*, se dit-il. *J'y vais.*

—Ne va pas te baigner avant mon retour, dit-il.

—Entendu.

Cette fois, Salter remonta le courant jusqu'à une cascade, à environ cinq kilomètres en amont. Il passa une journée merveilleuse. Il tomba sur un banc de brochets qui l'occupa pendant deux heures, puis il pêcha le long du rivage pendant le reste de la journée, traquant l'achigan, mangeant des Mars et buvant de la bière. Quand il finit par revenir à la cabane, il vit Angus assis sur le ponton en maillot de bain. Le garçon le regardait calmement approcher, puis attrapa la proue du bateau et l'amarra.

—Bonne pêche ? s'enquit-il.

—Assez, répondit Salter. Tu as passé la journée à te faire bronzer ?

Il ne voulait pas se disputer, mais il ne parvint pas à masquer l'irritation qui affleurait dans sa voix.

—Non, répondit son fils. J'ai travaillé.

Salter le regarda plus attentivement ; il s'aperçut que ses mains et ses bras étaient couverts de coupures superficielles. Ses jambes étaient couvertes d'égratignures et même son visage portait une ou deux éraflures.

—À quoi ? demanda Salter.

—Je vais te montrer. Mais pour le moment, j'ai envie de nager. Je peux ?

—Tu peux.

— Reste ici, alors. Sur le ponton. Ne va pas à la cabane.

Salter attendit, étonné, pendant que le garçon plongeait, émergeait au milieu de la rivière, puis revenait en vitesse avant de se hisser sur le ponton.

Ils allèrent à la cabane. Angus annonça :

— Voilà !

— Où ça ?

— Le mur.

Salter regarda de nouveau. Sous la façade de la cabane, dans le fossé qui s'étalait entre les fondations d'angle, se trouvait un mur de pierres qui avait été démoli et entièrement reconstruit. Ils approchèrent de la cabane et Salter inspecta le mur : l'un des blocs du bas devait peser dans les cinquante kilos.

— Comment as-tu déplacé celui-là ? demanda Salter.

— Avec une pince-monseigneur.

— Et tu as hissé les autres dessus ? Combien de temps ça t'a pris ?

— J'ai commencé juste après ton départ et j'ai fini à deux heures environ.

— Seigneur !

Mais ce n'était pas fini. Ils contournèrent la cabane en direction de la porte arrière et Angus désigna la pente qui conduisait aux latrines. Entre ces dernières et la maison, un impeccable sentier d'un mètre de large traversait désormais les broussailles.

— Seigneur ! répéta Salter.

Suivi d'Angus, il retourna voir le mur de pierres. Il regarda son fils avec des yeux ébahis ; souriant et satisfait de lui-même, Angus lui rendit un regard plein d'assurance. *Il a dû travailler comme un malade toute la journée*, se dit Salter. *On est à deux doigts de jouer la scène dans laquelle Pa Walton embrasse*

John-Boy dans un bain de larmes. On pourrait même aller jusqu'à s'embrasser.

— Tu as bien mérité ta bière, dit-il.

◆

Le trajet du retour se passa dans un silence quasi total. Naturellement, Angus dormit. Salter avait du mal à contenir une irrépressible envie de chanter.

Annie les attendait avec de la soupe et un regard plein d'espoir ; les deux hommes répondirent à ses questions par-dessus leurs épaules pendant qu'ils déchargeaient la voiture.

— Comment c'était ? demanda-t-elle.

— Bien, répondit Salter. Je suis allé pêcher et Angus a lu onze *Maclean's*.

— Tu n'es pas allé à la pêche, Angus ? cria-t-elle.

— J'ai essayé. Je n'ai pas aimé ça, répliqua Angus.

Les deux hommes échangèrent un regard joyeux.

— Et alors ? Que s'est-il passé ?

— Rien. Je te l'ai dit : j'ai pêché, il a lu.

— Vous vous êtes battus ?

— Nous battre ? Nous ? À quel sujet ?

— Oh ! espèces d'idiots ! lança-t-elle, exaspérée.

— On s'est bien amusés, hein, Angus ?

Angus eut un petit rire.

— Ouais. Mais ça ne se reproduira pas.

Salter éclata de rire.

Les yeux d'Annie allaient de l'un à l'autre ; elle comprenait qu'elle avait obtenu ce qu'elle voulait. Plus tard, quand ils auraient fini de jouer les machos, elle découvrirait ce qui s'était passé.

ERIC WRIGHT…

… est l'un des auteurs de fiction policière les plus honorés au Canada puisqu'il a, notamment, été quatre fois lauréat du prix Arthur-Ellis. En 1984, il a gagné avec son premier roman mettant en scène Charlie Salter, *La Nuit de toutes les chances*; il a récidivé deux ans plus tard avec *Death in the Old Country*. Il a aussi mérité le prix dans la catégorie nouvelle pour «À la recherche d'un homme honnête» (1988) et «Un tiens vaut mieux que deux tu l'auras» (1992). Outre les toujours populaires aventures de Charlie Salter, Eric Wright tient la chronique des aventures d'une détective, Lucy Trimple Brenner, et d'un policier à la retraite de Toronto, Mel Pickett. Eric Wright, qui est né en 1929, a publié en 1999 un volume de mémoires intitulé *Always Give a Penny to a Blind Man*.

Extrait du catalogue

ALIRE

Collection «Romans» / Collection «Nouvelles»

Collection «Essais»

VOUS VOULEZ LIRE DES EXTRAITS
DE TOUS LES LIVRES PUBLIÉS AUX ÉDITIONS ALIRE ?
VENEZ VISITER NOTRE DEMEURE VIRTUELLE !

www.alire.com

UNE ODEUR DE FUMÉE
est le quatre-vingt-neuvième titre publié
par Les Éditions Alire inc.

Il a été achevé d'imprimer
en octobre 2004 sur les presses de